Lillian Beckwith:
Auf den Inseln auch anders
Roman

Deutsch von Isabella Nadolny

Deutscher
Taschenbuch
Verlag

dtv

Von Lillian Beckwith
sind im Deutschen Taschenbuch Verlag erschienen:
In der Einsamkeit der Hügel (11648)
Die See zum Frühstück (11820)

Deutsche Erstausgabe
Juni 1994
Deutscher Taschenbuch Verlag GmbH & Co. KG,
München

Titel der englischen Originalausgabe:
›The Loud Halo‹ (Hutchinson & Co. Ltd.,
London 1964)

Umschlagtypographie: Celestino Piatti
Umschlagbild: Gisela Aulfes
Gesamtherstellung: C.H. Beck'sche Buchdruckerei,
Nördlingen
Printed in Germany · ISBN 3-423-11891-1

Das Buch

»Was hat Sie dazu gebracht, in eine so gottverlassene Gegend zu ziehen, wo Sie doch aus England kommen?« Immer häufiger hört »Miss Peckwitt« diese Frage – von neugierigen Touristen, die dem Dorf auf den Hebriden in steigender Zahl seine Abgeschiedenheit rauben. Nichts erinnert mehr an den einst labilen Gesundheitszustand der ehemaligen Lehrerin, die hier ihre zweite Heimat gefunden hat, mittlerweile ihr eigenes Cottage bewohnt und von den warmherzigen und eigenwillig-exzentrischen Nachbarn *fast* als eine von ihnen behandelt wird, der man Häuser und Herzen öffnet. »Becky« fühlt sich wohl hier, und für Abwechslung sorgen nicht nur Kühe und Schafe ...

Die Autorin

Lillian Beckwith wurde in Ellesmere Port/Cheshire geboren und hat fast zwanzig Jahre auf den Hebriden gelebt. Ihre Erfahrungen mit Land und Leuten hat sie in zahlreichen Romanen und Kurzgeschichten niedergeschrieben. Heute lebt sie auf der Isle of Man in der Irischen See.

Für Ealasaid und Goiridh

Johnny Ulkig

Der Wind jagte mit Orkanstärke unglaubliche Massen schwerer Schauer über die Bucht, verhüllte die Hügel und den Himmel und peitschte das dürre Gras auf den Crofts, so daß es sich wieder auf den Boden duckte, aus dem es erst vor wenigen Monaten optimistisch aufgeschossen war. Seit Tagen war es nicht richtig hell geworden, und als ich an diesem Vormittag nach langer Verfolgungsjagd, um meiner Kuh Bonny ihr Morgenheu zu bringen, heimkehrte, hatte ich mir geschworen, nichts mehr zu tun, als mich trocken anzuziehen, mir ein Tablett mit Essen herzurichten und mich mit einem Buch an den Kamin zu setzen. Das heißt, nichts, bis es Zeit wurde, meine glitschigen Ölhäute und meinen naßkalten Südwester anzulegen, mich in nasse Gummistiefel zu zwängen und Bonny für ihre Abendfütterung erneut suchen zu gehen.

Eines war sicher: Die Kühe von Bruach waren robuste Kreaturen, und es bedurfte robuster Menschenwesen, um mit ihnen mitzuhalten. Neun Monate des Jahres ließ man sie über baumlose, steinige Moore schweifen, und sie mußten vor peitschenden Hagelgüssen, Regen und manchmal sogar Schneeschauern, die auf den Hebriden ab September drohen, Schutz suchen, wo immer sie konnten. Die klugen Kühe fanden immer einen Unterstand, die weniger klugen Menschen waren nicht entfernt so findig. Wir stapften daher über Tausende von Quadratmetern Moor, einen Melkeimer in der einen Hand, einen Stock in der anderen, einen Heusack auf den Rücken geschnallt, meistens gegen einen Orkan ankämpfend, der uns stechenden Regen ins Gesicht schleuderte. Keuchend und betend erklommen wir Felsen in der Absicht, einen besseren Überblick zu gewinnen, bedrückt wateten wir – gänzlich unfreiwillig und fluchend – durch Sumpflöcher.

Ich sage »wir«, weil es flüchtig betrachtet aussah, als

ginge es uns allen gleich. Insgeheim aber hege ich den Verdacht, daß im Grunde nur ich, die ungelernte Hilfskraft, so verzweifelt war über das Wetter, die launigen Einfälle der Kühe und darüber, wie lang alles dauerte. Die anderen Crofter kannten das Wetter, kannten die Moore, und die kurzen Wintertage bedeuteten für sie nur ein kleines Zwischenspiel zwischen dem Aufstehen und dem abendlichen *ceilidh*, und womit sie das füllten, war ihnen ziemlich egal.

»Warum hängt ihr den Kühen nicht Glocken um wie in der Schweiz?« fragte eine Touristin, der ich einmal unsere Beschwernisse schilderte. Daraus ließ sich leicht schließen, daß sie romantische Vorstellungen hegte von »einem Häuschen in den Highlands und einer Kuh zum Melken« für die Zeit nach ihrer Pensionierung. Wir hatten damals gerade einen milden Sommerabend, an dem ein ärgerlicher Schrei des Reihers die Nacht zu durchbohren schien und man fast das Wispern der Flügel heimkehrender Möwen hören konnte.

»Das würde nicht funktionieren«, sagte ich. »Im Winter ist es zu windig. Bei einem richtigen Sturm hört man hier nicht einmal die Kirchenglocken.«

»Aber Sie könnten doch einfach auf den höchsten Hügel steigen und mit einem Fernrohr ringsherum schauen?«

Bei ihr klang es ganz einfach, und ich bemühte mich, ihr zu erklären, daß es für jemand mit Heu Beladenen unmöglich sei, den höchsten Hügel zu ersteigen und im Sturm ein Fernrohr festzuhalten, und daß dieses Fernrohr sich auch nicht biegen ließe, um damit in verborgene Talkessel hinunterzulugen.

Ihre Bemerkungen bestätigten meinen Verdacht, daß alle Fremden bei ihrer ersten Bekanntschaft mit den Hebriden der Meinung waren, die Crofter würden sich das Leben absichtlich erschweren und hätten eine angeborene Abneigung gegen jeden Fortschritt. Mich aber hatte die Erfahrung gelehrt, daß man eine eigenwillige Highlandkuh nicht anders halten konnte in einem Dorf, in dem die einzelnen Crofts nicht umzäunt waren, Heu fast traditionell knapp war und die Kühe so mißtrauisch gegenüber einer Schüssel Kraftfutter waren, als sei es heiße Asche. Die Mehrzahl der Kühe duldeten nur drei Zusätze zu ihrer Heidekraut-Heu-Diät: den *potach*, gebrühtes, zu einer Kugel gepreßtes Haferschrot, eine Schüssel zerdrückte Kartoffeln, gemischt mit trockenem Haferschrot, oder eine Schüssel gekochten Seetang, gemischt mit Salzhering und trockenem Haferschrot. Die Küche eines Crofters, der sie mit letzterer Delikatesse verwöhnte, war stets leicht mit der Nase auszumachen, und Bonny bekam nie Gelegenheit, sie zu versuchen. Einmal hatte ich mich bei ihr beliebt machen wollen, indem ich ihr eine Tüte Rüben kaufte und sie ihr erst ganz, dann zerhackt und mit Haferschrot bestreut in einer Schüssel anbot und schließlich in meiner Not Stück für Stück mit der Hand hinhielt. Sie schneuzte sich nur über das Futter und über mich, und ich kam zu dem Ergebnis, daß niemand Verachtung erhabener ausdrücken kann als eine Highlandkuh. Die übriggebliebenen Rüben bot ich rings im Dorf an, doch hatten weder Kühe noch Menschen für sie das geringste Interesse.

»Nicht mal das verdrehte Vieh von Kirsty schaut sie auch nur an«, berichtete Morag, »und dabei ist das eins, das frißt Schokoladekuchen und Marmeladebrot und Orangen, wenn man sie ihm gibt.«

Morag und ich teilten uns den Rest der Rüben und aßen sie selber.

An all das dachte ich, als ich trockene Sachen anzog, mir einen Teller Suppe auftat, meinen Stuhl näher ans Feuer zog und ein Buch auf dem Tisch bereitlegte. Als ich mich umwandte, um mich zu setzen, sah ich aus den Augenwinkeln eine plötzliche leichte Bewegung durch das salzverkrustete Fenster. Voller Angst, es könne ein Stück Dach vom Kuhstall oder Hühnerhaus sein, lief ich eilig nachsehen.

»Verflixt!« rief ich, als sich die Bewegung als das im Wind flatternde Ende eines Männermantels erwies. Ich hatte mich in der Illusion gewiegt, das üble Wetter werde mir einen ganz und gar ungestörten Nachmittag bescheren, hatte aber vergessen, daß es einen Mann gab, der ohne die geringste Rücksicht auf irgendwelches Wetter herumspazierte. »Na ja«, dachte ich resigniert, »besser, als wenn ein Teil vom Stalldach wegflöge.«

Johnny Ulkig kam durchs Gartentor und wandte sich um, es zu schließen, wobei er es zärtlich tätschelte, etwa wie man einen Hund auffordert, schön brav dazubleiben, bis man wiederkommt. Diese seltsame Zärtlichkeit für Belebtes und Unbelebtes war charakteristisch für Johnny, und er hätte so wenig daran gedacht, die Gefühle eines Gartentors zu verletzen, indem er hindurchpreschte und es hinter sich zuknallte, wie die Gefühle eines Freundes, indem er nicht für dessen Gruß dankte. Er sah merkwürdig aus, so sonderbar verformt, als habe seine Mutter ihn aus Plastilin zusammengesetzt und er sei später mehr schlecht als recht zum Mann herangewachsen. Er war schmächtig mit überlangen Beinen und Füßen wie Grabschaufeln, das eine Bein war länger als das andere, so daß er es beim Gehen nachzog. Seine Arme waren kurz, und an ihnen hingen Hände mit dicken Fingern wie Bananenbüschel. Seine Augen hatten das unschuldige Blau der Kindheit, seine Haut war blaß und zart wie die einer Frau, und die grauen Locken rings um seinen Schädel waren so weich und fein wie die Samen des abgeblühten Löwenzahns. Man glaubte wirklich, nur draufpusten zu müssen, um sie alle wegzublasen.

Ich öffnete ihm die Tür, und er blieb breit grinsend auf der Schwelle stehen, in vollem Vertrauen darauf, willkommen zu sein, und hinter mir schlug die Küchentür mit einer Vehemenz zu, daß sämtliches Geschirr auf dem Büfett klirrte.

»Ein böses, böses Wetter«, sagte er als erstes höflich, ehe er eintrat, obwohl der Regen durch die offene Haustür hereinströmte, der Wind alle Bilder in der Diele in wildeste Schwingungen versetzte und sich mir der Fußabstreifer um die Beine wickelte.

»Kommen Sie schnell ins Warme, Johnny«, drängte ich und unterdrückte meine heftige Ungeduld. Ich mußte mich fest gegen die Tür lehnen, um sie gegen den wütend herandrängenden Wind zuzubekommen.

Er schälte sich aus der obersten Schicht seiner Kleidung – sie bestand aus mehreren verschiedenförmigen Stücken Ölhaut – und warf sie auf die Treppe. Noch immer leise über das Wetter murrend, wanderte er in die Küche, zog meinen Stuhl vom Kamin weg, wo ich ihn hingestellt hatte, und setzte sich darauf.

»Ich mache einen kleinen *strupak,* sowie ich meine Suppe aufgegessen habe«, versprach ich und setzte mich ihm gegenüber. Johnny Suppe anzubieten war sinnlos, wie ich wußte, denn seine Kost beschränkte sich auf einen Teller Haferbrei und drei hartgekochte Eier dreimal täglich. Das blieb sich immer gleich und änderte sich nur, wenn er einen »kleinen *strupak*« bei Nachbarn zu sich nahm, wobei er sich dann ein Stück Speckkuchen mit Marmelade gönnte. Er aß weder Fleisch noch Gemüse, nicht einmal Brot und Butter. Als er mir das zum ersten Mal erzählte, war ich ganz erschüttert und mußte es mir von anderen bestätigen lassen.

»Aye, so ist der«, wurde mir gesagt. »Seit er alt genug ist, für sich selber zu sorgen, lebt er nur noch davon.«

Ich aß meine Suppe und beobachtete Johnny. Er hatte aus der Tiefe seiner Tasche ein Stück Holz hervorgeholt und schnitzelte ungeschickt daran herum, mit einem Messer, von dem ich wußte, daß es so stumpf war wie eine Stange Rhabarber. Dabei überlegte ich, warum gerade er den Spitznamen »Ulkig« bekommen hatte, der meiner Ansicht nach zu anderen Dorfbewohnern viel besser paßte. Keiner schien zu wissen, wie er dazu gekommen war; alte Männer, die »in Rente« waren, erinnerten sich, daß er bereits als Schuljunge von Lehrern und Schülern so bezeichnet worden war.

»Johnny war immer ein Clown«, fügten sie unweigerlich hinzu, »hat nichts gelernt, als was der Lehrer ihm durch den Hosenboden eingeprügelt hat.«

Ich hatte ihn an dem Tag kennengelernt, an dem ich in Bruach in mein eigenes Cottage zog. Er war, als die Möbel hereingetragen und die willigen Helfer verschwunden waren, um an ihre Stallarbeit zu gehen, unvermutet draußen vor dem Fenster aufgetaucht, wo er sich gemütlich mit den Ellbogen auf das Fensterbrett stützte und mich einer peinlichen, stummen Prüfung unterzog, während ich mit dem widerwilligen Herd kämpfte und versuchte, mir mitten in all dem Chaos ein Essen zu kochen. Wenn ich nach etwas zu suchen schien, lugte er ängstlich ins Zimmer, indem er das Gesicht dicht an die Scheibe preßte. Hatte ich gefunden, was ich suchte, grinste er und nickte zufrieden. Er wohnte nicht im Dorf, und ich hatte ihn nie vorher gesehen, aber schließlich wollte ich ihn doch – um unser beider willen – hereinrufen. Sekundenlang machte er ein ganz entsetztes Gesicht und wäre in seiner Hast, vom Fenster wegzukommen, beinahe hingefallen. Als ich die Tür erreichte, lief er bereits mit Höchstgeschwindigkeit über die Moore davon.

»Ach, *mo ghaoil*, der kennt Sie doch nicht, da hat er gewiß Angst, daß Sie ihn verführn. Die Burschen necken ihn immer, die elenden Kerle«, erklärte Morag mir, als ich ihr davon erzählte.

Als ich erst einmal in meinem Cottage eingewöhnt war, hatte Johnny offensichtlich weniger Angst oder weniger Abneigung dagegen, seine Keuschheit zu verlieren, überwand sein Mißtrauen und wurde mein regelmäßiger Besucher. Alle paar Wochen wanderte er über das Moor nach Bruach, und sein ungeschickter, schlurfender Gang schien ihn rasch und bei jedem Wetter ohne Anzeichen von Unbehagen über Land zu führen. Er kam, wie er erklärte, weil er glaubte, ich hätte gern ein *ceilidh*, doch der wahre Grund für seinen Besuch, mit dem er erst gegen Ende seines Aufenthalts herausrückte, war, mir irgendeinen kleinen, selbstgebastelten Gegenstand zu verkaufen und dadurch etwas Kleingeld für Glimmstengel zu verdienen, denn er rauchte heimlich, und seine Schwester Kirsty, bei der er lebte, vereinnahmte seine ganze Rente. Manchmal war es ein kleines Bootsmodell aus Treibholz, manchmal eine gläserne Schwimmkugel in einem Stück Heringsnetz, noch öfter aber ein Heidebesen. Die Häufigkeit, mit der er mir letztere anbot, ließ darauf schließen, daß er selbst wenig an die Haltbarkeit seiner Werkstücke glaubte. Sollte er je den raffinierten Windschutz bemerkt haben, den ich aus hochkant gestellten Heidebesen konstruiert hatte, so machte er nie eine Bemerkung darüber.

Ich brühte Tee auf, bestrich ein paar Scones mit Marmelade und stellte sie neben ihn auf den Tisch. Dann ging ich unter einem Vorwand nach oben. Meine ersten Versuche, Johnny zu unterhalten, waren für uns beide peinlich gewesen. Ich hatte ihm eine Tasse Tee eingegossen und samt einem Teller Scones hingestellt. Er hatte sich Zucker genommen und umgerührt, wobei er den Löffel sorgfältig am Mantelärmel abwischte, ehe er ihn wieder in die Zuckerdose zurücktat. Und während ich meinen Tee trank, hatte er höflich geplaudert und seiner Tasse kaum einen Blick zugeworfen, so daß sie ganz kalt geworden war. Ich hatte mich angeboten, seine Tasse auszugießen und neu zu füllen, und er hatte das eifrig akzeptiert. Wieder durchlief er das Ritual, sie zu zuckern und den Löffel abzuwischen, ließ sie aber trotz meines Nötigens wieder kalt werden und rührte auch die Scones nicht an. Leicht pikiert hatte ich ihm noch einmal Tee eingegossen und war dann ohne besondere Absicht in den Schuppen gegangen, um etwas zu holen. Als ich kurz darauf wiederkam, waren Tee und Scones verschwunden. Beim nächsten Besuch war es das gleiche, doch beim dritten Mal wußte ich, was von mir erwartet wurde, und verhielt mich entsprechend.

Als ich nach einem im stillen berechneten Zeitraum wieder herunterkam, hatte Johnny seinen *strupak* beendet und lehnte sich in seinem Stuhl zurück.

»Noch Tee oder Scones, Johnny?« bot ich an.

»Nein danke, war wunderschön«, erwiderte er und hob abwehrend eine seiner gewaltigen Hände. Erwartungsvoll sah er mich ein Glas Backpulver und einen Löffel vom Büfett holen, die ich speziell für Johnny dort aufhob. Gierig bohrte er den Löffel hinein und schluckte mit sichtlichem Genuß drei, vier gehäufte Eßlöffel voll, wobei er in seinem Eifer einiges auf seinen Pullover verstreute. Dann stellte er das Glas wieder auf den Tisch, staubte die Front des Pullovers ab, lehnte sich zurück, blickte geruhsam hinauf zur Decke und blieb grandios gleichmütig gegenüber seinem übermäßig lauten Gerülpse. Beim ersten Mal war ich ganz konsterniert gewesen, nahm es aber jetzt mit nur leichtem Unbehagen hin. Einmal hatte ich gemeint, Johnny etwas Gutes zu tun, und das Natriumbicarbonat verweigert, doch als ich in die Küche zurückkam, sprach die weiße Spur vom Büfett zu Johnnys Stuhl ihre eigene Sprache, und ich schämte mich so sehr, der Grund für Johnnys schuldbewußte, sonst so kindlich-unbefangene Miene zu sein, daß ich nie mehr den Mut hatte, es ihm vorzuenthalten.

Die Rülpser nahmen an Wucht ab, und ich begann in der Küche herumzuwirtschaften in der Hoffnung, Johnny würde merken, daß es bald dunkel wurde und ich noch die Kuh melken mußte. Es war undenkbar, das deutliche »Jetzt darf ich dich nicht länger aufhalten« – die in Bruach übliche Höflichkeitsformel, mit der man Besuchern nahelegt, endlich zu gehen – als Engländerin einem Gälen gegenüber anzuwenden. Ich suchte nach einem Ausweg. Auf dem Büfett stand eine Schüssel Erdnüsse, noch in der Schale, die ich aus England geschickt bekommen hatte. Ich tat eine reichliche Handvoll in eine Tüte und gab sie Johnny.

»Die nehmen Sie mit heim für Kirsty«, sagte ich.

Johnny besah sie mißtrauisch von allen Seiten. »Was is'n das?« fragte er.

»Erdnüsse«, sagte ich. »Sie sind sehr gut.«

Noch immer befummelte er sie mit seinen großen Fingern.

»Ich nehme mir welche mit und kaue sie, während ich nach der Kuh suche«, sagte ich.

»Aye?« meinte er unsicher. Er steckte die Nüsse in die Tasche und ging hinaus in die Diele, wo ich ihn mit seinem Puzzle aus Ölhäuten kämpfen hörte. Ich hastete aus der Hintertür, um Haferschrot für Bonnys *potach* und den Melkeimer zu holen. Als ich wieder in die Küche kam, lächelte Johnny mir zustimmend entgegen.

»Die Dinger sind wirklich gut«, versicherte er.

»Was für Dinger?« fragte ich töricht, weil ich schon an die vor mir liegende Arbeit dachte.

»Diese Nüsse. Die sind gut, sag ich.«

»Ach, haben Sie sie probiert? Ich dachte mir, daß sie Ihnen schmecken würden«, sagte ich. »Hier sind noch welche – für den Heimweg.« Ich nahm eine weitere Handvoll aus der Schüssel. »Geben Sie mir Ihre Tüte, dann fülle ich sie Ihnen«, sagte ich in dem dringenden Wunsch, ihn loszuwerden, damit ich Bonny noch ohne Zuhilfenahme einer Fackel suchen konnte. Er bot mir eine leere Tüte. »Alle aufgegessen, Johnny?« fragte ich etwas verblüfft.

»Aye, und sie warn gut, wie gesagt.«

Ich ließ weitere Nüsse in seine Tüte rinnen. »Geben Sie mir die Schalen, dann werf ich sie ins Feuer«, sagte ich. »Sonst beklagt sich Kirsty noch, daß ich Ihre Taschen mit Abfall fülle.«

»Schalen?« entgegnete er verständnislos.

»Ja, die Schalen von den Erdnüssen. Haben Sie die weggeworfen?« Ich warf einen Blick auf den Boden und hoffte, er habe sie nicht ebenso wahllos herumgestreut wie seine Holzspäne.

»Haben sie Schalen?« erkundigte er sich, nahm eine Nuß aus der Tüte und hielt sie in die Höhe.

»Aber natürlich«, wollte ich ihm erklären. »Schauen Sie.« Dann verstummte ich in steigender Sorge. »Johnny, Sie werden doch nicht alle Schalen mitgegessen haben?« fragte ich vorwurfsvoll.

»Klar«, gab Johnny stolz zurück. »Alle hab ich sie gegessen, und sie warn gut, wie gesagt.« Herausfordernd warf er sich einige Erdnüsse in den Mund und kaute sie geräuschvoll.

»Aber Johnny«, protestierte ich. »Die Schalen darf man nicht mitessen. Davon kriegt man schreckliche Magenschmerzen.«

Ganz gelassen warf er sich weiter Nüsse in den Mund und kaute sie genüßlich. »Hab noch nie im Leben Bauchweh gehabt«, versicherte er mir fröhlich.

»Nicht?« rief ich aus. »Warum nehmen Sie denn dann so viel Natron?«

Sekundenlang sah er leicht verlegen aus, dann drohte er mir mit dem Finger und empfahl: »Viel Natron, dann nie Bauchweh. Einfach nur viel Natron.«

Ich öffnete die Haustür, und der Wind jagte herein.

Johnny hielt mit einem gewaltigen Rülpser dagegen, der immerhin genügend Wirkung hatte, daß ich in der kurzen Pause die Tür hinter ihm zuwerfen konnte.

»Danke für den Hinweis, Johnny«, murmelte ich lächelnd und kämpfte mich wieder einmal in meine Gummistiefel und Ölhäute.

Hector hatte beschlossen, sein Boot »Wayfarer« herzugeben und sich ein größeres mit mehr Passagierraum zu kaufen, denn Bruach wurde allmählich von einer wachsenden Zahl von Campern und Busreisenden entdeckt, und die Crofter prophezeiten optimistisch, die kommende Saison würde alle Rekordzahlen brechen. Einige Tage nach Erscheinen seiner Anzeige in einem Highlandblatt erschien Hector in meinem Cottage mit einem Stoß Briefe, die als Antwort gekommen waren.

»Großartiger Tag«, begrüßte er mich mit strahlenden blauen Augen und einer gewissen Zurückhaltung. Er war nämlich zuletzt vor sechs Wochen bei mir gewesen und war bei dieser Gelegenheit tüchtig ausgeschimpft worden, weil er es gewagt hatte, meine einzige Zahnbürste heimlich zu entwenden. Er war durch mein Aufbrausen verwirrt und gekränkt gewesen und hatte mir sofort versichert, er habe die Zahnbürste ganz ordentlich wieder in den Becher zurückgestellt, in dem sie immer sei. Worüber er mir jedoch keine beruhigende Auskunft geben konnte, war der Zweck ihrer Benutzung, denn ich fand sie bei erneutem Gebrauch voll schwarzer Haare von der Art und Farbe seines Schopfs.

»Hallo, Hector«, begrüßte ich ihn mit ehrlicher Freude, denn ihm konnte man nicht lange böse sein, ganz gleich, was er anstellte. »Wo haben Sie denn die ganze Zeit gesteckt? Ich habe Sie ja ewig nicht gesehen.«

»Ach, ich bin noch genau da, wo mich die Flut hingespült hat, als Sie mich das letzte Mal gesehn haben«, erwiderte er mit trübem Lächeln. Ich bat ihn, sich zu setzen, aber er blieb stehen, trat von einem Fuß auf den anderen und kaute auf seinem schmuddeligen Zeigefinger herum.

»Behag hat gemeint«, begann er, schob dann die

Schirmmütze zurück und strich verlegen über das spärliche Haar, das sie zusammenhalten sollte. »Ich hab nur gedacht«, setzte er von neuem an und riß sich diesmal am Ohr, »ob Sie mir vielleicht ein paar Briefchen schreiben könnten, auf der Maschine, die Sie da haben. Ich dachte, dann ging's schneller.«

Ich sah von meiner Nähmaschine auf, auf der ich ein paar fröhlich-bunte Vorhänge nähte. »Natürlich mach ich das. Wollen Sie sie gleich?«

»Ach nein.« Mit neuer Zuversicht zog er sich einen Stuhl heran und setzte sich neben mich. »Sie können erst fertigmachen, was Sie grad arbeiten«, gestattete er großzügig.

Ich wandte mich wieder der Nähmaschine zu.

»Soll ich für Sie die Kurbel drehn?« bot er sich an, als er lange genug zugesehen hatte, um sicher zu sein, daß das nur wenig Anstrengung kostete. Ich sagte, ich täte es lieber selbst, und während ich einen neuen baumwollnen Unterfaden einlegte und die Nadel wieder einfädelte, spielte er begeistert mit dem Stoff, rieb ihn zwischen seinen verkleckster Fingern und betrachtete die leuchtendroten Pfingstrosen des Musters. »Die Blumen sind schön«, gestand er. »Ich weiß noch, die hat man in Glasgow Kriss-Ann-Tiemen genannt, als ich dort war.«

Als ich wieder anfing zu nähen, beugte sich Hector besorgt über mich. Ich brauche zwar für feinere Arbeiten eine Brille, schmeichle mir aber, eine gerade Naht ebenso gut zustande zu bringen wie jeder andere. Hector aber, der zugegebenermaßen scharfäugig war, hegte derartige Zweifel an meiner Geschicklichkeit, daß er alle paar Zentimeter ängstlich »Tsch« machte, wenn er ein leichtes Abirren zu sehen meinte, und ekstatisch am Stoff zerrte, so daß ein deutliches »V« in der Naht entstand. Ich muß gestehen, daß mich seine Begeisterung zu sehr amüsierte, um etwas dagegen zu unternehmen, obwohl zum Schluß der Saum aussah wie eine Wellenlinie. Ich dachte, es wäre vielleicht zweckdienlicher, die Vorhänge zu vollenden, wenn ich allein war, doch er bestand darauf, daß die Arbeit nicht »wegen ein paar Briefchen« beiseite gelegt werden dürfe. Ich hatte den Verdacht, er habe große Freude daran, das zu lenken, was er für meine »unsichere Hand« hielt. Er war auch einigermaßen enttäuscht, als wir fertig waren und ich verkündete, daß man die Vorhänge bügeln müsse, ehe sie aufgehängt würden, so daß er den ganzen Effekt seiner Mitarbeit erst beim nächsten Besuch bewundern könnte.

Ich stellte die Nähmaschine weg und holte die Schreibmaschine. »Und jetzt«, forderte ich, als das Blatt eingespannt war, »erzählen Sie mir mal, was Sie sagen möchten.«

Wieder begann er an den Fingern zu nagen. »Tja, was soll ich denen sagen?« fragte er beklommen.

»Was möchten Sie denn sagen?« verbesserte ich.

Er legte die Briefe auf den Tisch neben mir. »Also der eine, der will wissen, ob der Motor vorn oder achtern ist. Sie könnten ihm sagen, daß er achtern ist.« Er zog ein Knie hoch und versuchte sich daran das Kinn zu kratzen. »Dann ist da einer, der will wissen, wo das Ruderhaus ist. Dem könn' Sie sagen, es ist auch achtern.« Erschöpft und schlaff sank er in sich zusammen.

Ich sah die Briefe rasch durch. »Alle wollen wissen, wieviel Sie dafür verlangen. Das müssen Sie ihnen schon ungefähr sagen«, belehrte ich ihn.

Hector sah vorübergehend ganz konsterniert aus. Er wollte nicht, daß ich oder sonst jemand im Dorf den Preis kannte, den er für die »Wayfarer« festgesetzt hatte. Er wich aus. »Also, ich weiß auch nicht, was ich dafür verlangen kann. Behag sagt das eine, die *cailleach* das ander.«

»Schön, dann lassen wir den Preis weg, und Sie tragen ihn ein, wenn Sie und Behag sich einig sind«, schlug ich vor.

»Aye, Aye, so machen wir's.« Seine Miene hellte sich sofort auf.

Ich stellte noch eine Reihe von Fragen. »Und diese Informationen schreiben wir jetzt in jeden Brief. Dann wissen alle so viel über das Boot, wie Sie mitteilen. Ist es so recht?«

»Prima«, lobte Hector.

»Soll ich einfach anfangen: Sehr geehrter Herr, in Beantwortung Ihres Briefes vom Soundsovielten gebe ich Ihnen die gewünschten Informationen?«

»Wir können nicht schreiben ›Sehr geehrter Herr‹«, unterbrach Hector schockiert und mißbilligend. »Nicht, wenn man an Leute wegen einem Boot schreibt.«

»Wieso nicht?« fragte ich erstaunt. »Sie kennen sie doch nicht, da sollten wir mit ›Sehr geehrter Herr‹ anfangen.«

»Das ist doch unfreundlich«, argumentierte er.

»Es ist vollkommen korrekt«, widersprach ich.

»Ach nein«, sagte er und wurde ganz zappelig, so sehr genierte er sich, mir zu widersprechen. »Womöglich lesen's die gar nicht, wenn wir das hinschreiben.«

»Aber warum denn nicht, Hector?« verlangte ich zu wissen und wurde ziemlich scharf.

Hector runzelte die Stirn. »Also wenn ich einen Brief krieg und der fängt mit ›Sehr geehrter Herr‹ an, werf ich ihn sofort ins Feuer, weil ich weiß, das ist ein unangenehmer.«

Gemeinsam entzifferten wir Namen, erarbeiteten die verschiedenartigsten Briefe und begannen sie so freundlich, wie Hector es wünschte. Auf sein Drängen informierten wir die etwaigen Interessenten auch redselig darüber, daß der Winter in Bruach sehr streng gewesen sei, daß die Kartoffeln heuer sicherlich sehr spät in den Boden kämen und daß der Bulle des Landwirtschaftsvereins früher gekommen sei als erwartet. Dann erklärte sich Hector vollkommen zufrieden. »Und ins PS setz ich dann den Preis«, sagte er mit echt gälischem Raffinement.

Ein Monat verging, ein Monat mit erfrischenden Morgen, Vorläufern der länger werdenden Tage voll sanftem Sonnenschein. Das ausgetrocknete Wintergras auf den

Anwesen wurde zusehends farbiger, und wo auch der Blick hängenblieb, gab es aufspringende Knospen und balzende Vögel, all die lieblichen Freuden des Frühlings. Alte Männer in zerknitterten dunklen Anzügen kamen aus ihren Winterverstecken und lehnten sich an die Häuserwände, suchten ein wenig Sonne zu ergattern und äußerten sich über den Zustand des Viehs, die Aussichten für den Fischfang oder, falls dazu ermutigt, über das Schicksal der Welt. Die Kinder zogen ihre Nagelstiefel und dicken, handgestrickten Socken aus und hüpften barfuß zur Schule, fröhlich wie die Lämmer, die in den Hügeln blökten, während in den dürren, heidebewachsenen Mooren die ortsansässigen Brandstifter, mit denen offenbar jedes Dorf auf den Inseln geschlagen ist, ihren Drang hemmungslos auslebten und kaum ein Tag verging, an dem man nicht die blauen Rauchfahnen glimmender Heidestengel sah, die entweder stetig am Boden dahinkrochen oder aber vom Wind je nach Laune drohend hierhin und dorthin geblasen wurden.

Wir alle verbrachten einen Großteil des Tages im Freien, stachen Torf, wendeten, hoben und stapelten die Torfsoden, brannten die struppigen Flecken Riedgras ab, die der schärfsten Sense widerstanden, und sammelten die Steine zusammen, die jeden Winter auf die vernachlässigten Crofts zu wandern schienen, lehrten die neugeborenen Kälber aus dem Eimer trinken, streichelten dabei die sonnenwarmen Locken auf ihren Rücken und erduldeten die Liebkosungen ihrer milchnassen Zungen. Für die Frauen kam nun das jährliche Waschen aller Decken, manchmal in einer Blechwanne, zu der man das Wasser mühsam Eimer für Eimer an der Quelle holen mußte, manchmal auch in einem Kessel über einem Holzfeuer am Bach. Wir arbeiteten hingebungsvoll, und wenn der Abend dämmerte und wir das Gefühl hatten, nun hätten wir unsere Ruhe verdient, wanderten wir heim in unsere Häuser, und der saubere, kühle Wind der Hügel fächelte unsere glühenden Wangen und unsere von der Plackerei in frischer Luft köstlich müden Körper.

Nach einem solchen Tag ging ich abends nochmals an meine letzten häuslichen Pflichten. Die Sonne war eben erst in Karmesin und Türkis untergegangen und der Himmel noch gestreift, als hätten geisterhafte Fingernägel ihn zerkratzt. Über den Loch liefen eifrige, silberfleckige Wellchen und purzelten mit porzellanenem Klirren auf den Uferkies. Die Hügel sahen blasiert und in sich zurückgezogen aus und lagen hinter einem schwachen Dunstschleier. Schon begann jenseits des Wassers der hellste der Leuchttürme am Horizont undeutlich zu funkeln. Meine Wäscheleine voll frischgewaschener Decken, jetzt trocken und samtig vom Wind, regte sich träge. Tief befriedigt nahm ich langsam Stück für Stück ab, als grüßte ich den herrlichen Abend durch Flaggendippen.

»He, kommen Sie, geben Sie mir ’n Schluck Wasser. Meine Hände kleben!« Erchys Stimme drang vom Hause her, nachdrücklich und voller Unbehagen. Gehorsam sammelte ich die Decken zusammen und ging hinein. Erchy streckte einen breiten Pinsel von sich, dessen Borsten von Teer glitzerten. Auch seine Hände waren teerverschmiert. »Ich hab so ’n Durst, mir wird ganz schwach«, teilte er mir mit.

Ich warf die Decken in sicherem Abstand von ihm auf den Tisch und goß ihm einen großen Becher Wasser ein. Er trank es mit hörbarem Genuß, lehnte aber ab, als ich mich anbot, ihm Tee zu machen.

»Hab noch gar nicht gegessen«, erklärte er.

»Da müssen Sie doch Hunger haben. Kommen Sie, ich gebe Ihnen einen Scone oder so etwas.«

»Ich kann mich nicht aufhalten«, beteuerte er. »Verstehn Sie, ich hab der *cailleach* versprochen, ich besorg ihr heut abend die Kuh, weil sie mit Katy zu ’nem *ceilidh* geht. Die flucht sowieso schon auf mich, weil ich so spät dran bin.« Er lehnte sich mit dem Ellbogen auf das Büfett. »Sie war gar nicht dafür, daß ich überhaupt heut hergeh, aber ich hab ihr gesagt, ich teer das Boot, solang's richtig trocken ist.«

»Teeren?« wiederholte ich mit einer Grimasse des Abscheus. »Warum bloß schmiert ihr immer soviel Teer auf eure Boote? Warum malt ihr sie nicht mit einer hübschen, leuchtenden Farbe an, statt sie mit dem schwarzen, drekkigen Teer zu bestreichen?«

Erchy schien leicht gekränkt. »Teer hält das Wasser besser ab als Farbe«, verteidigte er sich. »Alle Risse in den Brettern oder sonstwas, wo Wasser reinkommen kann, also wenn die erst mal mit Teer ausgefüllt sind, halten sie die See ab, solang die Fischsaison dauert«, erklärte er mir.

»Ich hätte gern die Vorstellung, daß etwas mehr als ein Klümpchen Teer zwischen mir und dem Meer ist«, murmelte ich.

»Ach was«, schnaubte Erchy.

»Auf jeden Fall sieht es sehr häßlich aus«, sagte ich.

»Da haben Sie verdammt recht«, pflichtete er mir freundlich bei. »Haben Sie Tarry Ruari gekannt?«

Ich schüttelte den Kopf. »Ich hab nur das Haus gesehen, in dem er gewohnt hat, aber als ich herzog, war er schon tot.«

»Aber das Haus haben Sie gesehn? Dann wissen Sie ja, wie das allüberall geteert war, Dach und Wände und alles schwarz.«

Ich erinnerte mich an Ruaris Haus als an eine verkleckste Bruchbude auf einem sumpfigen Hang zum Bach und wußte auch noch, daß Morag sie als »ganz abgelebt« bezeichnet hatte.

»Ja, es sah aus, als hätte man es geteert.«

»Nämlich der Mann, der war echt verrückt mit Teer«, erklärte Erchy mir ernsthaft. »Er hat sein kleines Boot innen und außen immer wieder und wieder geteert, bis es so schwer war, daß er's fast nicht mehr hat aufs Ufer ziehn können. Dann hat er angefangen, das Haus zu teern, erst außen und dann auch innen. Er hat sogar die

Möbel geteert. Bei Gott, so was haben Sie im Leben noch nicht gesehn. Die Leute haben anfangs hier nur gelacht, aber dann ist die Gemeindeschwester eines Tags hin und hat gesehn, daß er auch die Bettdecken geteert hatte. Und dann sind sie gekommen und haben ihn weggebracht.«

»Du lieber Himmel!« rief ich. »War er verheiratet?«

»Das nicht«, erklärte Erchy schlicht, »nur blöd.«

Er strebte unentschlossen zur Tür. »Ich geh jetzt besser«, sagte er. »Danke für das Wasser. Das hatt' ich wirklich nötig.«

»Tut mir leid, daß es nicht etwas Stärkeres war«, heuchelte ich.

Erchy fuhr herum. »Dafür tät ich mich grad jetzt nicht bedanken.«

»Nicht?« spottete ich.

»Bestimmt nicht. Wenn Sie mir 'ne Flasche Whisky gegeben hätten, ich hätt sie zurückgegeben ohne 'n Gedanken dran.«

»Das möchte ich einmal erleben, daß Sie Whisky ablehnen.«

»Das werden Sie schon – eines Tages.«

Ich lächelte ungläubig.

»Wissen Sie«, fuhr er fort. »Ich könnt mir denken, daß Leute wie ich nicht so arg das Saufen anfangen wie die in Glasgow oder so. Verstehn Sie, was ich meine?«

Ich wartete auf Weiteres, denn ich verstand es nicht.

»Ich will sagen, wenn zum Beispiel Viehmarkt ist. Da hab ich dann viel Geld dabei und betrink mich davon wie irre, ein, zwei, drei Tage. Und dann hab ich genug davon und will nur noch raus und auf den Hügel. Ich find 'n Grund, nach den Schafen zu sehn, und zieh los, wenn's hell wird, ohne Frühstück und nur mit 'nem kleinen *potach* in der Tasche. Und wenn ich Durst krieg, steck ich den Kopf in einen von den Bächen – je kälter, desto besser –, und ich sag Ihnen, der schmeckt mir vielleicht! Und wenn ich getrunken hab, freu ich mich schon drauf, wie das Wasser im nächsten schmeckt und dann im übernächsten. Und wenn ich wieder heimkomm, ist mir's, als ob ich meiner Lebtag keinen Tropfen Whisky mehr möcht.«

»Aber das hält nicht an?« erkundigte ich mich.

»Nein, Gott sei Dank«, sagte Erchy inbrünstig. Er schien kurz zu überlegen, ehe er weitersprach. »Hab ich Ihnen erzählt, daß ich jetzt wieder 'n ganz großer Schafsbesitzer bin?« fragte er und wechselte abrupt das Thema.

»Nein. Seit wann denn?«

»Ich hab sie oben auf'm Berg gefunden, als ich weg war, wie ich Ihnen gesagt hab.«

»Gefunden?« wiederholte ich.

»Ja, so wahr ich hier steh.«

»Wie lange waren sie denn verschwunden?«

»Na ja, es ist jetzt ungefähr fünf Jahre her, da hab ich ein paar alte Mutterschafe von mir zur Auktion getrieben, und eins wurde unterwegs lahm, da hab ich es neben den Weg gejagt und dort gelassen. Als ich wiederkam, war nirgends was von dem Vieh zu sehn, und ich hab kein' Gedanken dran verschwendet, weil's vermutlich irgendwo ganz still eingegangen ist. Damals warn die Viecher sowieso nur paar Shilling wert. Na, wie gesagt, wie ich droben in den Hügeln war, find ich in 'nem kleinen Tal ein altes Mutterschaf und 'nen Widder, zwei Schafe und drei junge Lämmer. Das Mutterschaf fang ich zuerst ein, und es hat mein Brandzeichen. Ich hatte den Hund dabei, da hab ich die übrigen eingefangen, und die hatten kein Brandzeichen, überhaupt keins, und da wußt ich, es müssen meine sein. Die Alte war anscheinend trächtig, wie ich sie verlassen hab«, erklärte er, »und zwar mit'm Widderlamm.«

»Sonderbar, daß sie keinem vorher aufgefallen sind.«

»Ach, dort, wo die warn, nicht«, erklärte er. »Es geht kein Mensch hinter dem Beinn herum, und das Tal, in dem die warn, sieht man vom Weg aus nicht. Das alte Mutterschaf ist ein zähes Luder«, murmelte er anerkennend, »kaum noch so viel Wolle drauf, um Köder zu machen.« Er tat einen weiteren zögernden Schritt in Richtung Tür, da er jedoch in Erinnerungen schwelgte, wußte ich, daß er sicher noch eine halbe Stunde länger bleiben würde, ehe er sich endlich aus dem Cottage losriß. Ich fing daher an, mein Abendessen zu kochen.

»Muß doch sehr angenehm sein, eine ganze Herde Schafe vorzufinden, von der man nicht wußte, daß man sie hat«, meinte ich und rieb Käse in eine Schüssel.

Erchy sah mir neugierig zu. »Aye«, räumte er ein und kam zurück an den Tisch. »Was machen Sie denn da?«

»Nur eine Käsesauce.«

»Ich weiß noch gut, wie meine Schwester mal da war – die ist Köchin in Edinburgh, wissen Sie, und muß dort ausgefallne Sachen kochen. Die hat im Schrank trocken gewordnen Käse gefunden. Na ja, im Winter kann ich das Zeug schon essen, aber doch nicht im Sommer, wo's so viel *crowdie* gibt«, erläuterte er hastig. »Und da hat sie mir so 'n Reibeding gegeben und gesagt, ich soll ihn ihr reiben. Teufel auch, zum Schluß warn alle meine Fingernägel mit in der Schüssel. Wie ich's ihr gezeigt hab, war sie böse mit mir, und da hab ich gesagt, ich mach's nicht mehr für sie«, schloß er triumphierend. Ich öffnete eine Flasche und goß ein wenig daraus in einen Tiegel. Erchy schnüffelte.

»Das ist doch Bier«, meinte er vorwurfsvoll. »Ich dachte, das mögen Sie nicht!«

»Zum Trinken nicht«, sagte ich, »aber in Saucen nehme ich es manchmal.«

»Da würd ich Bier nicht mögen«, meinte er kopfschüttelnd. »Wenn's noch Whisky wär ...«

»Nun fangen Sie wieder davon an«, neckte ich. »Sie können doch an nichts anderes denken als an Whisky!«

»Ich doch nicht«, leugnete er. »Ich trink ihn gern, wenn ich welchen hab, aber das ist nur, wenn ich Geld hab. Ich bin nicht wie die Leute aus Rudha, die sich zwei-, dreimal die Woche mit dem Bus 'ne Flasche schicken lassen.«

»Sagen Sie mal, Erchy«, fragte ich, denn er berührte da

ein Thema, das mir seit langem zu schaffen machte, »wie bringen die es fertig, sich zwei-, dreimal die Woche Flaschen mit Whisky schicken zu lassen? Es sind doch auch nur Crofter, und manche beziehen Sozialhilfe, und doch scheinen sie sich Getränke und Zigaretten kaufen zu können, soviel sie nur wollen. Sie scheinen sich nichts verkneifen zu müssen.«

»Nein, da bin ich verdammt sicher, das wer'n die nie müssen«, sagte Erchy und sah ganz geheimnisvoll aus.

»Und was ist des Rätsels Lösung?« schmeichelte ich.

»Also das war im Krieg«, begann Erchy, »da muß hier irgendwo 'n großer Schiffbruch gewesen sein, und da ist eines Nachts eine Masse Zeug angespült worden. Die Leute von Rudha haben spitzgekriegt, daß sie sich's nur holen müssen, Kisten voll Geld solln da gewesen sein, heißt es, und die haben sie alle versteckt. Und ein Haufen Leichen lagen den ganzen Strand entlang, und als sie sich genügend von dem Zeug geholt hatten, da haben sie's erst uns und der Pollezei gesagt. Ach, das war eine Gemeinheit.« Erchys Ton bekam etwas Angewidertes. »Die Pollezei kam auch nicht gleich, und wie's dunkel wurde, sind Tearlaich und ich rüber und haben geschaut, ob wir noch was finden. Aber da warn nur Mehlsäcke, ein ganzer Haufen, und dutzendweise Leichen, überall am Ufer. Und der Mond hat gescheint, und da haben sie geglänzt, und die Tide war hoch und hat sie rumgespült, und sie haben mit Armen und Beinen gewackelt, daß man dachte, sie wollten aufstehn. Mein Gott, wir haben solche Angst gekriegt, daß wir uns bloß schnell gegenseitig 'n Sack Mehl auf den Buckel geladen haben und so schnell heimgerannt sind, wie wir konnten. Ich glaub wirklich, wir sind nicht mal stehngeblieben, um Luft zu holen, bis wir nicht Annas Haus gesehn haben, und wir sind auch nie wieder hin.«

Der Weg nach Rudha bestand aus einem sechs Kilometer langen schmalen Schafsteig über eine Bergschulter, unter der das Land steil zu den zerklüfteten Uferfelsen abstürzte. Schon bei hellem Tageslicht wirft ein mit dieser Gegend Unvertrauter einen einzigen Blick darauf und kehrt entweder um oder versucht es schlotternd auf allen vieren.

»Na, und dann kam die Pollezei«, fuhr Erchy fort, »und nahm die Leichen mit und ließ die Mehlsäcke liegen. Und dann sind alle andern hin und haben sich bedient.« Er seufzte. »Das ist alles, was Bruach da rausgekriegt hat, 'n paar Säcke Mehl, bis auf Tearlaichs Hund, der hat sich an einem von den Leichenbeinen satt gefressen«, ergänzte er nachdenklich.

Ich legte das Tischtuch auf. »Ihre Mutter wird mittlerweile glauben, Sie seien verlorengegangen«, mahnte ich.

»Aye«, sagte er gleichgültig, verharrte noch in der offenen Tür und sah hinaus in die Nacht. »Hat Hector Ihnen erzählt, daß er 'n Käufer für sein Boot hat?« fragte er über die Schulter.

»Nein«, sagte ich erstaunt. »Tatsächlich? Wen denn?«

»'n Burschen draußen aus Oban, glaub ich«, antwortete Erchy, wandte sich wieder um, lehnte sich gegen den Türrahmen und meinte: »Er hat mir gesagt, ich soll mit ihm am Freitag runtersegeln, wenn's Wetter so bleibt.«

»Und werden Sie fahren?«

»Aye. Von mir aus schon. Weil wir dabei gleich Johnny Ulkig zum Zahnarzt bringen könn'. Der Arme ist fast verrückt vor Zahnweh.«

»Das wird aber bestimmt keine leichte Sache, was?« fragte ich. »Wo doch Johnny noch nie von hier weg war.«

»Nein. Und er hat solche Angst mitzufahrn, daß wir ihn werden mit'm Seil festbinden müssen.«

»Den kriegt ihr nie in den Behandlungsstuhl«, warnte ich, denn ich argwöhnte, daß Johnnys Hauptanliegen darin bestehen würde, mit seinen Kameraden Versteck zu spielen, bis sie ihre Rückkehr nicht länger aufschieben konnten.

»Tom-Tom kommt mit und hält ihn fest«, sagte Erchy. »Und wir sind ja zu zweit, wenn's not tut.« Ich sah ihn erstaunt an. »Aye, jetzt schaun Sie, was? Der Johnny ist zwar zahm, aber doch ein starker Kerl, wenn er sich wehrt, und er wird sich wehrn, wenn er glaubt, es tut ihm einer was.« Er schob sich zur Hälfte aus der Tür und begann sie hinter sich zuzuziehen. »Brauchen Sie was, was wir Ihnen mitbringen solln? Wir kaufen wahrscheinlich ein.«

Im Hintergrund meines Kopfes ist immer eine Reihe Dinge, die mitzubringen ich Leute bitte, die aufs Festland fahren. Nun aber mit Erchys plötzlicher Frage konfrontiert, fiel mir nur etwas vergleichsweise Unwichtiges ein. Vorigen Herbst hatte ich ein paar kleine grüne Tomaten verwenden wollen, die widerwilligen Früchte von einem Dutzend mühsam erworbener und gehegter Pflanzen, und keinen Essig gehabt, um Chutney aus ihnen zu machen. Es war sinnlos, den Kaufmann auch nur zu fragen, ob er so etwas führe, denn die Crofter waren zwar üppig im Umgang mit Salz, weitere Gewürze aber verwendeten sie nicht, kannten sie vielleicht nicht einmal. Nie sah man auf einem Tisch in Bruach eine Saucenflasche stehen.

»Würden Sie mir eine Flasche Essig mitbringen«, bat ich und versuchte noch immer vergebens, mich an etwas Wichtigeres auf meiner Besorgungsliste zu erinnern.

»Essig?« wiederholte Erchy verwirrt und fuhr dann, als dämmere es ihm langsam, fort: »Ah ja, jetzt weiß ich, was Sie meinen. Das ist das Zeug, das man in Glasgow auf die Chips schüttet, nicht?«

Endlich war er aus der Tür und ließ eine kühle Brise herein, die mir an meinen sonnenverbrannten Armen eine Gänsehaut verursachte.

»Hector soll Morag 'n paar Hühner bringen«, meinte er noch. »Sie selbst wolln wohl keine, was?«

»Das ist eine gute Idee«, rief ich begeistert. Die einzigen Hühner, die man in Bruach bekam, waren die zähen Nachfahren jener unausrottbaren Hennen, die um jedes Haus und jedes Maissilo kratzten und scharrten und ihr Gefieder so stolz zur Schau trugen wie Bauern ihre Nationaltracht. Einmal hatte ich versucht, mir reinrassige Hühner schicken zu lassen, aber die lange Bahnfahrt im Verein mit der Launenhaftigkeit des örtlichen Zustellers hatten dafür gesorgt, daß keines der Hühnchen überlebte. Ich bat Erchy, mir ein Dutzend Eintagsküken mitzubringen, wenn möglich, schwarze Leghorn.

»Mach ich«, versprach er, und weil ihm einfiel, daß er in einem lecken alten Kahn auf einem unberechenbaren Meer fahren würde, oder vielleicht auch, weil er sich früherer Erfahrungen mit dem Highlife von Oban erinnerte, fügte er vorsichtig hinzu: »Wenn der Herr mich erhält.« Er wirkte leicht verlegen. »Ich geh jetzt. Gute Nacht«, rief er noch, dann schloß er die Tür.

»Gute Nacht!« gab ich zurück und setzte mich endlich an mein Abendessen.

Am Spätnachmittag des folgenden Tages bewölkte sich der Himmel, und am nächsten Morgen blinzelte die Sonne, die so lange strahlend geschienen hatte, nur noch schläfrig, die See warf sich wütend gegen die Felsen, und graue Regenschlieren jagten über die Bucht. Als ich zum Dorfkrämer ging, um Paraffin zu kaufen, traf ich Erchy, Hector und Tom-Tom, die in verschiedenen Stellungen der Trostlosigkeit an der Giebelwand von Tom-Toms Haus lehnten. Alle blickten miesepetrig auf die »Wayfarer«, die sich an ihrer Vertäuung hob und senkte.

»Dann fahrt ihr also heute nicht?« bemerkte ich.

»Kommt verdammt noch mal nicht in Frage«, erwiderte Erchy. »Die See wird noch rauher, eh sie wieder glatter wird.«

»Draußen sind sowieso schon ziemliche Buckel«, sagte Tom-Tom, »mir ist auch nicht danach.«

»Hier sind wir besser dran«, pflichtete Hector bei und akzeptierte damit, wenn auch ungern, die Situation.

»Na ja, einen gibt's, der ist mächtig froh, daß wir nicht fahrn«, sagte Erchy und wies mit dem Kopf auf eine kläglich zusammengekrümmte Gestalt, die neben ihm hockte. »Stimmt doch, Johnny, was?« rief er. Daraufhin hob die Gestalt ein Gesicht, das man normalerweise als »aschfarben« bezeichnet hätte. Wenn man jedoch Torf brennt und nicht Kohle, darf man »aschfarben« nicht sagen, denn dann wäre der Teint eines Indianers gemeint.

»Armer Johnny Ulkig«, sagte ich, »hat er immer noch so arg Zahnweh?«

»Nein«, gab Erchy Auskunft. »Man kann nicht gleichzeitig Zahnweh und Todesangst haben. Entweder das eine oder das andre!«

Nun trat Morag zu uns, die ebenfalls Paraffin besorgen wollte.

»Meine tapferen Helden haben wohl beschlossen, daß es für sie zu rauh ist«, sagte sie an Stelle jeder Begrüßung, und die Männer wandten sich vor der Ironie in ihrem Ton verlegen ab. Ich nahm meine Kanne und ging. Morag blieb an meiner Seite, ein selbstzufriedenes Lächeln im Gesicht.

»Sieht nicht sehr nett aus da draußen, was?« bemerkte ich.

»Ach was«, meinte sie verächtlich. »Das sind doch heutzutage keine Seeleute mehr. Ich hab meinen Vater rausfahrn sehn, da warn die Wellen dreimal so hoch, und außerdem warn denen ihre Boote nur halb so groß.« Sie wandte sich um und zeigte auf die Bucht. »Ich war selber schon bei schlimmrem Wetter draußen als das da.«

»Morag«, wollte ich wissen, »waren Sie je bei so rauher See draußen, daß Sie Angst hatten?«

»Nur an einmal erinner ich mich«, gestand sie und verzog verlegen das Gesicht.

»War es da sehr rauh?«

»Ach, da warn die Wellen lauter riesige grüne Ungeheuer, durch die man durchschaun konnte. Und kamen genau auf uns zu, und bei jeder hat man gemeint, die nächste schafft das Boot nicht mehr. Mein Vater hat mich unter die Ruderbank gesteckt, damit ich nicht über Bord geh.« Sie seufzte. »Damals hat's uns bös erwischt, und ich glaub, damals hab ich Angst gehabt wie noch nie. Aber wissen Sie«, ergänzte sie hastig, »Angst hab ich gehabt, aber ich war nicht, wie man so sagt, außer mir.« Sie lachte gluckernd. »Damals war ich schließlich jünger und, kann ich wohl sagen, weniger vernünftig wie heut.«

Mit unseren gefüllten Paraffinkanistern machten wir uns auf den Heimweg und blieben oft meinetwegen stehen, damit ich den Kanister vom einen schmerzenden Arm in den anderen nehmen konnte. Morag, die fast das Doppelte an Paraffin trug, stellte den ihren keinen Augenblick ab und sah meinen Anstrengungen mit nachsichtigem Lächeln zu. Hector und Erchy lehnten noch immer an der Wand von Tom-Toms Haus. Inzwischen hatten sich der alte Murdoch und Euan zu ihnen gesellt, sicherlich, um ihnen vorsichtige Warnungen zukommen zu lassen. Eben jetzt waren sie im Gespräch mit einem jungen Mädchen, das schlank und rank zwischen den beiden krummen Alten stand wie ein eingeklammerter Buchstabe I.

»Das da drüben ist die Kleine, die seit paar Tagen bei Mary Anne wohnt«, sagte Morag leise. »Sie haben sie sicher schon gesehn.«

»Nur von weitem«, gestand ich.

»Sie hat Hector gebeten, sie heut zum Festland zurückzubringen, und er hat's ihr versprechen müssen.«

»Das glaub ich gern, daß er ihr das versprochen hat«, murmelte ich beim Näherkommen. Sie war eines der schönsten Geschöpfe, das ich je gesehen habe, mit riesigen, strahlenden braunen Augen, dunklen Locken, wunderbar zarten Knochen und einer so goldenen Haut, daß man meinte, sie verströme an diesem trüben Tag Sonnenlicht. Selbst ich war sekundenlang überwältigt von ihrer Erscheinung. Was sie unter den Männern anrichtete, konnte ich nur ahnen.

»Aber Hector«, klagte sie schmeichelnd, während wir uns näherten, »du hast's doch versprochen, daß du mich mitnimmst. Ich wär doch sonst heut früh mit dem Bus gefahrn und hätt die Fähre genommen, wenn ich gewußt hätt, daß dein Boot nicht fährt. Ich muß doch am Montag in London im Büro sein, oder ich werde gefeuert.«

Hector preßte die Schultern noch fester an die Mauer und blickte finster.

»Ach was, die kündigen dir nicht«, tröstete Erchy. »Sagst ihnen einfach, dich hat der Sturm aufgehalten, und alles ist in Ordnung.«

»Das kann ich ihnen nicht sagen«, entgegnete sie.

»Warum nicht?« wollte Erchy wissen.

»Sie würden's nicht verstehn.«

Erchy grunzte abfällig.

»Vielleicht wird's gegen Abend ruhiger«, prophezeite Euan. Das Mädchen, dem es trotz klappernder Zähne gelang, entzückend auszusehen, wurde sichtlich heiterer.

»Wenn es ruhiger wird, fährst du mich dann am Abend rüber?« schmeichelte sie mit einem Blick, bei dem die Männer eigentlich eine ganze Flottille von Booten hätten vom Stapel lassen müssen.

»Nein, nein«, sagte der sonst so beeindruckbare und für Schönheit empfängliche Hector und scharrte voller Unbehagen mit den Füßen. »Heut abend wird die Flut ganz verkehrt sein, und da kriegt man kein Dingi vom Ufer.«

Die Miene des Mädchens, das sich nun an mich wandte, war ein Gemisch aus Gekränktheit und Unglauben. »Die begreifen anscheinend nicht, wie schrecklich wichtig es für mich ist, daß ich zurückkomm. Ich hab eine neue Stellung, sie war schwer zu kriegen, eine gute Stellung, und mir steht eigentlich gar kein Urlaub zu, aber die haben mir freundlicherweise die paar Tage gegeben. Könnten Sie versuchen, Hector das zu erklären?«

Ich schüttelte den Kopf. Zwar verstand ich ihre Enttäuschung, war aber mittlerweile ebenso außer Kontakt mit ihrer Welt wie der Rest der Gruppe.

»Also«, sagte Erchy entschlossen. »Du sagst, du kannst nur dann am Montag früh in London sein, wenn du heut abend hier losfährst. Und du kannst hier heut abend nicht weg, also kannst du nur eins: warten!«

»Die werden nicht böse sein, wenn du denen einfach erklärst, daß der Sturm dich hier festgehalten hat«, meinte auch Euan beschwichtigend. »Und die Flut«, setzte er noch hinzu.

Das Mädchen schien ganz niedergeschlagen. »Ich hab euch doch gesagt«, wiederholte sie, »solche Sachen kann man Londonern nicht erklären. Die glauben das nie«, schloß sie mit grimmigem Lächeln.

Euan war sichtlich erschüttert. »Was, das glauben die nicht?« fragte er.

Das Mädchen schüttelte den Kopf.

»Meine Kleine«, riet er ihr mit größtem Ernst, »ich sag dir was: Am besten gehst du nie wieder zu solchen Leuten. Wenn die von Stürmen und Flut und all so was nichts verstehn, müssen sie ein wilder Haufen sein.«

»Miss Peckwitt und Morag! Seid ihr's wirklich?« Tom-Toms Frau war um die Hausecke gekommen. »Kommt doch rein und trinkt ein Täßchen bei mir. Ich hab's fertig.«

Wir folgten ihr ins Haus, und die Männer polterten hinter uns drein, bestrebt, den weiteren Bestürmungen des Mädchens zu entgehen.

»Also wirklich«, knurrte Erchy und ließ sich auf der Bank nieder, »manche Leute glauben, wir machen das Wetter selber!«

»Ja, und Ebbe und Flut auch«, bestätigte Hector. »Etliche von denen, die zu meinem Boot kommen, sagen zu mir: ›Kann ich diesen Picknickkorb dalassen?‹ oder ›Kann das hier auf'm Ufer bleiben, bis wir zurück sind?‹ Und wenn ich ihnen sag, nein, tragen Sie ihn rauf auf die Felsen, oberhalb der Flutlinie, dann glauben sie, ich bin nicht nett zu ihnen.« Er schüttelte betrübt den Kopf.

»Sieht so aus, als ob die einfach von Ebbe und Flut nichts wissen«, überlegte Erchy.

»In der Theorie schon, aber nicht in der Praxis«, sagte ich. »Sie lernen etwas über die Gezeiten, aber man bringt ihnen nicht bei, daß das Wasser auch auf dem

Stück Strand, auf dem sie gerade sitzen, ansteigt und sinkt.«

Ernstlich erstaunt betrachtete mich Hector. »So einfache Sachen sollten die gar nicht lernen müssen«, versicherte er mir. »Das hat man uns auch nicht beigebracht.«

Während ich meinen Tee trank, beobachtete ich Hector heimlich, denn er hatte soeben etwas vollbracht, was ich ihm nicht zugetraut hätte, nämlich den Reizen eines jungen, schönen Mädchens gegenüber gleichgültig zu bleiben. Ich hätte gern den Grund dafür gekannt.

»Ist das Mädchen nicht eine Schönheit?« fragte ich auf gut Glück.

»Was?« fragte Erchy stumpfsinnig.

Tom-Toms Frau dachte kurz nach. »Na ja, sie ist nicht übel, mein ich«, räumte sie ein.

Hector sah von seinem Tee auf. »Ach, was nützt's denn, wo sie so dünn ist, daß man mit ihr Socken stopfen kann«, bemerkte er grinsend und warf den anderen Männern einen Bestätigung fordernden Blick zu.

Tom-Toms Frau, die man mir einmal geschildert hatte als »nicht fett, braucht aber viel Platz, wenn sie sich setzt«, stieß ein anerkennendes Gluckerlachen aus. Ich sah Hector an. Mir war nie der Gedanke gekommen, er könne bei der Wahl seiner Gespielinnen besonders auf die Figur achten. Was hatte denn, überlegte ich, das Mädchen an sich, das sie so wenig interessant machte?

»Sie hält zuviel von sich«, erklärte er, als hätte ich die Frage laut gestellt. »Erst neulich war ich unten am Strand, da kommt sie daher. Sucht sich bunte Steine und will sie mitnehmen, und kaum sieht sie mich, läßt sie ihren Beutel fallen und sagt: O Hector, ich bin so froh, einen großen starken Mann zu treffen, der mir meine Steine trägt, die sind nämlich schrecklich schwer, sagt sie.«

»Na und, hast du sie ihr getragen?« erkundigte sich Morag und zwinkerte mir zu.

»Nein, hab ich nicht«, erwiderte Hector. »Ich hab zu ihr gesagt, wenn sie sie so weit hat tragen können, muß sie stärker sein, als sie dachte, und deshalb soll sie sie auch das letzte Stück tragen.« Seine blauen Augen sahen uns spitzbübisch der Reihe nach an, als erwarte er unseren Beifall. »Wißt ihr was, sie hat sich so über mich geärgert, daß sie den ganzen Heimweg fast kein Wort mehr mit mir geredet hat.«

»Das verstehe ich nicht«, sagte ich. »Ich hätte gedacht, daß jeder der Hiesigen hinter ihr her sein würde. Wetten, daß sie in England an jede Menge Bewunderung gewöhnt ist?«

»Also hier findet sie keine«, erklärte Erchy kurz und bündig.

»Und dabei ist sie so etwas wie eine Schönheitskönigin«, überlegte ich laut.

»So seh ich's nicht«, höhnte Hector. Schmatzend nahm er noch einen Schluck Tee. »Und überhaupt ist sie eine Fremde und irgendwie komisch.« Düster blickte er in seine Tasse. »Mit der möcht ich nie was zu tun haben, die hat ja keine Religion, nur so 'n Stück Holz oder Stein.«

Das gesamte Wochenende über rasten graue Wolken über eine zottige See, doch am Montagabend verkündete der Nachthimmel so etwas wie Frieden, und als ich Dienstag früh erwachte, fehlte das Geräusch des Regens an meinen Fenstern, und keine heftigen Windstöße drangsalierten mehr das Dach. In Bruach war das Leben so untrennbar mit dem Wetter verbunden, daß man sich angewöhnte, morgens auf den Wind zu lauschen, etwa so, wie man nach überstandener Krankheit aufwacht und auf den einsetzenden Schmerz wartet. War morgens nichts von einem Sturm zu hören, wartete man gespannt ab, ob das Wunder Wahrheit war, und warf dann die Decken beiseite und machte sich eilig an einen arbeitsreichen Tag.

Als ich Bonny gemolken hatte und heimkam, hatte die »Wayfarer« ihren Liegeplatz verlassen und war nur noch ein dunkler Punkt am Horizont. Nach wenigen Tagen hatte Nelly-Elly, die Postmeisterin, einen Anruf von Erchy bekommen, des Inhalts, daß Johnny Ulkig beim

Zahnarzt gewesen war und Hector sich ein neues Boot gekauft hatte, mit dem er jetzt heimzusegeln gedachte. Sie berichtete, er habe ganz nüchtern geklungen. Zwei, drei Tage lang hörte man nichts von den Männern und nahm daher an, daß sie schon unterwegs seien. Wer ein Fernglas hatte, blickte oft, die Ellbogen auf eines der Steinmäuerchen gestützt, aufs Meer hinaus, um die Seefahrer als erster zu sehen und dann die Nachricht im ganzen Dorf verbreiten zu können. Für leicht Ablenkbare wie mich war das ein Vorwand, die weiter draußen liegenden Inseln zu beobachten, ihre verschiedenen Gipfel einzuordnen oder aber, näher am Ufer, das Glas auf die stets emsigen Seevögel zu richten: die gierig fischenden Kormorane, die eifrig wippenden Möwen, den raschen Tauchflug der Seeschwalben über das Wasser, und als Kontrast dazu die regungsloswürdigen Reiher stehen zu sehen oder aber all das beschämt mit der eigenen Untätigkeit zu vergleichen.

Es verging eine Woche ohne jedes Anzeichen vom Boot, und als am folgenden Dienstagmorgen der Nebel sich vom Meer hereinwälzte, dick wie ein Schwamm, und alles jenseits der Hügel verhüllte, wußten wir, daß wir noch eine ganze Weile nicht mit ihm rechnen konnten. Ich fragte mich, ob sich Morag und Behag, Hectors Frau, wegen der fehlenden Nachricht Sorgen machten, und fand, ich sollte abends hingehen und mit ihnen einen *ceilidh* zu mir nehmen. Als ich die Tür zu Morags Cottage aufstieß, hörte ich Stimmengewirr.

»Kommen Sie nur rein«, rief Morag vergnügt. »Kommen Sie und schaun sich die Halunken an!«

Erchy, Tom-Tom und Hector saßen mit im Lampenlicht glänzenden Gesichtern am Tisch und ließen sich ein Gericht Salzheringe mit Kartoffeln schmecken. Eine halbvolle Flasche Whisky stand auf dem Tisch und neben dem Herd auf dem Boden standen ein paar leere. Die Männer wirkten sehr zufrieden mit sich.

»Wie um Himmels willen seid ihr denn bei diesem Wetter heimgekommen?«

»Auf Hectors neuem Boot. Was dachten Sie denn?« erwiderte Erchy schelmisch.

»Hattet ihr einen Kompaß?«

»Nein, hatten wir nicht. Was solln wir denn mit so 'nem Ding?«

»Aber ist denn nicht der Nebel auf dem Wasser ebenso dick wie an Land?« erkundigte ich mich.

»Doppelt so dick«, behauptete Erchy. »Wir sind mit'm Boot immer wieder gegen was angeknallt. Hector sagt, das war nur Wasser, aber ich glaub, wir sind gegen jeden Felsen zwischen hier und Oban angerempelt.« Er brach eine große, mehlige Kartoffel auseinander und stopfte sie sich fast zur Gänze in den Mund. Dann wandte er sich zu Hector. »Du hast da ein gutes, starkes Boot«, belehrte er ihn und schlug ihn dabei auf den Rücken. »Muß es sein, sonst wär's nämlich jetzt kaputt.«

Hector lächelte verlegen dem Hering zu, den er in beiden Händen hielt.

»Nun mal im Ernst«, redete ich ihnen zu. »Wie habt ihr es nur fertiggebracht, ohne Kompaß zu navigieren?«

»Na ja, wir sind erst mal immer im Kreis gefahren«, erklärte Hector. »Jedesmal wenn sich der Nebel ein bißchen gehoben hat, haben wir entweder rechts oder links von uns dasselbe Stück Küste gesehen. Wir sind immer dicht am Ufer geblieben, verstehn Sie, und haben versucht, dran entlangzuschippern.«

»Aye«, nahm Erchy den Bericht auf, »und dann ist mir eingefalln, daß mein Vater uns erzählt hat, wie er mal auf See in 'n Nebel gekommen ist. Er hat 'ne Zeitung zerissen, die er an Bord hatte, und sie aufs Wasser gestreut, damit er merkt, ob er im Kreis fährt. Das haben wir auch gemacht. Den ganzen Weg haben wir das gemacht und sind heil und ganz heimgekommen.«

Es klang wie eine Geschichte, die ich schon einmal gehört hatte und die zu glauben unvernünftig gewesen wäre. »Stimmt das wirklich?« fragte ich zweifelnd.

»So wahr ich hier sitze«, behauptete Erchy, und ich weiß bis heute nicht, ob er mich nicht nur aufgezogen hat.

»Ihr habt aber noch nicht erzählt, wie es Johnny beim Zahnarzt ging«, ließ sich Behag vernehmen. Sie saß gemütlich auf der Bank, und drei lebhafte Kätzchen und die unbezähmbare Fiona halfen ihr einen Inselpullover strikken.

Die drei Männer johlten dreistimmig vor Lachen. »Ihr hättet dabeisein solln«, sagte Erchy. »Johnny ist lammfromm hin und hat sich in den Stuhl gesetzt. Wir dachten schon, der macht gar keine Mühe, aber der Zahnarzt hat ihn kurz angeschaut und beschlossen, er gibt ihm Lachgas. Das ging in Ordnung, und nach kurzem Kampf hat er den Zahn gezogen. Aber dann muß er den Knebel zu früh rausgenommen haben oder so was. Jedenfalls hatte er den Daumen noch in Johnnys Mund drin, und Johnny hat plötzlich zugebissen. Du meine Güte, ihr hättet hören sollen, wie der Zahnarzt brüllte. Er hat seinen Assistenten ausgeschimpft, und der Assistent hat zurückgeschimpft und ihm ins Gesicht gesagt, daß er ein Idiot ist. Schließlich hat er den Daumen wieder rausgekriegt, aber mein Gott, der sah aus, kann ich euch sagen. Und da kommt der Johnny wieder zu sich, und wie er merkt, daß der Zahn raus ist und ihm nicht mehr weh tun kann, strahlt er und springt aus'm Stuhl und stürzt auf den Zahnarzt los und brüllt: ›Bei Gott! Bei Gott!‹«

Hier krümmten sich alle vor Lachen. »Das arme Kerlchen von Zahnarzt hat doch nicht gewußt, daß Johnny ihm nur die Hand drücken und danken will, daß er den wehen Zahn los ist«, nahm Erchy die Geschichte wieder auf. »Und kriegt eine irre Angst, Johnny will ihm was tun, und rennt im Sprechzimmer im Kreis rum und hält sich den Daumen, und Johnny hinterher und brüllt immer noch: ›Bei Gott! Bei Gott!‹ Das macht er doch immer, wenn er sich aufregt. ›Schafft ihn raus‹, schreit uns der Zahnarzt an. Der kreischte richtig. ›Schafft den Schisser hier raus, eh er mich umbringt.‹ Also ich und Tom-Tom kriegen Johnny schließlich zu fassen und zerren ihn hinaus. Der arme Zahnarzt war so durcheinander über alles, daß ich wieder rein bin und ihm erklärt hab, daß Johnny ihm nichts Böses wollte und ihm nur hat danken wollen.« Erchy würgte einen Mundvoll Heringsgräten auf seinen Teller. »Aber der hat nicht auf mich gehört. ›Laßt ihn ja nicht mehr hier rein‹, sagt er. ›Meine Hand, die ist jetzt so kaputt, daß ich vielleicht nie wieder 'n Zahn ziehn kann.‹«

»Der Arme«, stieß Morag scheinheilig hervor. Ich wußte jedoch nicht, wen von beiden sie meinte.

»Habt ihr Hühner mitgebracht?« fragte ich nach einer Pause.

»Aye, haben wir.«

»Schwarze Leghorn?«

»Aye.«

»Schwarze Leghorn?« rief Morag schrill und mit einer Schärfe, die nur von einem eben genossenen Schlückchen Whisky gemildert wurde. »Besoffne Leghorn wohl eher!«

»Besoffene?« fragte ich lächelnd.

»Genau. Besoffne«, bekräftigte Morag und hob die Deckel von zwei Pappkartons neben dem Herd.

»Aye«, begann Erchy zu erläutern: »Verstehn Sie, wir haben sie vor drei Tagen gekauft gehabt, als wir dachten, jetzt fahrn wir heim. Und dann haben wir so Burschen getroffen, die wir kannten, und haben mit denen tüchtig getrunken und sind am nächsten Tag nicht rechtzeitig aufgewacht. Und die Burschen sind am nächsten Tag wiedergekommen, und wir haben wieder getrunken und sind wieder dageblieben. Die Küken hatten wir vergessen, verstehn Sie.«

»Ich hab die nicht vergessen«, widersprach Hector, der allmählich auf seinem Stuhl eindöste. »Ich hab ihnen 'n kleines bißchen Hafermehl gegeben, das hab ich aus meinem Taschenfutter rausgekratzt.«

Morag schnaubte. »Du hättst es ruhig drinlassen solln«, meinte sie, »es wird ihnen kaum was genützt haben.«

»Also wie gesagt«, fuhr Erchy fort, »haben wir erst irgendwann gestern abend wieder an die Küken gedacht, weil der Hector mit einmal gesagt hat: Mein Gott, die Küken! Und da haben wir sie aus'm Steuerhaus rausgeholt, wo sie die ganze Zeit warn, und haben sie uns angesehn. Sie haben nicht schlecht ausgeschaut und haben lauten Krach gemacht, aber sie warn irgendwie zusammengekuschelt, als wär ihnen kalt.«

»Klar war denen kalt«, warf Morag ein. »Arme kleine Dinger!«

»Und was habt ihr dann gemacht?« ermunterte ich.

»Wir haben nicht gewußt, was«, sagte Erchy. »Kohle hatten wir nicht an Bord, um Feuer zu machen, und auch sonst nichts, um sie zu wärmen, und da hat der Hector gemeint, wir solln sie mit unsrem Atem wärmen. Und das haben wir. Wir haben abwechselnd immer wieder tüchtig auf sie gepustet. War's nicht so, Hector?«

Hector wurde wieder munter und bestätigte seine Heldentat.

»Aber wieso sind sie denn dann betrunken?« fragte ich geduldig weiter.

»Ach, Sie wissen doch, wie's ist, Miss Peckwitt. Die Burschen, die wir getroffen haben, kamen wieder zu uns runter und hatten ein paar Flaschen dabei, und da haben wir wieder getrunken. Aber wir haben dran gedacht und die Küken nicht vergessen und haben immer wieder die Deckel von ihren Schachteln hochgehoben und sie mit unsrem Atem schön durchgewärmt. Ich weiß noch, daß ich mal dachte, jetzt werden sie aber allmählich schläfrig. Sie haben die Augen zugemacht und so gewackelt und sich hingelegt und die Beine gestreckt. Ich dachte, die sterben einfach, aber Hector hat gesagt, nein, die legen sich nur zum Schlafen hin, wie man's eben so macht.« Er lachte. »Ach, ich glaub, wir warn wohl beide schon ziemlich besoffen.«

»Ich hätte erwartet, daß sich Johnny Ulkig mütterlich wie eine Glucke um sie kümmert«, sagte ich.

»Der hat ja nichts von ihnen gewußt«, sagte Erchy. »Der war kaum an Bord, da hat er sich in sein Ölzeug gerollt und sich in seine Koje gelegt und sich nicht mehr gerührt, außer um eins von den hartgekochten Eiern zu essen, die Kirsty ihm mitgegeben hat. Ehrlich, es warn drei Dutzend!«

»Also daliegen tun sie nicht mehr«, sagte Morag nach einem weiteren kurzen Blick in die Pappkartons. »Sehr munter sind sie nicht, aber sie stehn auf den Beinen.«

»Was hab ich gesagt – die warn bloß betrunken. Betrunken von zuviel Whiskydunst«, sagte Tom-Tom, der, seit er fertiggegessen hatte, den bunten Tellern auf dem Büfett albern zulächelte, als sähe er eine Balletttruppe.

»Die armen Kerlchen«, wiederholte Morag. »Eintagsküken und so besoffen, ich glaub nicht, daß die noch einen Tag älter werden.«

Doch sie irrte sich. Die armen Kerlchen blieben nicht nur am Leben, sie gediehen sogar bestens. Sie schienen immun gegen alle Krankheiten, die sonst Küken befallen, und nicht einmal Morag hatte je solche wunderbaren Legehennen erlebt.

Touristen

Nelly-Elly, ihr Sohn Duncan, Erchy und Hector – alle schauten sie etwas ratlos, als ich das Postamt betrat.

»Ein herrlicher Tag, was?« begrüßte ich sie überschwenglich. Obwohl sie nachdrücklich bestätigten, es sei wirklich ein herrlicher Tag, und höflicherweise auch noch die Vorteile solchen Wetters für höhere Ernteerträge und mehr Touristen bejubelten, lag doch eine gewisse Spannung in der Luft.

»Frag doch mal Miss Peckwitt, was die meint«, schlug Erchy vor.

»Klar, wollt ich gerade machen«, sagte Nelly-Elly hastig.

Ich blickte von einem zum anderen.

»Es ist nämlich so«, begann die Postmeisterin, »eben ist ein Telegramm durchgekommen für einen von den jungen Leuten, die unten am Bach zelten, für so 'nen dunkelhaarigen mit einer dicken Brille, der beim Reden immer Kaugummi kaut, kennen Sie den?«

Ich nickte, konnte mir aber nicht vorstellen, was daran schwierig war.

»Ja«, fuhr Nelly-Elly etwas beklommen fort, »der hat offenbar 21. Geburtstag, und der Absender hat dafür ein Schmuckblatt bezahlt, aber ich hab keins mehr da.«

»Und wenn wir jetzt«, sprach Duncan an ihrer Stelle weiter, »ein ganz gewöhnliches Formular nehmen, und er kriegt raus, daß ein Schmuckblatt bezahlt worden ist, kommt jemand vielleicht auf die Idee, sich zu beklagen.«

»Welche Schmuckblätter habt ihr denn?« fragte ich voll Hilfsbereitschaft.

»Nur die da«, sagte Nelly-Elly und reichte mir zwei Schmuckblätter, das eine mit Hochzeitsglocken verziert, das andere voller Störche. »Nur die und dann gewöhnliche Formulare.«

»Ich sag, sie soll ihm das mit den Vögeln schicken«, schlug Hector vor. »Der arme Mensch erschrickt vielleicht, wenn er mitten im Urlaub 'n Hochzeitstelegramm kriegt.«

»Kommt ganz darauf an, was drinsteht, würde ich meinen«, sagte ich.

»Drin steht: Gratulieren dir zum einundzwanzigsten«, las Nelly-Elly mir entgegenkommenderweise vor.

»In diesem Fall würde er, denke ich, am meisten erschrecken, wenn er das mit den Störchen bekäme«, sagte ich. Meine Frivolität fand keinen Anklang.

»Was is'n ein Storch?« wollte Hector wissen.

»So ein Vogel wie die hier«, erklärte ich ihm und wies auf das Formular. »Von denen heißt es, daß sie die kleinen Kinder bringen.«

»Aye?« Seine Miene drückte höflichen Zweifel aus, und mir wurde klar, daß man in Bruach natürlich nie solche beschönigende Umschreibungen benutzt hatte.

»Soll ich runtergehn und den Mann fragen, welches Formular er möcht?« erbot sich Erchy.

Nelly-Elly schien im Zweifel. »Ach nein, wenn Duncan es auf dem Hochzeitsvordruck mit runternimmt und dem Burschen erklärt, daß wir im Moment nur das eine haben, faßt er das wahrscheinlich nicht falsch auf.«

»Wahrscheinlich«, trösteten wir sie, und so schrieb sie den Text auf und gab ihn Duncan. Erchy und Hector begleiteten ihn, um sich die möglichen Reaktionen anzusehen.

Ich übergab Nelly-Elly meine Briefe, und sie probierte versuchsweise den Datumsstempel auf ihrem nackten Arm aus. »Ach«, rief sie. »Gestern abend war Fiona da und hat mit meinem Stempel gespielt.« Sie drückte ihn wieder zurecht und preßte ihn erneut auf ihren Arm, ehe sie die Umschläge damit stempelte. »So, jetzt«, sagte sie und ließ die Briefe in den Kasten fallen.

Dann kam sie hinter dem Schalter hervor und schloß und verriegelte die Tür des Postamts hinter mir. Es war zwar erst drei Uhr nachmittags, doch sie wollte ihr an den Weg grenzendes Kartoffeläckerchen hacken und konnte von dort etwaige Postkunden sehen. Lange blieb sie nicht ungestört, denn Bruach hatte bereits seine erste Zuteilung an Touristen bekommen, und ich hatte die Post noch keine dreißig Meter hinter mir, da kam auch schon ein Paar sonnengedörrter, mückenzerfressener Camper die Straße heraufgetrabt, die mich leicht gereizt fragten, wo sich denn die Post versteckt hielte, und ob sie, sofern sie diese fänden, dort Marken bekämen. Sowohl ihr Ton als auch ihre Bemerkung deuteten darauf hin, daß sie Bruach bisher wenig zuvorkommend gefunden hatten. Ich wies ihnen den Weg, doch ihre Gereiztheit hatte bei mir eine gewisse Reaktion ausgelöst, auch ich war gereizt, nicht gegen Bruach oder seine Bewohner, sondern gegen die Touristen selbst, denn sie kamen mittlerweile mit Wagen und Bussen, raubten dem Dorf seine Abgeschiedenheit und weckten die schlummernde Habsucht der Crofter.

Von dem Augenblick an, in dem die ersten Touristen eintrafen (in Bruach sprach man es »Tauristen« aus), wurden die Crofter aufgeweckter. Mit Ausnahme des alten Euan, dieses Dickschädels, der mit Touristen nichts im Sinn hatte und ihnen bei zufälligem Zusammentreffen einen Blick zuwarf, der deutlich »Bleib mir vom Leibe!« sagte, genossen die Bruacher ausgiebig die Abwechslung und den vermehrten Wohlstand, den die Anwesenheit von Besuchern dem Dorf verschaffte. Bald tauchten an den am Wege gelegenen Häusern Schilder auf, die sie zum »Tearoom« erklärten oder »Zimmer mit Frühstück« anboten, mehr als genug für die wenigen Menschen, die kamen. Manche lockten mehr Gäste an als andere, vielleicht wegen ihrer Lage, vielleicht auch wegen der gebotenen Kost, und es war trostreich zu sehen, wie wenig Konkurrenzneid zwischen ihnen bestand. Zugegeben, Hamish war eine Saison lang enttäuscht gewesen, wie wenig Gäste der Teeraum seiner Frau anzog, und hatte im darauffolgenden Jahr versucht, das zu verbessern, indem er ein Schild TOILETTE im Garten vor dem Haus aufstellte. Mühsam, denn er war krumm vor Rheuma, hatte er dieses Wort in hohen weißen Buchstaben aufgemalt, doch da das Buchstabieren nicht Hamishs Stärke war, hatte er nur TOLET fertiggebracht. Passanten interpretierten es als »To let« – »zu vermieten«. Den ganzen Sommer lang wurden Hamish und die Seinen von Leuten belästigt, die ihr schilfgedecktes Häuschen mieten wollten, bis Hamish, außer sich vor Ärger, die Lage klärte, indem er WC darübersetzte. Ob der Teeraum nun mehr Zulauf hatte, weiß ich nicht, wohl aber sah ich beim Vorübergehen an Hamishs Häuschen Gruppen erstaunter Touristen stehenbleiben und darüber diskutieren, ob hier wohl ein WC zu vermieten sei.

An den Sonntagen aber kehrte Bruach trotz der Anwesenheit von Touristen zu seiner gewohnten Frömmigkeit zurück. Zum Bleichen ausgebreitete Leintücher wurden hereingenommen, sofern sie trocken waren, oder auch noch naß zusammengerollt, damit die Sonne nicht zum Bleichen mißbraucht wurde. In einigen Häusern bat man männliche Gäste, ob es ihnen etwas ausmache, sich bereits am Samstagabend zu rasieren, weil die Wirtin am Sabbat den Gebrauch des Rasiermessers nicht erlaube, und immer wurden am Samstagabend die Schilder »Tearoom« mit Sackleinwand verhüllt. Aber mit so raffinierter Nachlässigkeit, daß die Buchstaben nie ganz verdeckt wurden.

»He breeah!«

Ich blieb stehen, wandte mich in die Richtung des Grußes und sah Janet mit Dugald sprechen, der eben auf seinem Kartoffelfeld arbeitete. Sie winkte mir zu, sie käme mit, und ich setzte mich auf den grasigen Wegrand und wartete auf sie. Die Sonne brannte durch mein Kleid, und das dürre Gras war warm und stachlig an meinen nackten Beinen. Es wehte ein Windchen so sanft wie Distelflaum und trug das Lied der Lerche mit sich, während draußen in der Bucht ein Schwarm Delphine in vollendeter Grazie sprang und tauchte. Dichter am Ufer durchschnitten die Rückenflossen dreier Haie träge das Wasser. Wir befanden uns schon mitten in der zweiten Woche der langen Tage, an denen einem die Sonne frühmorgens in die Augen stach und nach glühendem Untergang in einem stillen, beruhigenden Zwielicht endete, das nur zu bald wieder zur Morgendämmerung erblühte. Die Kuckucke, die den ganzen Tag dem eigenen Echo antworteten, bis man dachte, sie und alle Zuhörer würden wahnsinnig, verlangsamten während der Nacht nur den Abstand ihrer Rufe – ganz aufhören taten sie nicht.

»Ach, *mo ghaoil*«, pustete Janet und mühte sich die steile Böschung herauf. »Wann geht denn dieses schöne Wetter mal zu Ende?«

»Sind Sie es denn leid?« fragte ich.

»Das Wetter nicht, nur die Wasserknappheit«, schalt sie. »Mein Bruder schimpft, er hätte für nichts andres mehr Zeit, weil er den ganzen Tag für mich zur Quelle muß.«

Hatten wir in Bruach eine Schönwetterperiode, war es immer dasselbe: Wir konnten sie nicht richtig auskosten, denn nach den ersten paar Tagen mußten wir uns Sorgen um die Wasserversorgung machen.

»Und dabei hätt ich soviel Leintücher zu waschen«, ergriff Janet wieder das Wort. »Und heut abend kommen neue Gäste. Und selbst wenn ich das Wasser krieg: Die Quelle steht so niedrig, daß es aussieht, als ob ich in starkem Tee wasch.« Sie hob den Sack mit den Broten von der einen Schulter auf die andere. »Die Frau, die bei mir wohnt, wollt mit mir reden, wie ich grad beim Waschen war, und da hätten Sie bloß sehn sollen, wie die mein Wasser angeschaut hat.« Janet lachte gemütlich in sich hinein.

»Ist das die Frau aus Manchester, von der Sie mir erzählt haben?« erkundigte ich mich.

»Stimmt, *mo ghaoil,* und deswegen wollt ich Sie um

was bitten. Sie sagt, sie fühlt sich hier so fremd, und sie möcht so schrecklich gern mal mit einer Engländerin reden, und da hab ich mir gedacht, könnten Sie wohl heut abend rüberkommen und mit ihr schwatzen und sie 'n bißchen aufheitern.«

»Ich kann gerade nicht«, entschuldigte ich mich, denn in Bruach gibt es für den Nachmittag keine Bezeichnung. Es bleibt bis ungefähr zwei Uhr »Morgen«, und von da an ist »Abend«. »Ich hab Fiona versprochen, sie darf mit mir auf ein Picknick, und ich glaube nicht, daß mir abends noch danach ist, irgendwohin zu gehen.«

»Sicher nicht«, meinte Janet verständnisvoll, denn Hectors und Behags Töchterchen war ein notorisch eigensinniges Kind.

»Soll ich ihr dann sagen, daß Sie morgen kommen?« bat Janet und ergriff, als ich das zusagte, dankbar meine Hand. »Es gefällt ihr bestimmt sehr, sehr gut, wenn sie das hört. Sie tut nämlich, wie wär sie unter 'ne Horde Wilde gefalln.« Wieder stieß sie ein gluckerndes Lachen aus. »Neulich mal hat sie mich sogar gefragt, ob nicht hinter den Hügeln Kohlenminen lägen, weil die sie an die Schlackehaufen erinnern. Ja, Schlackehaufen hat sie sie genannt.«

»Warum ist sie denn bloß hierher gekommen?« fragte ich leicht verletzt.

»Ich glaub, ihr Mann war früher öfter hier in der Gegend und hat ihr immer so davon vorgeschwärmt, und wie sie ihn nun verloren hatte, hat sie gemeint, sie sollt sich doch mal ansehn, was er so geliebt hat.«

»Nur gut, daß sie nicht mit ihm mitgekommen und ihm alles miesgemacht hat«, sagte ich.

»Genau das hab ich Dugald gesagt. Die Frau ist dauernd am Jammern, weil sie weit und breit keinen Fabrikschornstein sieht.«

Sandwichs und Kuchen für unser Picknick standen bereit, ich brauchte sie nur noch in eine Tasche zu tun und Fiona abzuholen.

Sie hüpfte schon ungeduldig in der Tür auf und ab, und kaum erblickte sie mich von weitem, kam sie laut rufend auf mich zugerannt.

»Dugald ist eben weg und sagt, du sollst heut abend auf'm Heimweg Rhabarber mitnehmen.« Sie drehte mich an der Hand einmal um mich selbst, so daß wir in die entgegengesetzte Richtung als die von mir geplante schauten. »Wir gehn dorthin!«

»Nein, wir gehen hierhin«, sagte ich energisch. Das war das Schlimme bei Fiona: Sie war so gewöhnt, ihren Kopf durchzusetzen, daß sie für Einwände taub geworden war. Sie zerrte mich weiter in die von ihr gewünschte Richtung, aber diesmal war ich entschlossen festzubleiben.

»Ich gehe dorthin, Fiona. Wenn du woandershin willst, darfst du das gerne. Wir werden unseren Proviant jetzt teilen.« Es war ein Risiko, denn sie war durchaus fähig, allein loszuziehen, und ich hätte heimlich hinter ihr herschleichen und mich vergewissern müssen, daß sie nicht zu Schaden kam. Ihre abrupte Kapitulation schien sie genauso zu erschüttern wie mich, denn sie äußerte keinen einzigen Befehl, während wir über die knisternden trockenen Moore stapften und uns durch ausgetrocknete Bachbetten lavierten.

»Warum hast du nicht den andern Weg nehmen wolln?« fragte sie, als sie ihr seelisches Gleichgewicht wiedergefunden hatte und wir uns gegenseitig einen steilen Weg hinunterhalfen. Er führte zu einem Stück Strand, das ich wegen seiner Abgeschiedenheit sehr schätzte, und dabei erklärte ich ihr, warum ich dorthin wollte. In Wahrheit nämlich, um Bonny aus dem Weg zu gehen. Als ich sie gekauft und mit dem übrigen Vieh des Dorfes auf die Hügel gebracht hatte, war sie eine Zeitlang allein und freundlos gewesen und hatte sich angewöhnt, mir zu folgen, sobald sie mich erblickte. Ich hatte den Fehler gemacht, »ein Häppchen« für sie zu meinem Picknicklunch zu packen, und erleben müssen, daß sie begeistert über mir stand und saftiges Grün kaute, von dem Speichelfäden auf mein Essen tropften.

Als sie das nächste Mal die Lunchtasche über meiner Schulter erblickte, konnte sie es kaum erwarten, daß ich sie öffnete, war dicht hinter mir geblieben und hatte mich, als ich auf den Trittsteinen durch einen Bach zögernd mein Gleichgewicht suchte, so eifrig mit den Hörnern vor sich hergestoßen, daß die Lunchtasche und ich selbst kläglich durchnäßt wieder auftauchten. Ihre Zuneigung war rührend, und deshalb wollte ich sie nicht zurückweisen, bis sie von der nur geduldeten zur anerkannten Leitkuh des Jungviehs aufgestiegen war. Von da an mußte ich mir einen anderen Ort für meine Mahlzeiten im Freien suchen. Die eigene Kuh konnte man vielleicht noch zu einem Picknick einladen, nicht aber dreißig, vierzig andere – von denen jede neugierig war, was denn die Führerin an dieser Picknicktasche so anziehend fand.

Fiona glotzte ausdruckslos, während ich redete, und stellte, als ich zu Ende war, trocken fest: »Siehst du das Boot da draußen?«, als hätte sie kein Wort gehört. Sie sah über das unbewegte Wasser, durch das ein Boot mit Ringnetz mit entschlossener Eile pflügte.

»Hat viel Fisch geladen«, sagte sie altklug.

»Woher weißt du das, Schlauberger?« neckte ich.

»Weil die Möwen hinterher sind«, erwiderte Fiona mit schmalen Lippen. Sie nannte mich nicht eine törichte Alte, wie sie es bei ihrer Mutter oder Tante getan hätte, aber ihr Ton war unmißverständlich. Ich schaute hinaus zu dem Boot. Aus seinem Kombüsenschornstein quoll struppiger Rauch, und in dieser Schleppe wirbelten und quirlten die Möwen, und ihre Flügelspitzen blitzten in der Sonne, so daß es aussah, als habe das Boot einen paillettenbesetzten Schal umgeworfen.

Ich schlug vor, wir sollten den Strand absuchen, ein Hauptvergnügen für das Kind, das auch ich genoß, wie ich vielleicht früher einmal in der Stadt einen Einkaufsbummel genossen hätte. Es stärkte das Unabhängigkeits-

und Selbständigkeitsgefühl, Treibholz für den Herd zu sammeln, dazu kam die aufregende Aussicht, möglicherweise etwas wirklich Wertvolles zu finden. Wir kamen nur langsam vorwärts, denn Fiona heischte für ihre trivialsten kleinen Funde meine volle Aufmerksamkeit und schwatzte pausenlos. Schließlich fanden wir aber doch einen knallbunten Ball und fast gleichzeitig einen Kokosfußabstreifer und einen intakten Plastikeimer. Sie war ganz überwältigt von ihrem Glück, bis ihr das Picknick einfiel.

»Wann trinken wir Tee?« fragte sie mit kaum verhohlener Ungeduld.

Ich suchte noch meine eigenen Fundstücke zusammen – ein Messingbullauge, dessen Glas noch heil war, von dem ich fand, es würde meine Haustür verschönern, und zwei Aluminiumschwimmer, die Erchy für mich halbieren und mir dadurch die für Bruach typischen Futternäpfe liefern würde.

»Jetzt gleich, wenn du willst«, sagte ich. Wir setzten uns vorsichtig auf die sonnendurchglühten Felsen und steckten die nackten Füße in einen warmen, von der Flut zurückgelassenen Tümpel, dessen Boden von zerstoßenen Muscheln bedeckt und von Seeanemonen gesprenkelt war. Als wir gegessen hatten, ließen wir Fionas Ball schwimmen, bis die Sonne über das von Felsen abgeschirmte Ufer geklettert war und die Mücken anfingen, Appetit aufs Abendbrot zu bekommen. Wir kletterten wieder hinauf zu den freien Mooren, und unsere Tritte stöberten Hunderte von Heidemotten auf, die vor uns herflatterten wie Blumenblätter in einem übermütigen Wind. Die Sonne strahlte noch abendlich milde, die Schafe erhoben sich eben erst von ihrer Siesta, ein Lamm blökte nach der Mutter, und es antwortete der enttäuschte Schrei eines über ihm schwebenden Bussards. Fionas stämmige Beinchen stapften entschlossen neben mir her, aber sie war schweigsam geworden, und ich ahnte, daß sie müde war. Ich hoffte, sie hätte vergessen, was Dugald ihr aufgetragen hatte, und gedachte sie bei Mutter und Tante abzuliefern, ehe ich den versprochenen Rhabarber holte. Aber sie dachte natürlich daran, und ebenso natürlich bestand sie darauf, mich zu begleiten, auch wenn wir dazu weitere anderthalb Kilometer würden gehen müssen. Ich gab nach, ohne zu widersprechen.

Dugalds Croft lag am Wege und war kenntlich durch ein großes Schild, auf dem stand: »Parken 1 Sh.« Das Schild war ursprünglich nur als Bluff errichtet worden, verbesserte aber mittlerweile Dugalds Rente spürbar. Eines Abends beim *ceilidh* hatte Dugald sich bitter beklagt, die Wagen der Touristen ruinierten ihm das Gras, und jemand hatte gemeint, die wirksamste Art, die Wagen am Parken auf seinem Anwesen zu hindern, sei, etwas dafür zu verlangen. Dugald hatte die Idee ausgezeichnet gefunden und sofort das Schild aufgestellt. Zu seiner Verwunderung fuhren die törichten Automobilisten nicht ein Stück die Straße entlang, wo es genügend Parkplätze gratis gab, sondern parkten weiter auf seiner Croft. Ein paar Tage hatte Dugald sich bemüht, auszusehen, als gehöre ihm weder das Anwesen noch das Haus. Wenn ehrliche Fahrer sich aber nach jemand umsahen, dem sie ihren Shilling bezahlen konnten, und er sie, hinter dem Stall versteckt, ins Cottage gehen und die Parkgebühr seiner Frau geben sah, war er so erschüttert, daß er, wie er es ausdrückte, »nicht mehr wußte, was er zu sich sagen sollte«. Und als er merkte, wie sich die Shilling läpperten, erkannte er die Vorteile der Sache und war, sobald ein Wagen auch nur ein Rad auf seine Croft setzte, sofort aus dem Haus und wartete auf seine Gebühr. Außer natürlich an Sonntagen.

Dugald band gerade die Kälber neu an, als wir uns bemerkbar machten. Er rief, seine Frau sei mit dem Autobus fort, aber im Haus wäre Rhabarber für mich, wenn ich ihn mir holte. Fiona und ich öffneten die Tür zur Veranda und nahmen ein großes Bündel Rhabarberstengel, die mir nicht nur mehrere Tage Nachtisch liefern würden, sondern auch noch für einige Gläser Marmelade reichten. Ich ging zu Dugald hinüber, um mich zu bedanken, und da er mit dem Anbinden fertig war, konnte er sich ein paar Minuten mit mir unterhalten.

»Sie hat gesagt, wenn Sie wolln, kriegen Sie noch mehr«, sagte er. (Wenn die Crofter auf englisch von ihren Frauen sprechen, wissen sie anscheinend nie, als was sie sie bezeichnen sollen, denn im Gälischen heißt die Frau *cailleach*, was wörtlich »die Alte« heißt, finden aber dann, daß das vor den höflichen Engländern nicht das passende Wort sei.)

»Wenn sie genug hat, hole ich mir gern noch welchen«, sagte ich. »Ich könnte Wein daraus machen.«

»Aye, wir haben so viel, daß wir davon ins Meer schmeißen könnten«, meinte er. »Morgen nach'm Essen können Sie wiederkommen und sich noch mehr holen.«

»Morgen kann ich nicht«, entgegnete ich, »ich hab versprochen, zu einer Frau zu gehen, die bei Janet wohnt und von der Janet sagt, sie sei einsam und unglücklich.«

»Ist das die, die sie heut im Boot rumgefahrn haben, daß sie sich die Gegend ansieht, und sie hat die ganze Zeit nicht von ihrem Strickzeug aufgeschaut und überhaupt nichts mitgekriegt?«

»Das klingt, als ob sie es wäre.«

»Klar ist die unglücklich. Die ist aus Manchester, stimmt's?« meinte er, als erkläre das alles.

»Wie geht denn das Parkgeschäft zur Zeit?« fragte ich ihn lachend, worauf er mit schiefem Lächeln reagierte.

»Nicht schlecht, nicht schlecht«, sagte er mit gekünstelter Gleichgültigkeit. »Aber es kommen auch paar Fahrer, von denen krieg ich keinen Shilling, nur 'n Maul voll Schimpfe.«

»Aber erst neulich hat ein Autofahrer Sie mir gegenüber sehr gelobt«, erzählte ich ihm.

»Wie das?« fragte er plötzlich mißtrauisch.

Ich erzählte ihm, ich hätte mit jemand gesprochen, der letzten Sonntag auf seiner Croft parkte und ins Cottage gegangen war, um seine Parkgebühr zu zahlen. Dort sei er auf Dugald getroffen, der in eigensinniger Frömmigkeit den Shilling abgelehnt habe. Sobald er wußte, daß ich keine Gälin war, sei der Mann mit der Geschichte herausgeplatzt. Nie habe er geglaubt, einen Menschen von solch unerschütterlicher Gottesfürchtigkeit zu treffen, der auf das verzichtete, was ihm rechtens zustand, nur weil Sabbat war.

»Ach, der Schwindler«, sagte Dugald, als ich geendet hatte. »Und außerdem war er Engländer, das weiß ich noch.«

»Schwindler?« wiederholte ich.

»Jawohl, Schwindler. Von frühmorgens bis spätabends hat er hier seinen Wagen geparkt, und keine Sixpence hab ich von ihm gekriegt.«

»Aber mir hat er erzählt, er hätte Ihnen Geld aufgedrängt, und Sie hätten es verweigert.«

»Hab ich auch«, sagte Dugald rechtschaffen. »Aber hätt er's nicht aufs Fensterbrett legen können? Da wär's doch am Morgen noch für mich dagewesen.«

Fiona und die Mücken wurden zunehmend lästig in ihrem Drängen, wir sollten weitergehen. Wir klatschten nach unseren zerstochenen Armen und Beinen und flüchteten den Weg hinunter zu Morags Cottage, wo Hector und Erchy ihren *strupak* genossen. Die Boote hatten heuer die Partner gewechselt, und nunmehr teilten sich die beiden Freunde zufrieden in die »Ealasaid«, Hectors neues Schiff. Ihre Begrüßung klang leicht ironisch. »Sehr vergnügt scheint ihr ja nicht«, sagte ich. »War es kein so guter Tag wie erwartet?«

»Recht gut«, erwiderte Hector, »aber wir sind eben erst von der letzten Fahrt zurück.«

»Dann war das aber eine späte«, sagte ich und nahm von Morag eine Tasse Tee entgegen.

»Aye, und nicht mal dafür bezahlt worden sind wir«, sagte Erchy.

Ich sah sie prüfend an. Eine unlohnende Fahrt bedeutete oft, daß es im Berg einen Unfall gegeben hatte. »Ach, diese Engländer, die sind ja so was von schäbig«, sagte Erchy mit langsamem Kopfschütteln, und Morag und Behag warfen mir beschwichtigende Blicke zu. Ich lachte.

»Du meine Güte«, sagte ich. »Anscheinend höre ich heute ausschließlich Berichte über englische Schäbigkeit. Was ist denn euch beiden passiert?«

»Also der Kerl, der heut früh das Boot genommen hat und bergsteigen gegangen ist, den sind wir abends wieder holen gefahrn, da saß er am Ufer und war halb verrückt! Er hat erzählt, er ist einen Grat entlang, so schmal, daß er nur auf Händen und Knien rübergekommen ist. Und wie er halb drüben war, rutscht ihm die Brieftasche raus und fällt in die tiefste Schlucht. Fünfzig Pfund, sagt er, warn drin.«

»Ist er denn nicht nachgestiegen?« fragte ich.

»Der war nicht in 'nem Zustand, um nachzusteigen«, erwiderte Erchy. »Der zitterte am ganzen Leib wie so 'n Blatt, als wir ihn fanden, und da muß es zwei Stunden hergewesen sein.«

»Und dann?« drängte ich.

»Na ja, wir hatten Leute am Ufer warten, die konnten wir nicht einfach dortlassen, da haben wir sie zurückgefahrn und ihn gleich mit. Und danach sind wir wieder rüber und haben die Brieftasche gesucht.«

»Konnte der Mann denn beschreiben, wo er sie verloren hatte?«

»Aber ja. Wir wußten ziemlich genau, wo er sie verlorn hat, aber deswegen war sie auch nicht leichter zu kriegen. Hector hat sich fast das Kreuz gebrochen, wie er sie angelte, und es sind so viele Felsbrocken gefalln, daß wir alle beide in Lebensgefahr warn.«

»Aber gekriegt habt ihr sie?«

»Aye, gekriegt haben wir sie schließlich. Als wir wieder gelandet sind, hat der Mensch schon auf uns gewartet, und wir haben ihm zugewinkt, er soll sich keine Sorgen mehr machen, und er ist ans Ufer gerannt gekommen wie ein Hirsch und hat sie mir aus der Hand gerissen. Ich und Hector haben gewartet, als er sie aufmachte, und gemeint, er gibt uns vielleicht 'ne Belohnung oder die Miete fürs Boot, weil wir noch mal hin sind, aber er hat nur die Scheine rausgeholt und gezählt. Fünfzig Pfund, sagt er zu mir, alles da, meine Herrn. Vielen Dank! Und geht weg den Weg rauf, ohne uns auch nur für all die Mühe 'n Gläschen zu spendieren.« Hector schüttelte den Kopf. »Daß er das Geld gezählt hat, deswegen bin ich so bös geworden«, sagte er niedergeschlagen. »Das war doch, als hätten wir vorgehabt, was davon zu klauen.«

»Aye«, meinte Erchy, »da sieht man's wieder, wie sie sind, die Engländer.«

»Der hat sich vielleicht so gefreut, seine Brieftasche wiederzusehen, daß er im Moment nicht dran gedacht hat, euch was zu geben«, schaltete Behag sich ein.

»Der Mensch muß überhaupt kein Hirn gehabt haben, wenn er an so was nicht denkt«, sagte Erchy.

»Hirn hatte er schon«, berichtigte Hector. »Die Leute, die mit ihm auf'm Boot warn, haben erzählt, er war ein Doktor der Tiologie.«

»Ach, zu der Sorte Doktor braucht man kein Hirn«, sagte Morag sachverständig, »verstehst du, dazu braucht man keine Sprechstunde.«

Am nächsten Nachmittag zog ich mein neuestes Sommerkleid an (der Stoff stammte aus dem Versandkatalog), pflückte im Garten einen Blumenstrauß und machte mich auf zu Janets Haus in der Absicht, mein Teil zur Unterhaltung der schwierigen Besucherin beizutragen. Janet kam mir bis zum Gartentor entgegen und tat beim Anblick der Blumen einen entzückten Ausruf.

»Sie hat sich grad 'n bißchen aufs Sofa gelegt«, berichtete sie. »Ich hol jetzt was für die Blumen, und dann sag ich ihr, daß Sie da sind.« Sie fand einen leeren Krug und füllte ihn durch ein Sieb mit kaltem Tee.

»Großer Gott«, rief ich, »ist Wasser bei euch derart knapp?«

»Ja, das wird's allmählich«, gestand sie. »Mein Bruder sagt, wenn's noch mehr fällt, müssen wir statt Tee Whisky trinken. Ein' Eimer füllen dauert jetzt so lang, daß er den ganzen Tag dazu braucht.« Sie zupfte die Blumen zurecht wie eine ungeduldige Schneiderin ein schlechtsitzendes Kleid und stellte den Krug dann auf den Tisch. »Richtig schön«, murmelte sie. »Kommen Sie mit rein, mal sehn, ob sie wach ist.«

Im anstoßenden Zimmer lag eine apathische Gestalt, eine Zeitung über dem Gesicht, auf einer Couch unter dem Fenster, das friedlich schlummernde Inseln in einer hellwachen, von der Sonne besternten See umrahmte. Hinter waberndem Dunst träumten in der Ferne die Hügel, der Himmel war blauweiß, wie eine Kinderzeichnung, über die jemand mit wollenem Ärmel gewischt hat. Nun richtete die Gestalt sich zum Sitzen auf.

»Nun sagen Sie bloß«, sagte sie mit rauher Stimme, »was hat Sie dazu gebracht, in eine so gottverlassene Gegend zu ziehen, wo Sie doch aus England kommen?«

Weiter sagte sie: »Ich glaube, ich würde hier wahnsinnig, so zwischen lauter Fremden.«

Und dann noch: »Wissen Sie, schon daß Sie durch die Tür hereinkommen und ich weiß, daß Sie mal in der Nähe von Manchester gewohnt haben, ist für mich wie ein Atemzug frischer Luft.«

Am nächsten Tag sagte Erchy, als ich am Strand meinem Dingi einen neuen Anstrich verpaßte: »Hörn Sie, ich nehm das zurück, was ich gestern über die Engländer gesagt hab. Ich glaub, manche sind gar nicht so schlimm.«

Nur oberflächlich interessiert fragte ich: »Und was hat Ihre Meinung geändert?«

»Die Frau, die diese Woche gekommen ist.«

»Doch nicht die aus Manchester!«

»Nein, die bei Kirsty wohnt. Das ist eine nette Frau, würd ich sagen. Wir haben sie heut früh zu 'ner Rundfahrt im Boot mitgenommen, und sie hat uns außer dem Fahrpreis ein gutes Trinkgeld gegeben.«

»Schön«, sagte ich. »Freut mich, daß wir nicht alle verwerflich sind.«

Hector kam auf uns zugewatschelt. »Diese Engländerin will für morgen 'n Boot, sie will ganz allein die Höhlen anschaun«, sagte er. »Sie sagt, sie mietet das ganze Boot.«

Erchy sah erschrocken aus. »Hast du ihr gesagt, was sie das kostet?«

»Aye, hab ich, aber sie hat gesagt: Geld spielt keine Rolle.« Hector rieb sich den Nacken. »Das hab ich noch nie in meinem Leben jemand sagen hörn.«

»Heut abend ist sie mit Ruari in seinem Boot unterwegs«, warf ich ein.

»Aye«, bestätigte Erchy. »Sie hat uns erzählt, sie fährt gern auf'm Wasser und will ihre Fahrten zwischen den Booten aufteiln. Auch deswegen hab ich gesagt, daß das 'ne nette Frau ist«, erläuterte er im Weggehen.

Die Kinder kamen aus der Schule gepurzelt, bahnten sich schwatzend auf bloßen Füßen ihren Weg. Der Tag wurde still. Die letzten Fahrgäste quollen aus den Booten, und das Geräusch schwerfällig anfahrender Busse erstarb in der Ferne.

»Hat dir die Frau, die bei Kirsty wohnt, ein Trinkgeld gegeben?« rief Erchy dem tauben Ruari zu, als sie ihre Dingis zur Nacht vertäuten.

»Jawohl«, erwiderte Ruari mit aller Lautstärke seiner Stentorstimme. »Eine ganze Krone hab ich von dem dummen Weibsstück gekriegt.«

»Ich beneide Sie darum, daß Sie Gälisch verstehen«, sagte die »nette Frau«, die stehengeblieben war, um mir bei den letzten Pinselstrichen an meinem Dingi zuzuschauen, und die durch einen Felsbrocken für die Männer unsichtbar war, »diese Sprache klingt so drollig.«

Ich weiß nicht, ob Ruaris Stimme die Wörter zu sehr verzerrt hatte, daß sie sie nicht hatte unterscheiden können, oder ob sie auf diese Weise unser aller Gesicht wahren wollte, doch als Ruari und Erchy auf der Höhe des Dingis eintrafen und sie noch immer dort erblickten, redete sie ihnen ihre Verlegenheit sofort aus und sprach auch weiter lebhaft auf sie ein, als sie zwischen den beiden Männern den Abhang hinunterging.

»Hörn Sie«, sagte Erchy ernsthaft, als ich ihn das nächste Mal traf. »Glauben Sie, diese Frau hat Ruari gestern abend gehört? Ich hab ehrlich gedacht, die ist schon 'ne Meile weit, sonst hätt ich ihn nicht gefragt.«

»Ich glaub nicht, daß sie es gehört hat«, beruhigte ich ihn.

»Ich möcht nicht, daß sie beleidigt ist«, sagte er, »wo sie doch so 'ne nette Frau ist.«

Ob sie die Bemerkung gehört hatte oder nicht, beleidigt schien sie nicht zu sein, denn sie blieb treue Kundin des Bootes und gab reichlich Trinkgeld. Die Schiffer wiederum grüßten sie freundlich, wann immer sie erschien, und zeichneten sie sogar dadurch aus, daß sie sie zu einer Gratisfahrt einluden, die sie manchmal abends für ihre Freunde unternahmen. Sie vertraute mir eines Tages an, sie habe noch nie einen so wundervollen Urlaub verbracht, und lobte die Schiffer weiterhin rückhaltlos. Als ihre Ferien schließlich zu Ende waren, verblüffte sie die beiden dadurch, daß sie jedem eine Flasche Whisky überreichte.

»Hab ich's nicht gesagt? Eine nette Frau!« bekräftigte Erchy, als ich ihm zu dem Geschenk gratulierte. Er nahm die Flasche aus der Tasche und betrachtete sie ehrerbietig. Dann schien er über die eigenen Worte zu erschrecken und sagte in verändertem Ton: »Was sag ich da? Eine nette Frau?« fragte er mit liebevollem Blick auf die Flasche. »Ich hätte sagen sollen, eine nette *Dame*!«

Die Wahl

»Haben Sie vorige Woche nicht auch ein Stück Wildbret vom Gutsherrn gekriegt?« erkundigte sich Morag, als wir an einem frostklaren Herbstmorgen vom Kühemelken heimkamen.

»Nein. Sie?«

»Aber sicher doch«, sagte sie. »Ich dachte, jeder hätte ein Stück gekriegt.« Wir trennten uns kurz, sie umrundete das eine Sumpfloch und ich das andere. »Man muß lachen«, nahm sie den Faden auf, als unsere Wege sich wieder trafen, »gibt der uns ein winziges Stück Wild, als ob's eine Fünfpfundnote wär. Wird dir hoffentlich schmecken, Morag, sagt er und meint, so was ist ein seltner Leckerbissen für uns.« Sie kicherte. »Wär's ja auch, wenn wir immer nur das bißchen kriegten, was er uns schenkt.« Ihr Gesicht faltete sich zu vielsagendem Lächeln. »Und dabei hab ich vielleicht schon einen kompletten Hirsch von ihm aufgegessen, ohne daß er's weiß.«

»Und weshalb diese plötzliche Großmut?« überlegte ich.

»Wahrscheinlich wegen der Wahl«, erklärte Morag mit ihrem üblichen Scharfsinn. »Sie haben wohl deswegen nichts gekriegt, weil er meint, Sie sind Sozialistin«, fügte sie noch hinzu.

Bis zur Ankündigung bevorstehender Wahlen war die Politik nur selten Gegenstand der Unterhaltungen beim *ceilidh* gewesen, und wenn, dann in scherzhafter, unseriöser Weise. Selbst nach der Ankündigung gab es im Dorf keine Spur von Wahlfieber. Alte Männer wagten flüchtige Anspielungen auf so etwas wie Zollgebühren und Freihandel. Murdoch, der einzige militante Tory des Dorfs, wurde ein-, zweimal zum Stottern und Verstummen gebracht, so sehr neckten ihn ein paar jüngere Frechdachse, die sich zu ihren sozialistischen Neigungen bekannten. Doch diese Scharmützel endeten, wenn schon nicht in völliger Übereinstimmung, so doch in gutmütigem Gelächter. Die Bruacher hatten wenig übrig für Themen, über die man sich nicht so oder so amüsieren konnte.

Als die Wahl heranrückte, wurde deutlich, daß Bruach fast durchweg Tory wählen würde, denn im Gegensatz zu ihrem üblichen kompromißlosen Individualismus zeigten die Bruacher, wenn es um Äußerlichkeiten ging, das sonderbare Verlangen nach Konformismus. Wie oft hatte ich nicht erlebt, daß die listigen Tinker jemandem erfolgreich ein Kinderkleid andrehten, indem sie die Zahl der bereits im Dorf verkauften identischen Kinderkleider übertrieben. Und bei der zweimal jährlich stattfindenden Sammlung für die Kirche zahlten alle die Summe, die neben dem ersten Namen auf der Liste stand. Genauso war es, wenn das Krankenhaus um Eier bat: Jeder achtete darauf, die gleiche Anzahl zu stiften wie die Nachbarn. Bis auf eine unerfreuliche Gelegenheit, als der Weidelandaufseher eine Liste herumgehen ließ, in die jeder die Daten eintragen sollte, zu denen er die Dienste des Gemeindebullen in Anspruch genommen hatte, und er infolge der vielen Wiederholungen zu dem Schluß kam, daß der gleiche Bulle am gleichen Tag einhundertsiebenundzwanzig Kühe gedeckt haben sollte, hielt man es für durchaus akzeptabel, von einander abzuschreiben.

Als es jedoch darum ging, bei den *ceilidhs* zu entscheiden, welche Vorteile welche Partei bieten konnte, kehrten die Bewohner Bruachs zu ihrer gewohnten Politik freundlicher Unstimmigkeit zurück.

»Was wir vor allem brauchen, ist ein Pier«, erklärte der taube Ruari und warf einen kämpferischen Blick in Richtung möglicher Andersdenkender.

»Den hat uns noch jede Regierung versprochen, seit ich ein Junge war«, meinte Euan gelassen, »nur gesehn hab ich noch keinen.«

»Wird noch kommen. Wird schon noch kommen«, begütigte der alte Murdoch unter dem ungläubigen Grunzen der übrigen.

»Nein, was wir zuallererst brauchen, ist eine ordentliche Straße, damit wir nicht immer alles Schwere vom Schiff den ganzen Hang rauftragen müssen«, argumentierte Big John zwischen Eßlöffeln Backpulver aus der Blechdose auf dem Kaminsims.

»Aye«, sekundierte ihm der jähzornige Donald. Er besaß ein winziges Motorboot und meinte, zwischen ihm und der Dampfschiffahrtgesellschaft bestünde eine Konkurrenz wie zwischen Bewerbern um das Blaue Band. »Dann würden wir schon fertig mit den Herren MacBrayne und Cie, 1928 Limited!« frohlockte er in gewohnter Aufschneiderei. Während des Sommers unternahm Donald Bootsfahrten zu den lokalen Sehenswürdigkeiten. Der Dampfer tat das ebenfalls, nur mit mehr Komfort und weit geringerem Risiko, daher die Feindschaft.

»Wenn wir Wasser herkriegen, könnten wir 'ne Klosettanlage verlangen«, ließ sich Sheena hören, die das Pech hatte, nahe an einem Weg zu wohnen, wo während der Saison Busladungen von Touristen ausstiegen. Nach der unbequemen, holprigen Fahrt noch ganz verglast und zu sehr verstädtert, um sich in die Einsamkeit der Moore vorzuwagen, gingen die Touristen als erstes auf die Suche nach einem Schuppen, in dem sie schnell mal verschwinden konnten. »Keine Handvoll Torf kann ich mehr reinholn, ohne daß Dung oder Pisse drauf ist«, beklagte sich Sheena.

»So ist es, genau«, bestätigte Morag kopfnickend.

»Wenn wir Klosetts brauchen, dann als erstes mal auf'm Friedhof«, behauptete Erchy. »Um die Touristen könnt ihr euch später kümmern.«

»Ein Klosett auf'm Kirchhof? Mann, wozu das denn?« wies der alte Murdoch ihn zurecht.

»Woanders gibt's das auch«, erklärte ihm Erchy. »Manchmal sogar zwei, eins für Männer und eins für Frauen.«

»Also weiß Gott wofür«, meinte Murdoch mit ratlosem Kopfschütteln. »Die werden doch nicht glauben, daß die Toten auferstehn und rumlaufen.«

»Für die Leute, die auf Beerdigungen gehn«, brüllte Erchy, das allgemeine Gelächter übertönend, und Murdochs Miene hellte sich sofort auf. »Du weißt doch, wie's ist bei Beerdigungen«, fuhr Erchy fort. »Man kann's immer kaum erwarten, die Hose runterzulassen. Geht man draußen vors Tor, erwischt einen eine von den Frauen, und man kommt nicht mehr weg. Versucht man's auf dem verdammten Friedhof selbst, ist alles so voller Gräber, daß einen jemand anbrüllt, weil man das Grab von seinem Großvater oder sonstwem besudelt.«

Mir fiel auf, daß sie im Gegensatz zu den verwöhnten Städtern anscheinend sehr wenig von ihrer Regierung verlangten. Es wurde keine Bitte um Errichtung von Fabriken geäußert, um gesicherte Arbeitsplätze zu bekommen, kein allgemeiner Wunsch nach größeren Häusern, niemand verlangte nach höheren Renten. Vielleicht, weil die Bruacher in der gemütlichen Atmosphäre der *ceilidhs* gegen sich selbst vollkommen ehrlich waren. Sie wollten nicht die zusätzlichen Zwänge der Industrialisierung zu denen, die Stürme und Gezeiten ihnen ohnehin auferlegten. Ihre Crofts waren gerade groß genug, um sie ohne mechanische Hilfsmittel zu bewältigen, und über die Frage der Renten herrschte weises Schweigen, denn in Bruach verbot es der Stolz durchaus nicht, Sozialhilfe zu beziehen. Es war eher ein Anlaß zur Rivalität, wer den Behörden mehr abschwatzen konnte, und manchmal hatte man deutlich den Eindruck, daß die Empfänger die Zahlungen als eine Art Preisgeld für den besten Geschichtenerzähler ansahen. Ihre Habgier war ebenso schockierend wie erheiternd, und ich erinnere mich noch gut, wie ich beim Warten auf den Zug zum Festland, der mich nach Glasgow bringen sollte, unvermutet von einer Dame angesprochen wurde, von der ich wußte, daß sie seit Jahren Sozialhilfe bezog. Sie war elegant in Schwarz, mit einer Andeutung jenes blendenden Weiß, wie es meines Wissens nur das Regenwasser der Highlands einem Stoff verleiht. Ihrem würdevollen Auftreten und ihrer ruhigen Autorität nach hätte ich sie mindestens für eine Herzogin gehalten. Wir begrüßten einander herzlich und beschlossen, gemeinsam zu reisen.

»Dort hinten sind noch ein paar leere Abteile«, sagte ich und wies in Richtung des Zugendes.

Meine Begleiterin warf mir einen peinlich überraschten Blick zu. »Aber die sind alle zweiter Klasse«, sagte sie. »Sie werden doch gewiß nicht zweiter Klasse fahren wollen, Miss Peckwitt?«

»Aber ja doch«, entgegnete ich. »Sie nicht?«

»O nein, *mo ghaoil*«, erwiderte sie ohne jede Verlegenheit, »ich finde immer, in der zweiten Klasse trifft man so ordinäre Leute.« Sie überflog den Zug und wandte sich dann wieder zu mir. »Tauschen Sie Ihr Billett nicht um?« fragte sie mit gespielter Besorgnis, denn sie hatte soeben eine wünschenswertere Bekanntschaft entdeckt, die ihr vom vornehmen Teil des Zuges zuwinkte.

»Nein«, sagte ich fest. Sie schüttelte scherzhaft vorwurfsvoll den Kopf, doch ihr Mund verzog sich zu einem nachsichtigen Lächeln, als wir uns trennten. Sie stieg königlich in ein Abteil erster, während ich mich in eines der zweiten Klasse verdrückte.

Ich erinnere mich auch noch, wie einmal eine alte Dame vorübergehend nach Bruach zog, die von den Einwohnern konstant als »reiche alte Närrin« bezeichnet wurde. Als sie jedoch ein paar Monate im Dorf gewohnt hatte, verriet sie mit sichtlichem Stolz auf ihre Leistung, daß auch sie dem Heer der Sozialhilfeempfänger beigetreten sei. Die Crofter waren entrüstet und begleiteten die von einem zum anderen weitergereichte Information mit so verächtlichen und feindseligen Kommentaren, als habe sie sich in einen exklusiven Club eingedrängt. Sie glaubten natürlich keinen Moment, daß sie nicht immer noch eine reiche Alte sei, nur mit dem Beiwort »Närrin« wurde sie nie mehr bedacht.

Obwohl ich einmal von einem Crofter hörte, der zu stolz war, um Sozialhilfe anzunehmen oder seiner Frau, solang er lebte, deren Annahme zu gestatten, akzeptierten die übrigen Bruacher die Geschichte mit dem gleichen spöttischen Halbglauben wie etwa die Sache mit dem Mann, dem ein drittes Bein gewachsen war, oder dem Kind, das man auf ungeweihtem Boden im Moor begrub, weil es mit zwei Köpfen zur Welt kam.

Es dauerte nicht lange, da begannen wir von verschiedenen Wahlversammlungen in den Nachbardörfern zu hören, die vom Festland aus leichter zu erreichen waren als Bruach. Gab es dort ein Gasthaus und der Eigner des Autobusses ließ sich überreden, eine Billigfahrt anzusetzen, war auch immer eine beträchtliche Anzahl von Bruachern dabei, bereit, jedem höflich zuzuhören, der seine rhetorischen Talente an ihnen üben wollte. Sie kicherten über seine Scherze, murmelten beifällig, wenn eine Partei die andere heruntermachte, aber Zwischenrufe blieben aus, und ein Fremder konnte unmöglich erraten, in welche Richtung sie tendierten.

Es war unausbleiblich, daß die Wahl sich allmählich auf unser aller Leben auswirkte. Der Briefträger kam spät und später. »Diese verdammte Briefwahl«, erklärte er. »Ehrlich, die Dinger halten einen schlimmer auf als Lotto und Toto.« Endlich trafen unsere Stimmzettel ein.

»Da!« sagte der Briefträger verschwörerisch und kam hinter seiner geschwollenen Posttasche her durch die offene Küchentür. »Nehmen Sie die mal, und gleich ab damit unter den Teekessel!«

»Was ist das denn?« fragte ich, sofort mißtrauisch.

»Stimmzettel!« antwortete er. »Gleich weg damit unter den Kessel, sag ich.«

»Das getraue ich mich nicht«, sagte ich.

»Ach, die sind doch nur für meinen Vetter Tearlaich«, erläuterte er, »der Kerl verdirbt sie nur, indem er sozialistisch wählt.« Er hielt mir den Umschlag hin, doch ich wich kopfschüttelnd zurück, und als er ein paar Schritte in Richtung Herd tat, hielt ich ihn energisch zurück. Dann erst bemerkte ich das heimliche Lachen in seinen Augen und ließ mich von seiner enttäuschten Miene nicht irreführen, mit der er den Umschlag wieder in die Posttasche steckte.

»Und was hätten Sie gemacht, wenn ich Ihnen die Papiere aus der Hand gerissen und wirklich unter den Kessel gesteckt hätte?« wollte ich wissen.

Dafür hatte er nur ein breites, begeistertes Grinsen. »Teufel auch, keine Ahnung«, gestand er reuelos.

Die kurze Periode frischer, strahlender Tage endete mit beißend kalten Winden, die große, labbrige Regentropfen auf die frostüberzogene Erde sandten. Auf den Mooren lag das Farnkraut, das in seiner Jugend so stattlich, in seiner Reife so üppig gewesen war, braun und trübselig zwischen den zutage tretenden Felsen, und im Sumpf füllten sich die Torflöcher mit dunklem Wasser. Gerade in diesem unerfreulichen Wetter kam die Nachricht, daß ein Repräsentant der Sozialistischen Partei am nächsten Abend im Schulraum des Dorfs eine Wahlversammlung abhalten würde. Bruach geriet etwas in Bewegung.

»Wir werden anscheinend jetzt bekannt«, witzelte Euan. »Warum sonst fahrn die so weit, haben sie doch früher auch nicht gemacht.«

»Doch«, platzte Morag heraus. »Aber ja doch.«

»Kann mich gar nicht erinnern«, beharrte Euan.

»Sie warn jedenfalls mal da«, wiederholte Morag. »Murdoch kann's dir bestätigen, nicht wahr, Murdoch?«

Der angeredete Murdoch schaute einen Augenblick nachdenklich und sagte dann selbstbewußt: »Aye, ich erinner mich noch gut, wie sie gekommen sind.« Und zu Morag gewandt: »War's nicht in dem Jahr, wo wir die Heringe eingesalzen haben, eh wir Korn schneiden konnten?«

»War es«, bestätigte Morag. »Und es warn gute Heringe.«

»Aye, es warn gute Heringe«, pflichtete Murdoch bei und nahm die Pfeife aus dem Mund. Es entstand eine kurze Pause wehmütiger Erinnerungen, während Murdochs Spucke auf der Torfglut zischelte.

»Hörn Sie sich morgen das Männlein an, wenn der Herr Sie bis dahin erhält?« fragte mich Morag.

»Ich denke schon«, erwiderte ich. »Wir sollten uns schon anhören, was er zu sagen hat.«

»Na ja«, sagte Morag, »wär ja auch nicht nett für ihn, wenn keiner käm, wo er so weit hat fahrn müssen.«

So machte ich mich denn am nächsten Abend trotz erbarmungslosen Wetters zum Schulraum auf. Bei meinem Eintreffen war er fast dreiviertel voller schwatzender, sich neckender Erwachsener, und dazwischen saßen einige wenige ernsthafte Kinder mit großen Augen. Ein Geruchsgemisch aus feuchten, torfigen Wollsachen, nassen Hunden, mistverkleckststen Stiefeln und Pfeifenrauch, durchsetzt mit dem scharfen, sauberen Duft von Ölzeug, schlug mir entgegen, als ich an der Tür stehenblieb und mich nach einem passenden Sitzplatz umschaute. Morag sah es und winkte mich hinüber zu einem freien Schulpult zwischen sich und Behag, und noch während ich mich hineinzwängte, erscholl ein Chor warnender Huster von der Tür her, und ein entschlossener Mann mittleren Alters, begleitet von zwei geschniegelten Helfern, bahnte sich einen Weg zum Lehrerpodium. Es wurde wohlerzogen geschwiegen, als einer seiner Adjutanten ihn uns vorstellte.

»Hörn Sie, den Mann kenn ich gut«, vertraute Morag mir an, die nach meinem Dafürhalten alle solchen Versammlungen besuchte, wohl ebenso um ihr eminentes Personengedächtnis zu üben als aus einem anderen Grund.

»Wer ist es dann?« flüsterte Behag mit plötzlichem Interesse.

»Na, der Willy John. Sein Vater hat früher...« Sie und Behag begannen sich auf gälisch an allerlei zu erinnern.

»Und was macht er heute?« erkundigte sich Behag, sichtlich neugieriger auf die Familiengeschichte des Mannes als darauf, was er zu sagen hatte.

»Ach, ich glaub, der war mal Schuster, und dann ist er in den Krieg«, wußte Morag. »Er ist an der Hand verwundet worden, hab ich gehört, da konnt er nicht mehr weiter schustern.«

»Der arme Kerl«, sagte Behag. »Und jetzt?«

»Sie haben ihn wohin geschickt, in so eine Rehabbelzion, und jetzt ist er Fischhändler«, klärte Morag sie auf. »Es heißt, er verdient damit ganz gut.«

»Pscht, Morag«, sagten einige Leute hinter uns, nachdem sie sich Morags Ausführungen bis zum Schluß angehört hatten. Der Wahlredner erhob sich, und wir setzten uns zurecht, um seine Ansprache entgegenzunehmen, doch kaum tat er den Mund auf, versteiften wir uns. Und als die Versammlung zu Ende war, fühlten wir ein sonderbares Mitleid mit ihm, weil er uns so gar nicht erbaut hatte, und wünschten, er würde bald weggehen, damit wir Zeit hatten, uns selber leid zu tun. Dennoch blieben wir sitzen und klatschten pflichtbewußt Beifall, und er verließ uns mit siegesgewissem Lächeln.

»Meine Güte«, rief Morag aus, als wir zerschlagen von der Politik, verkrampft vom Sitzen in den engen Schulbänken und durchgefroren von unseren feuchten Kleidern den Raum verließen. »Hatte der Mann aber eine rauhe Stimme, an dem hätt ich ein Zündholz anzünden können.«

Am nächsten Morgen erwachte ich mit allen Anzeichen eines gewaltigen Schnupfens, und obwohl ich hörte, daß auch der Kandidat der Liberalen abends einen Vertreter in die Schule schickte, machte ich früh mein Licht aus, um eventuell nach einem *ceilidh* Begierige abzuschrekken, und ging ins Bett. Meine Erkältung war am nächsten Tag kaum besser, und so verpaßte ich den Tory-Kandidaten, der an diesem Abend eine Versammlung abhielt, um nicht von den anderen ausgestochen zu werden. Am Abend des dritten Tages fühlte ich mich regelrecht elend, weil meine Erkältung es eigensinnig ablehnte, auf meine übliche Therapie zu reagieren (»was von selber gekommen ist, geht auch von selber«), und ich hatte beschlossen, mich nach Erledigung meiner täglichen Pflichten ins Bett zu legen, ein paar Aspirin zu nehmen und zu schwitzen. Ich war daher wenig erfreut, Ishbel, eine ältliche, unverheiratete Halbschwester von Kirsty, im Cottage vorzufinden, als ich heimkam. Es gelang mir jedoch, sie gedämpft nasal willkommen zu heißen. Sie schien damit zufrieden und ließ sich zögernd wie üblich auf dem äußersten Rand des Stuhles nieder. Sie erinnerte mich immer an einen Jungvogel, der eben flügge wird.

»Ich sollte nicht bleiben«, protestierte sie.

»Aber natürlich.« Ich bemühte mich, meiner Stimme etwas Energisches zu geben.

»Nein, aber ich hab gehört, daß Sie sich erkältet haben, und da hab ich gedacht, ich komm mal vorbei und schau, ob Sie nicht Hilfe brauchen.«

Ich dankte ihr herzlich, versicherte ihr aber, daß mir nur die Begleiterscheinungen des Schnupfens Unbehagen bereiteten.

»Dieser Sozialist hat Sie angesteckt«, verkündete sie in einem Ton, wie ich ihn so schroff noch nie bei ihr gehört hatte. »Von dem Moment an, wo ich ihn hab reden hörn, wußte ich, daß der uns eine Erkältung anhängt.«

»Möglich«, räumte ich ein. Nach beendeter Urlaubszeit waren Erkältungen in Bruach selten, und wenn wirklich einmal eine im Dorf Verheerungen anrichtete, ließ sie sich ausnahmslos zu jemand zurückverfolgen, der sich »auf dem Festland einen Schnupfen geholt hatte«, oder zu einem infizierten Besucher.

»Danach würd ich den ja nie wählen«, drohte Ishbel, deren kindischer Grundsatz, auch für die trivialsten Vorkommnisse Rache nehmen zu wollen, das Gespött des

Dorfes war. Einmal war sie auf einem Stück Orangenschale ausgerutscht und hatte sich den Arm gebrochen, daher aß sie nie wieder eine Orange.

»Nehmen Sie was gegen die Erkältung?« fragte sie und fiel in ihre gewohnte Schüchternheit zurück.

»Nur heiße Milch und Aspirin«, sagte ich.

Sie wühlte in ihrem Beutel und förderte eine kleine Flasche Whisky zutage, die mindestens noch zu zwei Dritteln gefüllt war.

»Davon müssen Sie nehmen«, beschwor sie mich. »Ein volles Glas, eh Sie zu Bett gehn, und morgen früh ist Ihre Erkältung weg.«

Ich war von ihrer Freundlichkeit überwältigt. »Vielen, vielen Dank«, sagte ich, »aber wirklich ...«

»Nein, Sie müssen es nehmen«, fiel sie mir ins Wort. »Ich hab das Zeug im Haus, seit ich selber erkältet war vor bald dreizehn Jahren. Ich hab bis heut keine Erkältung mehr gekriegt, hab also nur die eine Dosis genommen.« Sie stellte die Flasche auf den Tisch. »Whisky hält sich, auch wenn er geöffnet ist«, versicherte sie.

»Natürlich«, murmelte ich und dankte ihr aufs neue. »Aber ich brauche doch das nicht alles. Ich gieße mir ein Glas voll ein, und Sie nehmen den Rest wieder mit«, sagte ich und hielt die Flasche gegen das Licht.

»Nein, das tu ich bestimmt nicht.« Sie stand auf und umklammerte ihren Beutel, wie um mich an dem Versuch zu hindern, ihr die Flasche wieder aufzuhalsen. »Ich geh jetzt und laß Sie ins Bett gehn, aber nehmen Sie bestimmt ein volles Glas, eh Sie sich legen.«

Ich versprach es.

Am nächsten Morgen schniefte ich noch, da kam Erchy herein und gab mir ein Bündel getrocknete Fische mit der verblüffenden Nachricht, der Kandidat der Sozialisten habe vor, abends um acht im Schulzimmer von Bruach auf einer Versammlung zu sprechen.

»Der Kandidat selber«, bekräftigte Erchy. »Sie sollten kommen und ihn sich anhörn.«

»Nur wenn meine Erkältung im Lauf des Tages ein bißchen nachläßt.«

»Eigentlich dürften Sie keine mehr haben«, wandte er ein. »Ich hab gehört, Sie haben gestern abend von Ishbel Whisky dagegen gekriegt. Wenn Sie immer noch erkältet sind, haben Sie bestimmt kein großes Glas getrunken.«

»Nein, das hab ich nicht«, gestand ich und schauderte unwillkürlich. »Das hätten Sie an meiner Stelle auch nicht getan.«

»Wieso?« erkundigte sich Erchy.

»Die Flasche war seit dreizehn Jahren offen«, begann ich, doch er unterbrach mich.

»Das macht nichts, Whisky hält sich«, versicherte er mit einer Überzeugung, die eigentlich nur auf Hörensagen beruhen konnte.

»Ja, ja«, bestätigte ich. »Daran zweifle ich nicht, aber er nimmt auch den Geruch von Mottenkugeln an.« Ich verzog das Gesicht. »Es war das widerlichste Zeug, das ich je zu schlucken versucht habe. Sie muß die Flasche dreizehn Jahre lang neben Kampfer gelagert haben.« Ich reichte ihm die Flasche. »Da, riechen Sie mal.«

Erchy schnüffelte vorsichtig und stöhnte auf. »Verdrehte alte Nudel«, war sein Kommentar.

Doch selbst ein kleiner Mundvoll gekampferter Whisky schien gegen Erkältung wirksam. Gegen Abend ging es meinem Kopf wundervoll besser. So gegen acht wanderte ich zur Schule hinunter. Es gab keine einzige freie Schulbank mehr, und ich mußte mich zwischen die Männer drängen, die die Tür umlagerten. Der Kandidat hatte bereits angefangen zu reden. Er umwarb die Crofter mit gewandten Versprechungen künftigen Wohlstandes, befremdete sie aber, ohne es zu wissen, gründlich durch die Prophezeiung, daß ländliche Industrie ihre Croft-Erträge aufbessern würde, so daß sie nicht mehr auf Sozialhilfe würden zurückgreifen müssen. Trotzdem fuhr er in der zufriedenen Überzeugung ab, ihrer Unterstützung sicher zu sein.

»Den Menschen versteh ich nicht. Es heißt, er hat so Buchstaben hinterm Namen, er muß also gescheit sein. Man möcht nicht meinen, daß er sich mit so was wie dem Parlament abgibt«, urteilte Morag, die zu glauben schien, daß die Nominierung eines Kandidaten etwa so vor sich ging wie die Wahl des dörflichen Bullenbetreuers und daß die Wahl sich auf diejenigen beschränkte, die für anspruchsvollere Aufgaben nicht befähigt waren.

Im Kielwasser des Sozialisten kam der Liberale, der ebenfalls eine gut besuchte Wahlversammlung im Schulraum abhielt. Ich saß an diesem Abend vor meinem Radio und hörte seine Rede nicht, bezweifelte aber keinen Moment, daß auch er vollkommen überzeugt war, das Vertrauen der Bruacher gewonnen zu haben. Beim nächsten Mal fragte ich Erchy, wie denn die Versammlung gelaufen sei.

»Ach, dieser Mensch«, meinte Erchy verächtlich. »Der hat scheinbar nicht gewußt, was er uns sagen soll. Ich glaub, der wählt selber nicht liberal.«

Der Kandidat der Konservativen fand anscheinend die wenigen Stimmen der Bruacher nicht wichtig genug, um persönlich zu erscheinen. Morag und der alte Murdoch mußten allerlei Anspielungen von denjenigen hinnehmen, die Rebellion vortäuschten, nur um die Alten damit zu reizen. Doch eines Nachmittags, kurz vor dem Wahltag, als ich gerade Hühnerfutter mischte, kam Morag in die Küche gestürzt, verlegen und aufgeregt wie immer, wenn sie eine wichtige Nachricht loswerden mußte.

»Der Konservativenkandidat ist da«, platzte sie begeistert heraus, »mit'm ganz lauten Meggerfohn. Sie müssen rauskommen und ihn hören.« Ich stellte die Schüssel hin und folgte ihr in den Garten, von wo aus man eine dröhnende Stimme aus dem ersten Lautsprecherwagen, der jemals Bruach aufgesucht hatte, Einladungen heranwehen hörte, sich abends um acht im Schulhaus einzufinden. Der Kandidat würde dort persönlich sprechen.

»Na so was«, rief ich aus. »Sie hatten mit Ihren Prophezeiungen also recht. Aber ein Lautsprecherwagen in Bruach? Die müssen uns für wichtig halten.«

»Aye«, bestätigte Morag. »Aber warum die sich solche Unkosten machen? Unser Ruari hätte doch ohne all die Batterien ebenso laut gebrüllt.«

Ob es die laute Stimme war oder aber Ruf und Reichtum des Kandidaten, was das Dorf auf die Beine brachte, weiß ich nicht, aber um Viertel vor acht (für die Bruacher unerhört pünktlich) war das Klassenzimmer schon gesteckt voll, so voll, wie nur Gälen sich zusammendrängen können. Die Menschen flossen über auf die Veranda, sogar bis auf den Spielplatz, obwohl es eine kalte Nacht war. Alle schienen anwesend, vom ältesten Großvater bis zum jüngsten Kind, und die Luft waberte erwartungsvoll.

»Wie ich sehe, hat sogar Angus' Vater es geschafft zu kommen«, meinte ich zu Morag, die sich zu mir durchgedrängt hatte. Angus' Vater war ein alter Querkopf, der zwischen schmerzhaften Rheumaattacken die relativ beweglichen Intervalle damit verbrachte, neben dem Weg im Gras zu sitzen, und nicht zu bewegen war, sich wegzurühren.

»Na ja, auf ebener Straße geht's ja bei ihm, nur wenn er aufs Rauhe kommt, schafft er's nicht«, erklärte mir Morag.

Der Kandidat verspätete sich, doch man hörte keine Äußerungen des Unmuts. Als er schließlich eintraf, applaudierten die Versammelten mit einer Energie, die nicht zu ihrer sonstigen Zurückhaltung paßte. Als er sich erhob, um zu sprechen, senkte sich eine fast unterwürfige Stille herab, und jeder schien ihm aufmerksam zuzuhören, obwohl viele Augen von seinem reichlich langen Haar zur lässigen Eleganz seiner Kleidung schweiften, aber immer wieder von seinen ausgreifenden Gesten gebannt wurden. Zum Schluß seiner Rede wagten einige, Fragen zu stellen, doch er beantwortete sie mit selbstsicherer Gewandtheit, und als die Versammlung offiziell beendet war, blieb er, noch immer leutselig und zugänglich, um sich mit ihnen über die Mühsale des Crofterlebens zu unterhalten.

»Wirklich, ein netter Kerl«, meinte Erchy respektvoll beim anschließenden *ceilidh,* »bloß die Haare sollt er sich schneiden lassen.«

Unter den Alten herrschte Frohlocken. »Der ist unser Mann«, hieß es übereinstimmend. »Habt ihr gehört, er hat uns 'n Hafendamm versprochen.«

»Was der schon verspricht«, mischte der junge Hamish sich ein. »Wenn die erst im Parlament sind, kümmert es sie nicht mehr, was sie den Leuten versprochen haben.«

»Kann sein, kann sein«, bestätigte Murdoch und versuchte hastig, Euan an skeptischen Äußerungen zu hindern.

»Angenommen, er kriegt für uns 'ne Pier vom Unterhaus. Es braucht bloß das Oberhaus ihn wieder rauszuschmeißen, und wir sind schlechter dran als vorher.« Hamish wurde in seiner Unzufriedenheit geradezu beredt. »Die Sozialisten, die werden als erstes das Oberhaus abschaffen«, versprach er. »An der gottverdammten Bude ist nichts Gutes.«

»Na, hör mal«, rüffelte ihn Murdoch.

»Ja doch«, widersprach Hamish und wurde immer heftiger. »Was ist da Gutes dran, das sag du mir mal.«

Murdoch überlegte kurz und drehte seine kalte Pfeife in der Handfläche. »Na ja«, begann er, »ich würd sagen, das Oberhaus ist ein großes Haus für *ceilidhs,* da reden sie manchmal über allerlei, und manchmal singen sie auch und nehmen vielleicht ein Gläschen und 'n kleinen *strupak,* wie wir hier auch.«

»Und wozu das Ganze, verdammt noch mal?« schrillte Hamishs Stimme höhnisch.

»Ach«, sagte Murdoch, »bei uns hat's auch schon oft Ärger gegeben, und wenn man ihn über ein paar *ceilidhs* richtig ausgeredet hat, ist er irgendwie in Ordnung gekommen.«

Hier wäre anzumerken, daß man in Bruach alles und jedes »in Ordnung bringt«. Man geht zum Zahnarzt, um seine Zähne in Ordnung zu bringen, zum Arzt, um seine Beschwerden in Ordnung zu bringen, und wenn der Motor vom Boot streikt, dann schickt man nach jemand, der wird ihn schon in Ordnung bringen.

Hamish grunzte ironisch und strebte zur Tür. »Das Schlimme bei euch ist, ihr gebt 'nem Mann nur eure Stimme, wenn er 'n Haufen Geld hat«, warf er ihnen als letzten Trumpf zu.

Wäre er geblieben, er hätte mich rückhaltlos seiner Meinung gefunden. Ich bin überzeugt, die Crofter wollen ihre Parlamentsmitglieder gern reich, denn sie scheinen der Ansicht, daß ein reicher Mann sich möglicherweise mit dem begnügt, was er bereits hat, ein Armer aber unweigerlich geldgierig ist.

Der Wahlmorgen bescherte uns merklich höhere Temperaturen und einen sonnendurchströmten Wind, der einen Regenschauer durch das Tal jagte. Die Wahl sollte um neun Uhr morgens beginnen, doch erst als alle Feldarbeit getan und der Busfahrer seinen Tee getrunken hatte, geruhten die Crofter sich bereitzumachen. Das Wahllokal war in einem Nachbardorf in einem winzigen, stillgelegten Schulhaus und der Busfahrer erbötig, die Wähler für Sixpence pro Nase hinzubringen, doch ich ging lieber zu Fuß, denn das zweifelhafte Wetter hatte sich zu einem herrlichen Herbsttag gemausert. Die Hügel waren kaum mehr als eine schwache, goldene Silhouette hinter Dunstschleiern. Mein Weg führte die Küste entlang, und unter mir breitete sich die Bucht wie eine große blaue Schürze mit dunklen Felsenrüschen, von den weißen Noppen ruhender Möwen getüpfelt. Früher im Jahr wäre der Abend von Schwärmen blutgieriger Mücken beeinträchtigt gewesen, so daß man sich in eine Wolke Antimückenmittel hätte hüllen oder das Gesicht mit einem feinen Schleier hätte bedecken müssen. Doch jetzt waren die Mücken fort, und man konnte ungeniert dahinschlendern und die Schönheit rings genießen.

Angus, klein, runzelig und lebhaft-freundlich, begrüßte mich durch Zuruf. Er band gerade seine Kuh auf einem Fleck Gras an. Er trug geputzte Schuhe an Stelle seiner üblichen Gummistiefel.

»Gehn Sie wähln?« fragte er.

»Ja«, erwiderte ich. »Gehen Sie und Jeannie auch?«

»Jeannie kommt nicht mit, hat 'ne Mordserkältung«, antwortete er. »Aber ich geh.«

»Und Ihr Vater? Wird er sein Rheuma so weit überwinden, daß er wählen geht?«

»Seinem Rheuma würd er schon Herr, aber er sagt, er tut nicht seine Zehnen rein, nur um ein Kreuzchen auf ein Stück Papier zu machen!«

Der Bus voller Passagiere, die mir mit schicklicher Leutseligkeit zuwinkten, überholte mich, mußte aber entlang des Weges so oft halten, um unschlüssige oder verspätete Wahlberechtigte aufzunehmen, daß er schließlich nur wenige Minuten vor mir beim Wahllokal eintraf. Die Crofter, verlegen in ihrem Sonntagsstaat, stiegen eben aus, es gab Rufe und Flüche, weil die begeisterten Hirtenhunde, die den ganzen Weg vom Dorf dem Autobus gefolgt waren, ihre Herren begrüßten und unbedingt mit ins Schulhaus wollten.

Der Schulraum war sehr klein und geschmackvoll dekoriert mit Krügen voll starkduftender weißer Blumen, die ich nirgends hatte blühen sehen, es sei denn in der geschütztesten Ecke des Friedhofs. Zwei gelangweilte Wahlhelfer saßen dicht aneinandergeschmiegt auf dem unzulänglichen Lehrerpult, auf dem zwischen der Schachtel mit unseren Wahlkarten und der amtlichen Wahlurne einladend ein Teller gebutterte Scones und ein Näpfchen Gelee standen. Die Wahlanordnungen hätten einem Feind wundervolles Propagandamaterial geliefert. Um unsere Wahlkarten auszufüllen, wurden wir der Reihe nach zu einem Schrank geschickt, der rechtwinklig zur

Wand an einem der Fenster stand. Der Schrank war nur eben breit genug, daß sich ein Kleinwüchsiger hineinzwängen konnte, doch wenn man die Tür schloß, war es darin zu dunkel, um zu sehen, was man tat. Ließ man die Tür offen, war alles, was man ankreuzte, deutlich sichtbar für alle, die gewählt hatten oder aber wählen wollten und mit gespielter Gleichgültigkeit draußen vor dem Fenster herumhingen. Als ich wieder ins Freie trat, lungerte Big John auf der Schwelle, über zwei Meter groß und gebaut wie ein Boxer, aber ein ganz sanftmütiger Mensch. Er beobachtete Sarah, die ganz verwirrt ihren Wahlzettel kurzsichtig nah in beiden Händen hielt. John machte eine Bemerkung über ihre mißliche Lage, man hörte Gelächter. Wir wußten alle, daß Sarah sowieso nicht lesen konnte. Schließlich hob sie ihren Zettel am Fenster in die Höhe, und ihre Lippen formten eine Frage. Big John zeigte auf etwas. Sarah nickte, lächelte erleichtert und beugte sich über ihren Zettel, den Bleistift zwischen zitternden Fingern. John klopfte gebieterisch ans Fenster, und Sarahs Kopf tauchte auf. John gestikulierte. Wieder nickte Sarah und neigte sich über ihren Zettel. John nahm seine lässige Haltung wieder ein.

Zu uns gewandt, sagte er: »Das dumme alte Stück hätt fast den Falschen gewählt.«

Die Tinkerhochzeit

Der folgende Sommer war trüb und naß, und ihm folgte ein Herbst, der sich nur durch kürzere Stunden Tageslicht und den nachlassenden Appetit der Mücken vom Sommer unterschied. Für diejenigen unter uns, die nicht abgehärtet genug waren, um sich über den Dauerregen hinwegzusetzen (wie es aussah, die weniger Robusten unter sechzig), schleppte sich die Feldarbeit endlos hin. Ein Großteil der Kartoffeln war noch in der Erde. Mein Torfschuppen war nur zu einem Drittel gefüllt, der übrige Torf befand sich noch im Moor auf den Stapeln und wartete darauf, daß ich ihn entweder in schweren Körben heimschleppte, was ich den ganzen Sommer versucht hatte, oder aber der Weg genügend austrocknete, daß man ihn auf einen Lastwagen laden konnte. Ich hatte sogar noch Heu draußen, auf traurigen, dunklen Hocken, die so vom Regen durchweicht waren, daß sie dem Zerren des immer kräftiger werdenden Windes Widerstand leisteten.

»Ich glaub, ein richtiger Sturm wird bald kommen und das Heu für Sie einfahrn, aber nicht dorthin, wo Sie's hinhaben wollen«, prophezeite Euan selbstbewußt, als er an meinem Anwesen vorüberkam, auf dem ich gerade arbeitete. Meine Antwort bestand in einem schwachen Lächeln, weil mir einfiel, wie wüst der Sturm vorigen Herbst mit allen sorgsam bestückten Heustöcken von Donald Beag umgegangen war. Mitten in einer ruhigen, nebligen Nacht kam er plötzlich und hatte seine Ankunft durch ein Stakkato-Gerassel der neuen Ziegel auf meinem Dach angekündigt. Als ich die Schlafzimmerfenster geschlossen und die Haustür mit einer schräggestellten Strebe gestützt hatte, drosch er bereits gegen die Fenster, stieß lärmend in die Schornsteine herab und zischte giftig in die entlaubten Holundersträucher. Zwei Stunden lang hatte er ungestüm geblasen und sich dann mit zwei, drei geflüsterten Entschuldigungen für den angerichteten Tumult gelegt, und die verunsicherte Nacht hatte sich durch das betrübte Regenpladdern beruhigen lassen. Bei Tageslicht zeigte sich dann, daß von Donalds Heuernte nur noch die Büschel und Strähnen übrig waren, die im Drahtgitter der benachbarten Hühnerställe hingen. Die Bruacher freuten sich insgeheim diebisch. Donald arbeitete bei weitem am meisten von allen Dorfbewohnern, und die Tatsache, daß seine Croft etwas abwarf, erregte einigen Unmut. Sie hatten ihn sofort aufgesucht und sich an seinem Ungemach geweidet, ihm aber gleichzeitig tükkisch ihr Mitgefühl ausgedrückt.

»Was ist denn mit deinem Heu passiert, Donald?« fragten sie unschuldsvoll, und Donald, der sich über ihre Gefühle vollständig im klaren war, lachte nur, winkte mit der Hand scherzhaft hinüber zu den entlegenen Inseln und erwiderte: »Das ist drüben in Sandys Scheune, schätz ich.«

Es wurde Oktober. Allerheiligen kam heran. Die Hirsche röhrten in den Hügeln. Die Widder waren schon bei den Schafen. Der Gemeindebulle war eingefangen und in sein Winterquartier verbracht. In Wind und Regen arbeitete ich verzweifelt, all meine Kartoffeln noch vor November aus der Erde zu bekommen. Zugegeben, es war nicht wie bei meinen Nachbarn die Schande, am ersten November noch unerledigte Landarbeit zu haben, was mich anspornte. Es war das Wissen, daß zwar erst Mitte November zu einem vom örtlichen Weidebeauftragten angeordneten Datum das Vieh vom Moor hereinkam und auf den Anwesen weiden durfte, daß jedoch die fauleren oder weniger toleranten Bewohner oft, wenn sie ihre Heustöcke eingezäunt und die Spaten für den Winter weggestellt hatten, die Moorgatter nicht ordentlich einklinkten. Manche neugierige Kuh stieß sie mit der Nase auf, oder sie wurden nach Einbruch der Dunkelheit absichtlich offengelassen, und beim Aufwachen stellte man fest, daß Kühe ihre Hörner in die sorgsam gehäuften Heuvorräte bohrten oder sich über dem kostbaren Stück Kartoffelland rauften. Ich ignorierte tapfer meinen schmerzenden Rücken, stieß die Gabel in die Erde, hob Wurzeln hoch, las die Kartoffeln Stück für Stück heraus, prüfte jede auf Anzeichen von Fäule und warf sie in einen Eimer, der dann in den Schuppen getragen werden mußte. Der Boden des Schuppens war schon mit trockenem Torfmull bestreut, darauf kam eine Lage Heidekraut und dürrer Farn. Auf dieses behagliche Lager kamen die Kartoffeln und wurden, wenn alle ausgebuddelt waren, mit weiterem Farn und Heidekraut und schließlich mit einer Lage alter Säcke zugedeckt. Man versicherte mir, nun seien meine Kartoffeln bis auf zudringliche Mäuse vor allem sicher.

Zum Glück hatte ich all mein Heu in der Scheune, und am Nachmittag von Allerheiligen drang ich bis zur letzten Reihe Kartoffeln vor und grub in einer durch Nieselregen verstärkten sinkenden Dämmerung. Um mich her herrschte Stille, nur gelegentlich durchbrochen vom Klagelaut einer heimkehrenden Möwe, dem Kratzen meiner Gabel im steinigen Boden und dem Plumpsen der Kartoffeln in den Eimer. Der moderige Geruch herbstlicher Moore drang mir in die Nase und erinnerte mich daran, daß die Dorfkinder eben jetzt moderige Schuppen und Speicher voller Spinnweben nach noch moderigeren Kleidungsstücken durchstöberten, um sich für ihren Abendspaß zu verkleiden. Ihre schlichten »Falschgesichter«, Larven aus gebogenem Pappdeckel, am Hinterkopf von einer Schnur gehalten, waren sicherlich schon mit Kreide oder Farbe verziert, mit fürchterlichen Draculazähnen, glotzenden bunten Augen und reichlich beklebt mit Fellresten von der Frühjahrsschur der Schafe, ehe man sie für die großartige Nacht versteckte. Mir fielen die Eltern ein, die bezweifelten, daß ihre Kinder heuer den Mut zum Herumziehen hätten, weil es hieß, daß im Haselwäldchen – es füllte eine Kluft im Moor zwischen meinem

Anwesen und den Hügeln – ein »weißes Biest« oder, wie manche sagten, ein »weißes Männlein« aufgetaucht sei. Im Herbst war das Wäldchen bei den aus der Schule kommenden Kindern, aber auch den Erwachsenen, die Zeit und Zähne dazu hatten, ein beliebter Platz zum Nüssepflücken gewesen, doch diesmal war, seit die ersten Pflücker sichtlich verängstigt mit ihren Berichten heimgekehrt waren, das Wäldchen total gemieden worden.

»Glauben Sie selber ans kleine Volk, Miss Peckwitt?« hatte die alte Anna mich gefragt, und weil ich mir nichts entlocken ließ, fuhr sie fort: »Haben Sie denn keine Angst, so ganz allein da draußen?«

Ich hatte ihr gesagt, ich hätte keine Angst, aber als ich nun meinen schmerzenden Rücken kurz aufrichtete und zu dem Wäldchen hinüberschaute, das gespenstisch durch den ziehenden Nebel schimmerte, fragte ich mich, ob das noch stimmte. Nein, ich fürchtete mich nicht, aber es war nicht zu leugnen, daß die Moore im Zwielicht eines windstillen Abends, wenn sie so wüst, verlassen und voll flüsternder Laute daliegen, etwas Beunruhigendes haben können. Sie schienen mir geheimnisvoll ins Genick zu blasen, als ich meinen vollen Kartoffeleimer hochhob und ihn über das Anwesen zum Schuppen schleppte. Ich lehnte es ab, mich zu beeilen, merkte aber, daß mein Torso meinen Beinen weit voraus war. Ich schüttete den Eimer aus und kehrte entschlossen an meine einsame Buddelei zurück.

»Na, noch so fleißig?« Ich erschrak so sehr, daß ich mir eine Gabelzinke durch die Zehen meiner neuen Gummistiefel stieß. Als ich mich umwandte, grinste mich der Postbote unter seiner Schirmmütze an. Er trug Uniform, hatte aber ein Gewehr unter dem Arm und die Posttasche voller toter Karnickel.

»Ich bin fast fertig«, sagte ich und wies auf ein halbes Dutzend Stengel welkes Kartoffelkraut, die noch nicht ausgegraben waren.

»Nicht schlecht«, lobte er, nachdem er ein, zwei Kartoffeln in den Händen gerieben hatte. »Sind sie ordentlich trocken?«

»Einigermaßen«, gab ich zu. »Jedenfalls nicht wabbelig.«

»Meine sind's, aber Sie sollten sehn, wie groß. Ich hab sie in ein Sumpfloch gepflanzt, das noch nie unterm Pflug war, und hab nix dazu genommen außer Seetang. Mein Gott! Ich sag Ihnen, ich kann eine untern Arm nehmen und hab 'n Essen für uns alle vier.« Er las ein paar Kartoffeln auf, die neben den Eimer gefallen waren, und warf sie hinein. »Ich muß jetzt weiter.« Er seufzte. »Sonst krieg ich's wieder von *ihr,* wenn ich nicht auf die Minute pünktlich bin.« Er schwang seine Posttasche in eine bequemere Lage und wollte gehen, besann sich dann anders, kam zurück und stellte sich wieder neben mich. »Hat man Ihnen vom weißen Monster erzählt?« fragte er besorgt.

»Ja«, sagte ich und warf wieder einen verstohlenen Blick zum Wäldchen hinüber.

»Also wenn Sie's sehn, müssen Sie's gleich mit der Hacke entzweischlagen«, instruierte er mich, und noch während ich ihn erstaunt ansah, beugte er sich vor und hob etwas vom Boden auf. »Das ist es, das kleine Biest«, und er zeigte mir auf der Handfläche eine fette Made, die unter ihrer Erdverkrustung wohl weiß sein mochte. »Bringen Sie die richtig um, sonst versaut die Ihnen nächstes Jahr alle Kartoffeln.«

Mit weit ausholenden Schritten ging er davon und pfiff eine gälische Melodie, zu der das dumpfe Klappern seiner Posttasche gegen seinen Hintern unregelmäßig den Takt schlug. Ich warf die letzten Kartoffeln in den Eimer, harkte das dürre Kraut zu Häufchen zusammen, um es später zu verbrennen, und kehrte erschöpft, aber tief befriedigt in mein Häuschen zurück.

In der Küche war es warm, und während ich darauf wartete, daß die mit Methylalkohol getränkte Fackel den Lampenzylinder entzündete, schaute ich über die dunkel werdende Bucht dorthin, wo die Leuchttürme schon ihre Strahlen über das gefurchte Wasser sandten. Der stärkste von ihnen zeichnete das Muster meines Fensters an die Küchenwand. Die Leuchttürme betonten immer wieder mein verändertes Leben. In der Stadt wären um diese Abendstunde geordnete Reihen von Straßenlaternen aufgeflammt und hätten mit nacktem, argwöhnischem Licht ein tristes Pflaster beleuchtet. Ich zog die mit Pfingstrosen gemusterten Vorhänge zu und pumpte an der Lampe, bis sie zischelnd hell wurde.

Der Kessel dampfte auf dem Herd, da rüttelte jemand an der Tür, und Morag kam herein. Ich legte die Besorgungsliste weg, auf der sich Posten befanden wie: 140 Pfund Mehl und Haferschrot, ein knapper Zentner Zukker, je zwanzig Pfund Graupen, Reis und Kokosraspeln und mehrere zehnpfündige Kanister Sirup.

»Ach, wenn ich Sie so dabei seh, fällt mir ein, daß Neilly mich gebeten hat, ihm Tabak zu besorgen«, sagte Morag und wies mit dem Kopf auf die Liste. »Ich laß 'ne Weile nichts kommen, könnten Sie den vielleicht mitbestellen?«

Ich nahm die Liste zur Hand. »Welche Sorte möchte er denn?« fragte ich. Schon immer hatten mich Phantasienamen wie »Schwarzer Twist«, »Bogey-Rolle«, »Schlachtroß« und »Hexenmeister« fasziniert. Zu meiner Freude entschied sie sich für »Bogey-Rolle«.

»Ich wüßte gern, was ›Bogey-Rolle‹ eigentlich hat, was die anderen nicht haben.«

»Weiß ich auch nicht, ehrlich«, erwiderte Morag. »Aber wenn er keinen Tabak aus'm Laden hat, raucht Neilly Brennesselblätter. Ich hab sogar mal erlebt, daß er Packpapier in die Pfeife gestopft hat, darum glaub ich nicht, daß es so was Besondres ist.« Sie ließ sich zappelnd auf ihrem Stuhl nieder, wie ein Huhn im Staubbad, ehe sie die Tasse Tee nahm, die ich ihr hinhielt.

Kurze Zeit tranken wir schweigend und lauschten mit halbem Ohr dem heimlichen Geflüster und den verstohlenen Tritten der Kinder, die in ihrer alljährlichen »Nacht der Späße« vielleicht eine Falle vor meiner Haustür anbrachten oder aufs Dach kletterten, um leere Blechdosen in den Kamin herunterzulassen.

»Haben Sie das von den Grashüttentinkern gehört?« platzte Morag plötzlich heraus.

»Nein, was ist mit ihnen?«

»Hochzeit wollen sie machen«, verkündete sie frohlokkend, »in der Kirche und mit Pfarrer.«

Ich schaute sie ungläubig an. Während der Frühjahrs- und Sommermonate fielen in Bruach, wie überall auf den Hebriden, die Tinker ein, die alles Erdenkliche verkauften, und in den letzten Jahren auch Schrottsammler, ebenfalls als »Tinks« bezeichnet, die unaufgefordert in unseren Anwesen und Scheunen herumstöberten, feststellten, was wir besaßen, und uns dann mit aufreizender Beharrlichkeit Angebote für alles machten, was wir gar nicht loswerden wollten. Ich habe nie den schmutzstarrenden Alten vergessen, der dastand und mich durch einen verwilderten Bart finster anglotzte, während ein Kumpel von ihm wortreich vorschlug, mich von einer alten Zinkwanne zu »befreien«, von der mich zu trennen mir nicht im Traum einfiel. In einer kurzen Pause hatte sich der Alte plötzlich ruckartig eingeschaltet und gefragt: »Sind das deine eigenen Zähne?«, und das mit einer solchen Gier, daß ich jeden Moment glaubte, er werde mir auch dafür ein Angebot machen.

Diese »Lumpen-Tinks« galten bei den Croftern als weit tiefer stehende Kaste von Tinkern, hauptsächlich wohl deshalb, weil sie sich nicht an die in den Highlands üblichen Höflichkeitsformeln hielten, ehe sie zum Geschäft übergingen, eine Unterlassung, die den Bruachern mißfiel. Und doch gehörten sie allmählich genau wie die übrigen »Tinks« unabdingbar zum Leben auf den Hebriden. Während des ganzen Frühlings und Sommers sah man frühmorgens ihre Zelte oder klapprigen alten Lastwagen an einem schattigen, schönen Platz dicht an der

Straße parken, während unweit davon ein Kessel über einem knisternden Reisigfeuer hing. An strahlend sonnigen Morgen, wenn die Vögel jubilierten und die Gesichter der frühstückenden Tinker die Sonne zu spiegeln schienen, mochte dieses Leben einen gewissen Reiz haben, doch die Sehnsucht danach verging einem, wenn der Lagerplatz regennaß war und überall trostlose Stapel Sperrmüll lagerten, von den Lastwagen abgeladen, damit die Tinkerfamilien einen trockenen Schlafplatz hatten. Dann gab es auch kein knisterndes Feuer, nur einen Reisighaufen, umstanden von trübsinnig blickenden Männern, die abwechselnd versuchten, mit ihren Hüten so etwas wie eine Flamme anzufachen.

Üblicherweise verschwanden die letzten Tinker aus Bruach lange vor Ende September, doch dieses Jahr hatte eine Gruppe beschlossen, auch noch den Winter über zu bleiben, und sich eine stabile Hütte aus Grassoden gebaut, sie mit Planen abgedeckt und diese mit großen Steinen aus dem Bachbett beschwert. Obwohl das Lager drei Kilometer vom Dorf entfernt war, schienen die Bruacher anfangs die Anwesenheit der Tinker etwas beunruhigend zu finden, zum Teil, weil sie sie nie ganz von den vielen Geschichten über Hexerei und Zauberkraft trennen konnten, von denen ein Kind der Hebriden umgeben ist. Bald verriet der blaue Rauch, der sich aus einem Loch in der Zeltplane kräuselte, daß die Tinker Torf verheizten. Man überprüfte häufig die Torfstapel. Hätte man jedoch Diebstähle festgestellt, wäre vermutlich wenig mehr passiert, als daß man den Torf in den sicheren Schuppen am Haus verlagert hätte. Als zwei der weniger vorsichtigen Dorfbewohner berichteten, die Tinker hätten unweit ihres Lagers ein paar Torfstiche eröffnet, war man allgemein erleichtert. Niemand wünschte ernsthaft Grund zur Klage gegen die Tinker zu haben. Man räumte ein, diese hätten keinerlei Recht, ohne Erlaubnis des Dorfes Torf zu stechen, »aber was sind schon ein paar Yards Torf bei hundert Morgen von dem Zeug«, hieß es. Man wäre nicht halb so tolerant gewesen, hätte einer der eigenen Leute die Traditionen so mißachtet.

In Bruach gingen die Männer regelmäßig ans Ufer und zerrten Strandgut über die Flutlinie hinauf, von Treibholz, mit dem sich noch Feuer machen ließ, bis zu großen Lukendeckeln, solide Unterlage für Stall oder Schuppen. Entlang der Küste fand man solche »reservierten« Häufchen, denen oft etwas hinzugefügt, selten etwas entnommen wurde. Manchmal trugen größere Stücke grob eingekratzte Monogramme des Finders, doch das war überflüssig, denn im Dorf galt als ungeschriebenes Gesetz, daß einem Mann gehörte, was er über die Flutlinie hinaufgezogen hatte, und es wurde als äußerste Infamie angesehen, wenn ein anderer Hand daran legte, selbst wenn es schon ein Großteil der Lebenszeit des Anspruchsberechtigten dort lag und faulte. Die Dorfbewohner konnten sich jeden gesammelten Haufen merken, sogar jedes Einzelstück. Ich wurde Zeuge, wie ein alter Mann, der sich seit mehreren Jahren nicht vom Feuer weggerührt hatte, nach kurzem Nachdenken ein Holzstück von besonderer Form und Größe beschrieb und widerwillig einem aufdringlichen Verwandten erlaubte, es aus dem Vorrat zu entnehmen. Doch nun kamen die Tinker, die lächelnd, unbekümmert und ohne die geringsten Vorhaltungen seitens der Besitzer tagelange Raubzüge unternahmen und die Holzvorräte mit einer Raffgier plünderten, die ihnen als normalen Dorfbewohnern monatelange, erbitterte Beschuldigungen eingetragen hätten.

Es schienen mindestens ein Dutzend dieser Grashütten-Tinker zu sein, und nach dem Gelächter zu schließen, das man immer in der Nähe ihrer Unterkunft hörte, schien in ihrem ungebundenen Leben viel Heiterkeit Platz zu finden. Der Krämer berichtete, es seien ideale Kunden, denn sie kauften hemmungslos, zahlten bar und trügen ihre Einkäufe mühelos und gutgelaunt davon. Der Barmann hätte, hieß es, Ähnliches erzählt.

»Welcher heiratet denn welche?« erkundigte ich mich

bei Morag, denn ich war ebenso begeistert von dieser Nachricht wie sie.

»Ich mein, es ist diese Kleine, von der Erchy sagt, sie hätt Schlafzimmeraugen.« Sie lachte gezwungen. »Aye, und unser Hector hat zu ihm gesagt, wenn die Schlafzimmeraugen hat, hat sie auch Schlafzimmerbeine.«

»Ach die«, rief ich und erinnerte mich eines jungen Mädchens mit starken O-Beinen, üppigem rotbraunem Haar und verschatteten, trägen Augen, die schon mehrfach an meiner Tür geklopft und mit schmelzendem Bettlersingsang versucht hatte, mir durch Schmeicheln, Zureden und Schöntun aus alten Trockenmilchdosen grob zusammengelötete Näpfe und Schöpflöffel zu verkaufen.

»Ja, die«, bestätigte Morag.

»Und wen heiratet sie?« fragte ich.

»Den, den sie den Haarigen Willie nennen«, verkündete sie mit sichtlicher Befriedigung.

»Den Haarigen Willie?« rief ich. Der ist doch zu alt für sie, und außerdem ist er in Kanada.«

»Zu alt für sie ist er vielleicht, aber in Kanada ist er nicht«, widersprach Morag, ihrer Sache sicher.

Nun wurde ich doch neugierig. Das Gerücht, wonach vor mehr als einem Monat die Schwester des Haarigen Willie ihm aus Kanada Geld geschickt hatte, damit er sie per Billigflug besuchte, war im Dorf *die* Sensation gewesen. Anfangs wollte niemand die Geschichte glauben, doch allmählich zeigte sich bei den Tinkern ungewöhnliche Geschäftigkeit. Mehrere Junggesellen des Dorfs berichteten, sie seien um abgelegte Unterwäsche für einen »übergroßen Mann« angebettelt worden. (Der Haarige Willie sprengte mit seinen über zwei Metern alle Konfektionsgrößen.) Andere wurden gefragt, ob sie einen Koffer übrig hätten. Als die Neugier den Höhepunkt erreicht hatte, erwies der Haarige Willie Erchy die große Ehre, vor seiner Tür aufzutauchen und zu fragen, ob er vielleicht ein, zwei Schlipse im Moment nicht brauchte, um damit nach Kanada zu reisen. Erchy hatte entgegenkommend ein paar hochgeschätzte Krawatten hervorgeholt und im Gegenzug rundheraus gefragt, ob denn der Haarige Willie wirklich nach Kanada wolle. Der hatte Erchy nicht nur begeistert den Brief seiner Schwester gezeigt (er selbst konnte nicht lesen), sondern auch noch die Geldanweisung, die sie für die Flugkarte beigelegt hatte. »Und die war vielleicht gewaltig, mich hat's fast umgehauen«, gestand Erchy später.

In der Woche darauf sah man einen Haufen Tinkerkinder über, unter, in und außerhalb von Willies klapprigem alten Wohnwagen beschäftigt. Sie liefen um die Wette mit Eimern um Wasser aus dem Bach, wuschen und polierten das Ding für die Fahrt nach Glasgow, wo Willie das Flugzeug besteigen sollte. Schon am nächsten Tag war der Haarige Willie in einem vom Gutsherrn stammenden, über den Wildhüter an ihn gelangten grünen Jagdrock, einer Homespun-Hose, heimlich von der weichherzigen Ehefrau des Schafhirten beigesteuert, einem frommen schwarzen Hut, den er vom Pfarrer erbettelt hatte, und ehemaligen R.A.F.-Fliegerstiefeln aus gänzlich unerforschter Quelle mit einem verbeulten Handkoffer in seinen Wagen geklettert und inmitten eines Chors guter Wünsche, ausbrechender fröhlicher Tänzchen und winkender Arme zu seinem Abenteuer aufgebrochen. Seitdem hatte das Dorf nichts mehr von ihm gehört. Jedermann hatte angenommen, er sei längst in Kanada bei seiner Schwester. Und nun erzählte Morag, er sei bereits wieder im Lager.

»Hat es ihm in Kanada nicht gefallen?« fragte ich.

»Der Mensch ist gar nicht bis Kanada gekommen. Wissen Sie noch, wie er runtergefahrn ist?« Ich nickte. »Man sagt, er hätt auf dem Weg nach Glasgow soviel Strafzettel wegen Trunkenheit am Steuer zusammengekriegt, daß er das ganze Fahrgeld aufgebraucht hat, eh er hinkam.« Morag war empört, weil ich lachte. »So eine Verschwendung! Das gute Geld!« schalt sie und setzte nachdenklich hinzu: »Wer weiß, ob's Verschwendung war. Woher hat die gewußt, daß er wirklich ihr Bruder ist? Bei den Tinks weiß man nie.«

»Und jetzt will er also heiraten?« sagte ich.

»Aye, und das wird bestimmt sehenswert. Sie war schon überall, ob ihr jemand 'n Kleid für die Hochzeit schenkt. Gestern war sie sogar bei mir, aber ich hatte nichts, was ihr gepaßt hätte.«

»Das arme Ding«, sagte ich. »Ich wollte, ich könnte ihr helfen.«

»Die braucht keine Hilfe«, meinte Morag. »Mary Anne hat ihr ein weißes Kleid versprochen.«

»Ihr eigenes Brautkleid?« fragte ich.

»Nein, nein, *mo ghaoil,* nur irgendein Kleid, das ihre Oma ihr hinterherbelassen hat, wie sie starb. Seitdem liegt's auf'm Speicher in einer Schachtel.« Mir tat das Mädchen noch mehr leid. »Trotzdem, es ist komisch«, fuhr Morag fort, »daß so was wie diese Tinks in der Kirche heiraten möchten.«

»Wieso?« fragte ich. »Wie heiraten sie denn sonst?« Und dachte dabei an eine traditionelle Zigeunerhochzeit.

»Ich glaub, die machen sich sonst die Mühe nicht.«

Plötzlich polterte es dumpf an der Tür, sie flog auf, draußen stand eine Gruppe maskierter Kinder in alten Matrosenleibchen, Seglermützen, langen, schwarzen Röcken und zerlumpten Kleidern. Sie kamen in die Küche gestolpert und blieben schweigend stehen, verströmten eine Aura von Moder und Aufregung und warteten darauf, daß wir ihre Identität errieten. Sie begrüßten unsere absichtlich falschen Vermutungen mit unidentifizierbaren Grunzlauten und Kichern. Schließlich gaben sie sich zu erkennen, indem sie ihre Masken abnahmen, und wir schenkten jedem Kind ein Dreipenny-Stück. Ich stellte ihnen eine Schüssel Wasser hin, in der geschälte Apfelviertel schwammen, und die Kinder krempelten ihre bauschigen Ärmel hoch und schnappten sie eifrig heraus. Als die Äpfel gegessen waren, legten sie ihre Masken wieder an, stopften sorgfältig Flatterhemden und Hosenbeine fest und liefen fröhlich weiter, um ihren Auftritt im Nachbarhaus zu wiederholen.

»Ich denk mir, die Tinks werden, wenn sie die Kinder heut sehn, ein paar von den Kleidern haben wollen«, meinte Morag. »Die wolln sich doch auch fein anziehn für die Hochzeit, nicht nur die Braut.«

Wenige Tage nach Allerseelen besuchte mich die künftige Braut im Cottage. Sie suchte ihre Erregung zu verbergen und erzählte mir wehmütig, sie habe es »einfach überall« versucht (wie sie durch ihren Ton unterstellte, sogar in jedem anständigen Geschäft in der Stadt), aber nirgends ein paar passende weiße Schuhe gefunden. Ob ich welche hätte? Sie wäre mir ja so riesig dankbar, wenn ich nur ein kleines Paar davon fände. Ich wußte, daß ich absolut nichts Passendes hatte. Ich wußte aber ebenso, daß sie mir das nicht glauben würde, daher bat ich sie, meinen Schuhschrank selbst zu inspizieren, ob nicht etwas dabei wäre. Es gab überhaupt keine hellen Schuhe. Meine Fußbekleidung für Bruach beschränkte sich auf Gummistiefel, feste Halbschuhe und Pantoffeln. Sie lächelte mich gewinnend an: Sie verstünde durchaus, daß ich mich von denen allen nicht trennen wolle. Sie seien alle schön und im Sommer schön kühl »an die Füß«. Ich überlegte anfangs, welches Paar sie mir würde abschwatzen wollen, dann merkte ich, daß ihr Blick immer wieder zu einem Paar verdreckter Tennisschuhe ganz hinten im Schrank wanderte. Ich bückte mich und zerrte sie heraus. Beide hatten vorn am Zeh ein Loch.

»Diese?« fragte ich ungläubig. »Diese wollen Sie?«

Ach, das sei ja doch zuviel verlangt. Sie versuchte, zerknirscht auszusehen, aber ihre Augen kehrten gierig zu den schäbigen Schuhen in meiner Hand zurück. Ich überreichte sie ihr.

»Nehmen Sie sie, wenn Sie sie wollen«, sagte ich, fand nach längerem Herumsuchen eine Tube Deckweiß, die noch nicht völlig eingetrocknet war, und drückte ihr auch die noch in die Hand. Über das ganze Gesicht strahlend und mit dramatischen Prophezeiungen all des Glücks, das meiner Großmut auf dem Fuß folgen würde, stürzte sie davon, die Schuhe an sich gepreßt. Ich blieb zurück mit einem unbegreiflichen Schuldgefühl, das sich erst verflüchtigte, als mir Morag erzählte, sie habe die Brautmutter den Krämer erst gestern um farbiges Toilettenpapier angehen hören.

»Hab mir gedacht, daß Sie das wundert. Mich hat's selber gewundert«, sagte sie mit fröhlicher Mißbilligung. »Toilettenpapierrollen für Tinks«, spottete sie, »und dann auch noch farbig! Und ich sag noch zu ihr, was habt ihr gegen eine Handvoll Gras, wie wir's auch nehmen, und wissen Sie, wozu sie's wollte?«

Ich schüttelte den Kopf und wartete.

»Sie hat gesagt, sie braucht buntes Papier, um draus die Blumen fürs Buckee der Braut zu machen.« Sie schnaubte. »Stelln Sie sich das vor! Nicht zufrieden mit dem weißen Kleid, das meine feine Dame haben muß, muß sie auch noch ein Buckee haben wie die Bräute in den Illustrierten, und ihre Mutter muß ihr die Blumen dazu machen!«

Ein abgelegtes Kleid, ein Paar alte Tennisschuhe und ein Bukett Papierblumen!

Ich gab bekannt, ich wolle diese Hochzeit sehen, und Nelly-Elly sagte sofort, sie käme mit, wenn sie jemand fände, der derweil das Postamt für sie übernähme. Mary Anne, von der Vorstellung entzückt, die Braut im Kleid ihrer Großmutter zu sehen, hatte ebenfalls vor zu kommen, wenn Jamie rechtzeitig von der Kuh zurück sei. Morag deutete an, auch sie käme, wenn der Herr sie bewahrte.

Der Tag der Hochzeit brachte einen sonnigweißen Morgen voller Möwengeschrei und mit stürmischem Wind. Die Trauung sollte um zwölf Uhr in einer achtzehn Kilometer entfernt liegenden Kirche sein, daher konnte ich die Morgenarbeiten nur oberflächlich erledigen, ehe ich mich auf einen Ringkampf mit Joanna, meinem Wagen, einließ, der mit zunehmendem Alter immer schwerer zu starten war. Ich verspätete mich, und meine drei Freundinnen waren alle schon zu Fuß ins Cottage unterwegs, als ich sie traf.

»Es heißt, es kommen Tinks bis von Inverness zur Hochzeit!« rief Morag, als wir losgefahren waren.

»Ja, wirklich«, pflichtete Nelly-Elly bei. »Die waren gestern alle in der Gegend, haben gebettelt, ich soll ihnen was abkaufen, damit sie dem Bräutigam ein bißchen was zur Hochzeit schenken können.«

»Ich weiß genau, was das für' n Bißchen wär«, bemerkte die erfahrene Morag. »Da wird's hoch hergehen auf der Hochzeit, wenn so viele aus Inverness dabei sind.«

»Ein Dutzend von denen ist gestern gekommen«, berichtete Nelly-Elly. »Und ich hab gehört, der kleine Junge, den sie dabeihaben, ist 'n richtiges Ungeheuer. Er hat im Zug so geflucht, daß sie ihn haben in den Gepäckwagen sperrn müssen.« Sie zog entsetzt die Luft ein. »Die Leute sagen, so was hätten sie überhaupt noch nie gehört.«

»Wenn ein Dutzend von denen aus Inverness dabei sind, sind's von andren Orten ebensoviel«, warf Mary Anne ein. »In der Grassodenhütte müssen ihrer vierzig sein. Weiß Gott, wo die alle schlafen wolln.«

»Ach, denen ist's doch egal, wo sie schlafen«, meinte Morag abfällig. »Die werden soviel Getränk im Bauch haben, daß sie sowieso nicht mehr wissen, wo sie sind.«

»Erchy ist gestern an denen ihrem Lager vorbei und hat gesagt, dort riecht's schon eine Meile weit so gut«, steuerte Nelly-Elly bei. »Die haben die Hühner gebraten, die sie geschenkt gekriegt haben. Er sagt, sie hatten lauter Feuer und an die fünfzehn Vögel, solche und solche. Da haben sie lang was dran. Ich weiß es, der Hahn, den meine Mutter ihnen geschenkt hat, war fast so groß wie eine Gans.«

»Meiner auch«, sagte Morag voller Stolz. »Erst hab ich gedacht, ich behalt ihn noch bis Neujahr, aber wie sie mich um 'n Beitrag zum Hochzeitsessen gebeten haben, hab ich mir gedacht, ach was, gib ihn ihnen.« Selbstzufrieden zog sie ihre Handschuhe stramm. »Aber sie haben genügend Fleisch«, fuhr sie fort, »von Lachys Kuh, die vor Tagen über die Klippen abgestürzt ist. Er sagt, sie sind den ganzen Tag mit Eimern und Schüsseln hin und her, bis die Flut den Rest mitgenommen hat.«

»Ja, hab ich auch gehört«, bestätigte Mary Anne. »Deswegen hab ich denen auch keinen Vogel gegeben. Anfangs wollt ich ihnen überhaupt nichts geben, aber die Hühner legen grad so gut, und da hat Jamie gemeint, ich soll ihnen ein paar Eier geben.«

»Mir hat jemand erzählt, du hättst ihnen auch noch 'n Pfund Tee gegeben«, warf Morag ihr vor.

»Aye«, gestand Mary Anne verlegen. »Ich hatte genug und hab gemeint, der wird mir nicht fehlen.«

»Freut mich, daß nicht jeder ihnen ein Huhn geschenkt hat«, sagte ich.

»Warum das?« wollte Morag wissen.

»Ich habe es nämlich nicht getan«, entgegnete ich.

»Sie werden ihnen doch Eier oder Kartoffeln oder so was gegeben haben«, meinte sie, »es brauchen ja nicht immer Hühner sein.«

»Ich habe ihnen gar nichts gegeben«, gestand ich. »Die Braut hat mich um ein Paar Tennisschuhe gebeten, die ich hatte, und bei denen habe ich je eine halbe Krone in die Kappe gesteckt, aber etwas zur Feier beizusteuern, hat man mich nicht gebeten.«

»Nein, nein, genügt ja auch«, tröstete Nelly-Elly. »Wie ich die gesehn hab, haben die sich direkt plagen müssen, das zusammengebettelte Essen heimzutragen. So viel von Lachys Kuh und 'n ganzen Sack Kartoffeln von Roddy. Die werden speisen wie die Könige. Tun sie ja doch immer«, schloß sie.

»Die meinen, sie sind was Beßres als wir alle«, sagte Morag, und ihre Stimme bebte vor Entrüstung. »Und nicht nur das. Habt ihr gehört, wie der das Benzin für die Hochzeitsreise zusammengekriegt hat?«

Keiner von uns hatte es gehört.

»Hat seinen Lieferwagen jeden Tag an 'ne andre Stelle gefahren und stehnlassen und sich mit 'nem leeren Kanister danebengestellt und jeden Wagen, jeden Laster, der vorbeikam, aufgehalten und erzählt, ihm ist das Benzin ausgegangen, ob er nicht 'n bißchen was kriegt zum Heimfahrn.« Sie wartete unsere Protestrufe ab, ehe sie weitererzählte. »Einigen Fahrern hat er so leid getan, daß sie ihm einen fast vollen Kanister gegeben haben, und der schlaue Kerl hat 'n Zweihundertliterfaß im Lieferwagen, und sowie die andern außer Sicht sind, flitzt er nach hinten und füllt das Benzin um.«

»Aye, das ist ein Schlauer«, gluckerte Mary Anne anerkennend.

»Hört euch das an«, sagte Nelly-Elly vorwurfsvoll, aber mit einem neidischen Unterton. »Was werden diese Tinks sich noch alles ausdenken?«

»Womöglich«, murmelte ich, weil mir plötzlich etwas einfiel, »womöglich hatte er neulich genau das im Sinn.«

Ich mußte lachen, als ich zum Amüsement meiner Gefährtinnen erzählte, was Hamish mir berichtet hatte. Er hatte Schafe aufs Festland geliefert und befand sich auf dem Heimweg, da stieß er auf den Haarigen Willie, der sich, schmutziger und verschwitzter als sonst, über die geöffnete Motorhaube seines Lieferwagens beugte. Als Hamish neben ihm anhielt, lieferte ihm der Tinker eine knappe, aber ätzende Schilderung der Unarten seines uralten Motors. Noch während seiner Suada hielt ein Herr neben ihnen und fragte, ob hier Hilfe gebraucht würde. Der Haarige Willie gab prompt die Auskunft, »der da bräucht nur 'n Tröpfchen Sprit«. Doch da hatte der Herr – so Hamish – bereits mit einer eigenen Untersuchung begonnen und zur sichtlichen Überraschung des Tinkers festgestellt, daß der Tank voll war. Er hatte dann weiter gestochert, gebohrt, auf- und zugeschraubt und den Haarigen Willie aufgefordert, mal den Motor anzulassen. Der Wagen sprang sofort an. Die anfangs verblüffte Miene des Tinkers zeigte nun solche Erleichterung, daß der

Herr besorgt fragte, ob er denn schon lange dort festsäße und wie weit es zu ihm nach Hause sei, worauf der Haarige Willie mit üblicher Verlogenheit antwortete: »Vielen Dank, Sir, vielen Dank«, und das wieder und wieder. »Was hätt ich nur gemacht, wenn Sie nicht gekommen wären?«

»Nicht mir sollten Sie danken, sondern dem Allmächtigen«, erwiderte der Herr. »Er war es, der mich zur Hilfe sandte.«

»Der Haarige Willie hat ausgeschaut, als hätt er zwei Zungen und sich auf beide gebissen«, wußte Hamish zu berichten. »Und dann hat er zu dem Mann gesagt: ›Sie müssen Geistlicher sein‹, sagt er. ›Bin ich, was dagegen?‹ – ›Was dagegen?‹ hat der Haarige Willie gebrüllt. ›Was dagegen? Mann? Warum, verdammt noch mal, haben Sie nicht gesagt, daß Sie Geistlicher sind? Fast hätt ich vor Ihnen angefangen zu fluchen.‹«

Meine Gäste tauschten Blicke, ehe sie sich ein sittsames kleines Lachen erlaubten.

Inzwischen hatten wir das Ende des Loch umrundet, wo die nassen, schwarzen Hügel finster über Kilometern von Ufer hingen. Die Flut hatte darauf ein dauernd sich wandelndes Mosaik von Seevögeln hinterlassen. Nebelkrähen watschelten unsicher zwischen den langen Fransen des Salzkrauts, und hie und da stand aristokratisch distanziert ein Reiher, und sein »Witwenschleierchen« hob sich sanft im Wind.

»Da kommen die Jungen«, verkündete Morag, und ich fuhr an den Straßenrand. Am Morgen hatte am Loch ein Viehmarkt stattgefunden, und die Männer von Bruach waren um zwei Uhr früh aufgestanden und hatten ihr Vieh hingetrieben. Jetzt stapften sie müde den langen Weg nach Hause und trieben Vieh vor sich her, das sie entweder erstanden hatten oder aber wegen niedriger Preise nicht hatten verkaufen wollen. Morag kurbelte das Fenster herunter. »Wie ging's denn, Jungens?« fragte sie gespannt.

»Nicht schlecht«, gaben sie zu.

»Gute Preise?«

»Nicht schlecht.«

»Was hat denn unser Ruari fürs Vieh erlöst?« Es gehörte sich nicht, einen Menschen rundheraus zu fragen, was er für seine Tiere erzielt hatte. Man fragte ihn über das Vieh eines Nachbarn oder Bekannten aus und hoffte, er würde einem freiwillig mitteilen, wie es ihm selbst ergangen war.

»Ich glaub, er hat siebzig für zwei Stück gekriegt.«

»Was du nicht sagst«, äußerte Morag unverbindlich. »Und hat er sich selber auch was gekauft?«

»Aye«, hieß es geringschätzig, »ein ganz verdrehtes Vieh, sieht aus wie 'ne Kreuzung mit'm Kamel.«

»So ein Idiot«, schalt Morag. Sie wandte sich zu dem kleinen Shamus, der mit seinen acht Jahren den Status eines Mannes erworben hatte, indem er die Kühe seiner verwitweten Mutter durch die Nacht zum Markt hatte treiben dürfen. Seine wackeren Versuche, seine Müdigkeit zu verbergen, wurden nicht erleichtert dadurch, daß er ein zugeschwollenes Auge hatte.

»Shamus«, mahnte sie, »du wirst doch nicht gerauft haben, oder?«

»Hab ich nicht«, erwiderte Shamus, errötend, aber bockig.

»Nein? Wo hast du dann das blaue Auge her?«

Shamus versetzte dem Gras Tritte mit den Gummistiefeln und sagte tiefsinnig: »Also verstehst du, es hat da einer 'nem andern eine runtergehauen...« Ehe sie ihn weiter befragen konnte, schoß er davon, um eine Kuh zurückzuhalten, die an ihm vorüberwollte.

Erchy kam an den Wagen gehastet, das Gesicht rot von der Anstrengung. »Ich denk, ich fahr mit euch mit«, ließ er sich vernehmen.

»Nein«, erwiderten wir, »es ist sowieso schon zu eng.«

»Ich kann doch auf'm Dach sitzen«, suchte er uns zu überreden.

»Nein.« Wir blieben fest.

»Na, ich komm schon irgendwie heim«, rief er uns nach, als wir anfuhren. »Ich glaub, ich brauch nach dem Gerenne heut was Orntliches zum Trinken.«

»Du brauchst eher dein Bett«, meinte Morag, doch da lief er auch schon weg, um eine eigensinnige Kuh umzuleiten.

»Wenn die Männer von Bruach heute mit ihrem Viehgeld und die Tinker nach der Hochzeit hingehn, haben die in der Bar heut 'ne wüste Nacht«, prophezeite sie.

Kurz vor zwölf erreichten wir die Kirche. Doch obwohl eine Menge Menschen in verlegenen Gruppen davor standen, gehörten sie sichtlich nicht zur Hochzeitsgesellschaft. Ich hielt mit Joanna hinter einem Lieferwagen unweit der Kirchentür, ehe ich zu meinem Schreck merkte, daß der Lieferwagen eine Ambulanz war. Verwirrt wandte ich mich an Morag. Zwar waren Fahrgelegenheiten in Bruach des öfteren erschütternd unkonventionell, aber ein Sanitätsauto für die Braut ging ja doch wohl zu weit.

»Nein, nein«, beruhigte mich Morag. »Der Fahrer will sicher nur mal bei der Trauung reinschauen.«

»In die Kirche gehn wir wohl nicht?« fragte Nelly-Elly.

»Warum nicht?« fragte ich. »Ich dachte, wir sind deswegen gekommen?«

»Aber nein doch, ich könnte nie zusammen mit den Tinks in die Kirche gehn«, kicherte sie.

»Gehn Sie denn, Miss Peckwitt?« fragte Mary Anne.

»Wenn Miss Peckwitt reingeht, geh ich mit«, meinte Morag waghalsig.

»Selbstverständlich geh ich«, sagte ich, stieg aus dem Wagen und strebte zur Kirchentür, wohin mir alle resigniert, aber beflissen folgten.

Wir waren eben am Eingang, als jemand rief: »Da kommen sie!« Als wir stehenblieben und den Weg entlangblickten, sahen wir die ungeordnete Prozession der Tinker herannahen. Die Braut, umgeben von allen weiblichen Tinkern, führte sie an, wobei diese sich häufig gegenseitig im Weg waren. Der Bräutigam mit dem ebenso planlosen Haufen der männlichen Tinker folgte ihnen auf den Fersen. Kinder flitzten ungehindert zwischen ihnen hin und her, so munter, als hätten sie nicht schon einen langen Fußmarsch hinter sich.

Mir fiel etwas ein. »Was ist aus dem Brautstrauß geworden?« erkundigte ich mich. »Hat der Kaufmann farbiges Toilettenpapier bestellt?«

»Der doch nicht«, erwiderte Nelly-Elly. »Warum sollt er auch, wo's nur für die ist und ihm übrigbleibt.«

»Hat sie dann von anderswo farbiges Papier gekriegt?«

»Enac und Fiona sind doch vorige Woche aufs Festland und wollten sich Stiefel kaufen, und das Tinkermädel hat ihnen so leid getan, daß sie ihr Buckee nicht kriegt, und da sind sie in alle Hoteltoiletten rein und haben sich überall ein bißchen was genommen. Sie sind auch auf'm Bahnhof noch durch den Zug, als er stand, und haben sich was von den Papierhandtüchern genommen. Die Alte hat sich riesig darüber gefreut. Und die Mädchen waren auch froh, weil sie ihnen versprochen hat, dafür kriegten sie reiche Ehemänner und hätten ihr Leben lang Glück.« Sie kicherte. »Ach, und die Männer sagen, wir machen uns noch alle verrückt mit dieser Hochzeit!«

Unverwechselbare Geräusche der Heiterkeit erreichten uns aus der Ferne, als die Tinker sich jedoch der Kirche näherten, dämpften sie ihre Stimmen und die der Kinder und verzogen die Gesichter zu der uns bestens bekannten Bettelmiene.

Wir schlüpften in die Kirche, und die meisten Zuschauer folgten unserem Beispiel. Die Kirche füllte sich so rasch, daß beim Eintreffen der Tinker nur noch wenige Bänke frei waren. Verlegen und aufgeregt zwängten sie sich hinein und warteten unter dem strengen Blick des Geistlichen vergebens darauf, daß ihnen gesagt würde, was sie zu tun hätten. Der Haarige Willie kam herein, blieb stehen und inspizierte die Versammelten mit erkünsteltem Wohlwollen. Er prangte in seiner Kanada-Reisekleidung und hatte den verbeulten schwarzen Hut unter den Arm gequetscht. Sein normalerweise zottiges Haar war so dicht am Kopf geschoren, daß es aussah, als trüge er ein schwarzes Nylonkäppchen. Morag stieß mich in die Rippen.

»Ich glaub, den Haarschnitt kriegen alle Männer in Glasgow«, flüsterte sie. »Er heißt glaub ich Büüstenschnitt.«

Der Geistliche winkte, und der Haarige Willie und sein Trauzeuge kamen so eifrig auf ihn zugesprungen, daß er sichtlich kaum noch Haltung bewahren konnte. Er wehrte sie mit dem Gebetbuch ab, das er fest umkrampfte, und zeigte ihnen, wo sie sich hinstellen sollten. Der Haarige Willie gehorchte und stand da, die Hände lässig auf dem Rücken. In der vordersten Bankreihe wurde gezischelt, und der Bräutigam wandte sich um und lächelte seinen Anhängern übermütig zu, wobei er schelmisch ein Auge zukniff. Darauf reagierten alle mit einem so hemmungslosen Geflüster, daß der Geistliche, Gotteslästerliches befürchtend, leise auf ihn einsprach. Der Haarige Willie wandte sich nun gehorsam dem Altar zu und stand stramm. Dabei fiel ihm vermutlich ein, daß der zur Formlosigkeit zerdrückte Hut unter seinem Arm ihm vom Geistlichen geschenkt worden war, er griff danach und knuffte ihn hinter seinem Rücken in seine ursprüngliche Form.

Auch bei dieser Hochzeit blieb das aufgeregte Gewisper keineswegs aus, das dem Einzug der Braut vorausgeht. Eines der Tinkerkinder, die bis jetzt wohl in der Vorhalle festgehalten worden waren, platzte durch die Tür herein, rannte den Mittelgang hinauf, drosch mit beiden Fäusten auf den breiten Rücken des Bräutigams ein und brüllte: »Nun kommtze!« Ein Tinker am Ende der Bankreihe packte und schubste das Kind trotz seines lauten Protests in die dichtgedrängte Menge. Alle Augen wandten sich zur Tür, in der nun die Braut erschien, entschlossen an den Arm eines schwankenden Alten geklammert, den ich sofort als Sonntagsausgabe jenes Tinkers erkannte, den es nach meinen Zähnen gelüstet hatte.

Ich staunte. Sie sah so hübsch aus wie nur je eine junge Braut. Die gutherzige Mary Anne hatte das Kleid ihrer Großmutter nicht nur gewaschen und gebleicht, sondern auch umgenäht. Das Mieder saß tadellos, und der lange Rock hing so tief herunter, daß ich nur die Zehenspitzen meiner alten Tennisschuhe sah, die beim Gehen leicht angestaubt hervorlugten. Der Brautstrauß, den sie vor sich hin hielt wie eine Hausfrau ihren Mopbesen, war sehr künstlerisch, obwohl sich das Blattwerk durch seine hygienische Blässe verriet. Als sie den Mittelgang hinaufschritt, wandte sie sich in erfreuter Würdigung der Versammelten nach rechts und links. Sie strahlte, und ich glaube, es gab niemanden, der nicht von dem ganzen Ereignis zutiefst bewegt war.

Erchy mistete gerade seinen Kuhstall aus, als ich bei ihm hereinschaute, um mir seine Säge auszuleihen.

»Mein Gott, hab ich gelacht über die Tinks am Abend nach der Hochzeit«, sagte er.

Ich betrachtete ihn prüfend. Erchy war am Tag der Tinkertrauung auf dem Viehmarkt gewesen, und in solchen Fällen waren seine Berichte über spätere Ereignisse üblicherweise nicht besonders exakt.

»Aye«, begann er, »der Haarige Willie war betrunken wie nur was. Wie ihm einer die Hose hinten weggezogen und 'n halben Liter Bier reingegossen hat, hat er's nicht mal gemerkt.« Erchy stützte sich auf die Mistgabel und lächelte hinaus auf die zinngraue See.

»Ich hätte nur gern gewußt, ob die beiden auf Hochzeitsreise gegangen sind, wie sie es vorhatten«, sagte ich. »Viele haben nicht so recht daran geglaubt, daß sie je wegkommen.«

»Doch, weggekommen ist er schon«, sagte Erchy.

»Und die Braut?« fragte ich.

»Ich glaub, die war 'ne Weile dabei«, antwortete Erchy nach kurzem Nachdenken. »Sie war genauso betrunken wie er.« Wieder warf er ein paar Gabeln Mist. »Wir haben ihn alle abfahrn sehn, und die Braut saß neben ihm. Er fuhr zickzack über die ganze Straßenbreite, ein verdammtes Glück, daß die Pollezei sich da rausgehalten hat, die hätten ihn sofort festnehmen müssen. Die anderen Tinker haben vorm Hotel gelacht und getanzt. Ich wollt mich ehrlich nicht betrinken, hatte zuviel Spaß dran, die zu beobachten.« Es klang etwas bedauernd. »Und 'n Haufen Geld hab ich auch dabei gespart, was, *cailleach*?«

Ich wandte mich um und sah, daß seine Mutter hinter uns herangekommen war. Sie lächelte uns beiden freundlich zu. »Ich wollt, du tätst dein Geld immer so sparen«, schalt sie liebevoll, denn er war ihr Augapfel, und sie gönnte ihm im Grunde auch seine gelegentlichen Ausschweifungen. »Sie nehmen doch einen winzigkleinen *strupak,* eh Sie gehn?« fragte sie, und ich versprach es ihr.

»Hab Miss Peckwitt eben von der Tinkerhochzeitsreise erzählt«, berichtete Erchy.

»Ach herrje, herrje«, flüsterte seine Mutter vorwurfsvoll. »Es war einfach schrecklich, nicht wahr?«

»Wieso, was ist denn passiert?« Meine Neugier wuchs.

»Na ja«, fuhr Erchy fort. »Wie die beiden ungefähr 'ne Stunde weg sind, und wir sitzen in der Hotelküche und essen noch 'n bißchen was mit der Köchin, weil doch schon lang geschlossen ist, donnert's mit einemmal an die Tür, und die Köchin macht auf, und der Haarige Willie steht auf der Schwelle. ›Um Gottes willen, helft mir‹, brüllt er los. ›Na, na‹, sagt sie, ›wie denn?‹ Weil sie meint, er ist noch immer reichlich blau. ›Mein' Wagen aus'm Graben ziehn‹, sagt er. ›Ich brauch paar Männer und paar Seile, eh's die Pollezei merkt.‹ – ›Wie ist er denn in den Graben geraten?‹ fragt sie. ›Frau‹, sagt er, ›den hab ich glaub ich selber reinbesorgt, und jetzt ist das verdammte Ding umgekippt.‹ Die Köchin bringt ihn in die Küche und sagt zu ihm, daß er Glück hat, weil wir alle noch da sind. Ruari und ein, zwei andre ziehn los und suchen ein Seil. Plötzlich fragt die Köchin: ›Und wo ist deine Braut?‹ – ›Meine Braut?‹ fragt er zurück, als hätt er bis zu dem Moment noch nie von ihr gehört. ›Jawohl, deine Braut‹, sagt die Köchin, ›das Mädel, mit dem du heut in der Kirche getraut worden bist und die mit dir im Wagen war.‹ – ›Ach‹, sagt der Haarige Willie, als ob's nicht wichtig ist, ›die ist noch unterm Wagen.‹ – ›Noch unterm Wagen?‹ schreit die Köchin. ›Mein Gott! Was denkst du dir eigentlich? Du hättst bei ihr bleiben müssen. Du denkst nur an deinen blöden Karren und wie du den aus'm Graben kriegst, eh ihn die Pollezei sieht, und dabei liegt das arme Ding vielleicht schon tot drunter.‹ Der

Haarige Willie schaut sie an, wie wenn sie verrückt ist. ›Daß die nicht tot ist, weiß ich genau‹, sagt er. ›Ich hab sie den ganzen Weg hinter mir herfluchen hörn.‹«

»Oh, das Ungeheuer!« keuchte Erchys Mutter entsetzt.

»Mittlerweile hatte Ruari den Hotelwagen geholt«, fuhr Erchy mit unverminderter Begeisterung fort. »Und wie wir zu der Stelle hinkommen, liegt Willies Wagen auf'm Kopf im Graben und auf ihm drauf die halbe Grenzmauer, die er umgefahrn hat. Und kein Laut aus'm Wagen, da haben wir Willie gesagt, er muß mit dem Mädel reden, ob sie noch lebt.« Erchys Augen funkelten, so amüsant war die Erinnerung. »Und kaum macht er den Mund auf, kommt ein solcher Schwall Flüche von ihr, daß Ihnen schlecht geworden wär! Und das von 'nem Mädel!« Er brachte es fertig, entrüstet auszusehen.

»Helf uns Gott«, murmelte seine Mutter fromm.

»Jedenfalls«, fuhr er fort, »haben wir den Wagen rausgeholt, und das Mädel war heil, nur immer noch betrunken.«

»Gott sei Dank«, sagte ich lachend.

»Moment«, warnte Erchy, »ich bin noch nicht fertig.«

Ich sah ihn erwartungsvoll an. Seine Mutter hielt sich mit der Hand den Mund zu, um ein Lächeln zu verbergen.

»Kaum hatten wir die Karre raus, da kam der Kerl, dem die Croft gehört, und rief was. Er hatte die vielen Lichter gesehn und wollt wissen, was passiert ist. Wie der sieht, daß sein Mäuerchen umgefahrn ist, fängt er bei Gott genauso an zu fluchen. ›Da laufen meine Kühe durch‹, schreit er den Haarigen Willie an, ›und wenn sie verlorengehn, wirst du sie zahlen. Und du zahlst mir auch das Loch in der Mauer‹, sagt er, ›oder ich schick dir die Polezei auf'n Hals.‹ Der Haarige Willie hat solche Angst gekriegt, daß man gemeint hat, man hört seinen Schnurrbart rasseln. ›Und wo sind deine Küh jetzt?‹ fragt er den Mann. ›Da drin‹, sagt der Mann und zeigt auf die Mauer, ›aber wenn sie dies Loch finden, sind sie auch schon durch. Du bleibst jetzt hier und sorgst dafür, daß sie nicht rauskönn'.‹ Der Haarige Willie hat so elend ausgeschaut, daß ich echt Mitleid mit ihm gekriegt hab. Und plötzlich, bevor jemand merkt, was er vorhat, steigt er in den Wagen, startet ihn und fährt ihn direkt wieder in den Graben, wo er das Loch in der Mauer ausfüllt. ›So‹, sagt er zu dem Mann, ›jetzt bleiben deine Viecher wohl drin, was?‹ – ›Aye‹, sagt der Mann, und sein Gesicht hätten Sie sehn solln. Dann fängt er an zu lachen. ›Na, schön‹, sagt er zum Haarigen Willie, ›wo mein Vieh jetzt sicher ist, sag ich nichts mehr über die ganze Geschichte.‹ Und geht heim.«

»Und die Tinker, was war mit denen?« fragte ich.

»Wie ich die zuletzt gesehn hab, sind sie wieder ins Lager gezogen und haben sich dabei gegenseitig gestützt«, sagte Erchy, beugte sich vor und hob eine Gabel voll heruntergefallenem Mist in die Höhe, »dort werden sie die Flitterwochen bleiben, glaub ich, falls da überhaupt noch Platz genug für sie ist.«

Ich ging mit Erchys Mutter ins Haus, verzehrte einen *strupak,* holte die Säge, die sie mir nur zögernd überließ, und erst auf dem Heimweg wurde mir klar, daß ja Sonnabend war und daß sie sie lieber bis zum Montag im Hause behalten hätte, damit keine Möglichkeit bestand, daß sie am Sabbat benutzt wurde.

»Was wollen Sie denn mit der, möcht ich wissen«, erkundigte sich der Dorfkaufmann scherzend, als ich bei ihm eine Dose Fleisch kaufte, »wollen Sie sich ein neues Haus bauen?«

»Ich mach mich mal gründlich an die alten schwarzen Johannisbeerbüsche«, erklärte ich ihm. »Sie haben nie getragen, und ich glaube, sie haben zuviel altes Holz.«

»Würd mich nicht wundern«, sagte der Krämer mäßig interessiert. »Ist das Fleisch nicht gekommen, daß Sie sich am Sonnabend eine Dose Fleisch kaufen müssen?«

»Ich habe diese Woche keines bestellt. Der Tink, den sie Phillibeag nennen, hat versprochen, mir zum Wochenende ein Karnickel zu bringen, aber ich glaube nicht, daß ich das noch kriege.«

»Von dem Menschen nehmen Sie besser gar nichts«, warnte der Krämer. »Dem ist es egal, was für 'n Vieh er Ihnen verkauft. Es heißt, wenn der eine Katze in der Schlinge findet, zieht er ihr die Haut ab und verkauft sie zusammen mit den Karnickeln. Er behauptet, die Leute können's sowieso nicht unterscheiden.«

»O Gott«, sagte ich, und selbst der Appetit auf Dosenfleisch verging mir.

»Sie täten gut dran, ein paar Fleischdosen im Haus zu haben für den Fall, daß wir Schnee kriegen«, riet der Krämer. »Sieht so aus, als ob's nicht mehr lang dauert.«

»Aber doch sicher nicht schon jetzt«, klagte ich und dachte an meinen kümmerlichen Vorrat an Heizmaterial.

»Aye, gewiß doch. Mein Bruder hat erst gestern abend gesagt, er sieht massenhaft dicken Schnee hinter den Hügeln. Es dauert bestimmt nicht mehr lange.«

Seine Vorhersage stimmte mich etwas besorgt, und als ich eilig heimging, überschlug ich im Geist den Inhalt meines Speiseschranks und die Menge des noch im Schuppen lagernden Futters. Ich beschloß, sofort nochmals an den Kohlenhändler zu schreiben, er möge die vor einiger Zeit bestellte Kohle etwas rascher liefern. Ich war so vertieft in meine Kalkulationen, daß ich zwar undeutlich eine männliche Gestalt näher kommen sah, aber gar nicht darüber erschrak, daß es ein Fremder war, bis er ein großes, weißes Taschentuch zog und sich hineinschneuzte. Ich faßte mich rechtzeitig, um das übliche Scherzwort oder die Bemerkung über das Wetter zu unterdrücken, und wünschte ihm nur einen guten Abend, was er mit steifer Herzlichkeit erwiderte und seines Weges zog. Ich war neugierig. Die Touristensaison war vorüber, und jeder Fremde im Dorf war gewöhnlich Bote irgendeiner Behörde, so daß es fast eine Pflicht war, ihn nach seinem Anliegen zu fragen. Ich trat zu Morag ins Haus und traf sie dabei an, wie sie einen großen, dampfenden Kloß vom Feuer nahm.

»Ich habe eben einen fremden Mann gesehen«, verkündete ich.

»Einen fremden Mann?« wiederholten Morag und Behag wie aus einem Munde, und selbst die kleine Fiona unterbrach ihre Tätigkeit, die Schwänze zweier Katzen zusammenzubinden, und sah mich überrascht an.

»Wie kann das sein?« meinte Morag. »So spät im Jahr? Wie sah er denn aus?«

Ich beschrieb ihn, so gut ich konnte.

»Hatte er einen offnen oder einen geschlossnen Kragen?« fragte Morag.

Der Ausdruck war mir neu, ich wußte nicht, was sie meinte.

»Ich meine, einen geschlossnen Kragen wie 'n Pfarrer oder 'nen offnen wie 'n Tourist?« erklärte sie.

»Offen«, sagte ich.

»Ach, dann ist es wahrscheinlich der Student, der die letzten drei Sonntage in der Sektenkirche gepredigt hat«, vermutete Morag. »Der wird bei Kirsty wohnen, das arme Kerlchen.«

»Wird wohl der sein, den Euan so gelobt hat«, meinte Behag kichernd.

»Wird wohl«, pflichtete Morag bei und lächelte ebenfalls.

»Geht Euan denn jetzt in die andere Kirche?« fragte ich überrascht. Euan, der geistig behinderte Bruder von »Padruig dem Blöden«, war bis vor kurzem wegen seiner lästerlichen Sprache von jeder Kirche ferngehalten worden, die zwei »Pilgerinnen« jedoch, die ich in einem früheren Buch beschrieben habe, fanden in Euan nicht nur einen ergebenen Bewunderer, sondern darüber hinaus einen Proselyten, der durch größere Beeindruckbarkeit seinen Mangel an Intelligenz wettmachte. Während ihres vergleichsweise kurzen Aufenthaltes im Dorf hatten sie sowohl seine weltliche wie seine geistliche Erziehung so erfolgreich in die Hand genommen, daß er ein Huhn nicht mehr als Federschisser, sondern lediglich als »gottverdammte Henne« bezeichnete. Sie hatten ihm sogar einen Choral beigebracht, und jedesmal wenn man jetzt an Padruigs Cottage vorüberkam, hörte man Euan *adagio prestissimo, pianissimo* oder *fortissimo* die Wörter des ›Es kommt der HERR ...‹ mit unmelodischem Eifer schmettern. Kurz nach der Abreise der Pilgerinnen war Padruig krank geworden und zu seiner verheirateten Schwester aufs Festland gereist, um sich dort pflegen zu lassen. Bald darauf hatte Euan sein Recht durchgesetzt, zur Kirche zu gehen, und war seitdem regelmäßig zum Gottesdienst erschienen, saß steif vor Wichtigkeit in seiner Bank, außer wenn Choräle angesagt wurden, dann reichte er das Gesangbuch einem Nachbarn und verlangte, daß man ihm den richtigen Choral aufschlug, obwohl er kein einziges Wort lesen konnte. Setzte der Gesang ein, ganz gleich, welches Lied dran war, setzte Euan brüllend mit ›Es kommt der HERR ...‹ ein und blieb distanziert gleichgültig gegen Rippenstöße und Schelten der Nächstsitzenden.

»Euan geht schon seit drei, vier Wochen in die andre Kirche«, berichtete Morag. »Man kann dem Bürschchen nicht mehr beibringen, was er tun muß, seit Padruig ihn nicht mehr unterm Pantoffel hat.«

»Warum hat er denn eure Kirche verlassen?«

»Das weiß der liebe Gott, vielleicht wollt er sich nur mal verändern.« Sie schnitt ein großes Stück von dem heißen Kloß ab und wickelte ihn in ein Tuch, den sollte ich zum Abendessen mitnehmen.

»Wenn ich Euan das nächste Mal treffe, werde ich ihn danach fragen«, sagte ich den beiden beim Abschied. »Es wäre interessant, was er zu sagen hat.«

Erst am folgenden Montag nachmittag, als ich vom Strandgutsammeln zurückkam, traf ich Euan. Auch er hatte gesammelt, und sein Rückenkorb war hoch beladen mit Treibholz. Ich beglückwünschte ihn zu seinem Fleiß und fing an, ihn nach seiner Glaubensabtrünnigkeit auszufragen. »Zur neuen Kirche ist es ein ganzes Stück weiter, das du zu Fuß gehen mußt«, meinte ich.

»Ja, Missed«, bestätigte er eifrig. »Aber wenn ich hinkomm, gibt's da 'n hübschen Teppich für die Füße und 'n guten warmen Ofen. Ich will nicht mehr in der dreckigen alten Kirche schlottern, wenn ich 'n Stückchen weiter dasitzen kann wie 'n Herr.« Er stützte den Rückenkorb auf das Grenzmäuerchen, verschränkte die Arme vor der Brust und nahm die Pose eines steifen viktorianischen Gentleman an.

»Und der neue Studentenprediger?« fragte ich. »Ist der gut?«

»Höllisch gut«, rief er mit gotteslästerlicher Frömmigkeit. »Der hat den HERRN wirklich in sich.«

»Du hörst also seine Predigten gern?«

»Höll und Teufel, ist *das* ein guter Prediger«, wiederholte Euan leidenschaftlich.

Der Abend wurde immer kälter, und bei Einbruch der Nacht ließ ein grober, graupelbeladener Wind uns alle eilig die Kühe heimholen und zur Nacht in den Stall bringen. Morgens war mein Schlafzimmer erfüllt von einem seltsamen, bleichen Licht, und als ich ans Fenster trat, waren die Hügel bedeckt mit Schnee, aus dem dunkle Flecken ragten, wo robustere Heidekrautbüschel die dichte Decke durchstachen. Ich fütterte Bonny und trieb sie durch das Moortor hinaus. Mit der Weisheit ihrer Rasse würde sie so lange den Schnee beschnüffeln, bis sie ans darunterliegende Heidekraut gelangte. Ein paar Minuten lehnte ich auf dem Tor und betrachtete die dunklen Wolken, die sich um die verblüffend weißen Hügel ballten. Wie sonderbar, daß sich Schnee, der so weiß und sauber fällt, durch schmutziggraue Wolkenmassen ankündigt. Auf den Hebriden nimmt der Schnee, wenn er kommt, ausgesprochene Eigenheiten an. Da gibt es den, der sich geschmeidig-tänzerisch auf dem Nordwind heranschleicht und die Hügel atemlos schwebend verharren läßt wie ein *Corps de ballet* in Erwartung des Auftritts der Ballerina. Der Schnee, den der Südwind bringt, ist vergleichsweise schwerfällig und schlampig und liegt trübselig über dem Land, bis er sich in schmutzigen Schlick auflöst. Und es gibt noch den lärmenden Schnee aus zweiter Hand, der von einem wüsten Sturm den Bergen entrissen und in splittrigen Partikeln nach uns geschleudert wird und uns in die Haut sticht.

Jetzt erhob sich eine mäßige Brise, durchsetzt mit Flokken, und ich eilte heim, um den Kuhstall auszumisten und Heu für Bonnys Abendfütterung bereitzulegen, die ich früher als sonst würde heimholen müssen. Trotz der Kälte war ich gern im Freien, denn zwischen den Schneeschauern, die im Lauf des Tages immer zurückhaltender wurden, lächelte freundlich die Sonne, der Schnee glitzerte, und über dem schweigenden Land lag das klirrende Geflüster der windgepeitschten See. Nach einem verspäteten Mittagessen holte ich Bonny gleich herein, denn obwohl der letzte Schneeschauer kaum stärker gewesen war als das Ausschütteln eines Staubbesens durch einen Engel, lag doch im heraufziehenden Abend Frost in der Luft, und unter meinen Stiefeln knirschte es, als ich den Weg entlangging, auf dem meine und Bonnys Fußspuren von heute morgen schon nicht mehr zu sehen waren. Es war zwar lästig, eine Kuh aus dem Moor heimzuholen, doch es lag ein Trost in der Schönheit des schattengesäumten Loch mit seinem – von vereinzelten Spiegelungen des fernen Sonnenuntergangs abgesehen – durchweg kalten Blau, und im Anblick Rhunas, das aussah, als zöge es seine Ränder etwas nach oben wie lächelnde Mundwinkel, ein sicheres Zeichen für Frost. Doch wenn man wußte, daß alle anderen Tiere nur einen einzigen einladenden Ruf, ja manchmal nur das Klirren des Moortors zu hören brauchten und schon heimgetrabt kamen, zum Stall, wo Obdach, Heu und warmer *potach* sie erwarteten, daß sogar diejenigen Kühe, auf die nicht der Luxus eines Stalles wartete, sich hungrig den Zaun entlang aufstellten und darauf warteten, daß ihre Besitzer ihnen Heu brachten, ärgerte es einen, die eigene, selber großgezogene Kuh erst suchen zu müssen. Kühe sind perverse Geschöpfe, und aus irgendeinem undurchschaubaren Grund hatten Bonny, Morags Kuh Milky und Tearlaichs Bracty neuerdings eine leidenschaftliche Liebe zueinander entwickelt, mit dem Ergebnis, daß wir drei unglücklichen Besitzer allabendlich bei jedem Wetter auf das Moor hinausmußten, um die drei widerstrebenden Tiere zu trennen und sie durch drei verschiedene Tore zu nötigen. Morag und Tearlaich waren ebenfalls bereits unterwegs zu dem liebenden Trio und warteten am Mooreingang auf mich.

»Dieses Wetter hat überhaupt kein' Verstand«, murrte Morag, als wir anfingen, die Kühe in Richtung des Zaunes zu drängen. »Meine Füße werden so kalt, und dabei hab ich drei Paar Strümpfe an, und es tut weh, die Stiefel auszuziehn. Manchmal wünscht ich, ich könnt damit ins Bett gehn.«

»Du mußt erst Kuhmist mit bißchen Stroh in die Stiefel tun«, riet ihr Tearlaich. »Aye, aye, aye, Kuhmist, das ist, was ich sage, Kuhmist!« Tearlaich war von jeher als »Tearlaich Dreifach« bekannt, weil er alles dreimal wiederholte, ehe er sicher war, es gesagt zu haben.

»Machst du das denn selber auch?« fragte Morag sichtlich erstaunt.

»Aye, mach ich, mach ich, mach ich«, erwiderte er. »Und spür die Kälte kein bißchen, kein bißchen, kein bißchen, sag ich.«

»Deine Socken würde ich ungern waschen«, murmelte ich.

»Socken? Da braucht man doch keine Socken, überhaupt nicht, überhaupt nicht, überhaupt nicht.«

»Da müssen deine Füße aber furchtbar wund sein«, meinte Morag.

Tearlaich wandte sich zu ihr und lehrte sie das Nötige darüber, wie man sich warme und behagliche Füße verschafft. Ich achtete kaum auf ihre Unterhaltung, ich war in die Fährte einer Spitzmaus im Schnee vertieft, die sich immer wieder überkreuzte, wie eine Perlenschnur. Die drei Kühe trotteten vor uns her, ihre breiten Bäuche prallten von Zeit zu Zeit gegeneinander, und ihr protestierendes Muhen mischte sich mit dem Knirschen des Schnees, den sie mit den Klauen niedertraten.

Plötzlich hörte ich ein sattes, saugendes Platschen direkt vor uns und daß Tearlaich etwas auf gälisch brüllte. Ich blickte eben noch rechtzeitig auf, um das Hinterteil von Moragś Kuh im Sumpf verschwinden zu sehen. In panischem Schreck rannte ich mit den anderen vorwärts und versuchte der Kuh gut zuzureden, damit sie sich selbst befreite, ehe sie noch tiefer einsank. Ihre beiden Vorderbeine standen noch auf festem Grund, doch als wir sie durch Schläge, Püffe, Zerren an den Hörnern und pausenloses Fluchen von Tearlaich vorwärtstreiben wollten, sank sie immer tiefer. Wir krempelten die Ärmel hoch und tauchten mit den Armen in den Morast, suchten eines ihrer Beine zu fassen und ihre Bemühungen zu unterstützen, doch bei all unserer Anstrengung schien die Kuh sich gemächlich niederzulassen, bis sie in lächerlicher Stellung, aufrecht, die Vorderbeine von sich gestreckt, dazusitzen schien wie ein bettelnder Hund.

»Ich glaub, wir machen's nur schlimmer«, keuchte Morag, »wir holen besser Hilfe.«

Mutlos hielten wir einen Moment inne und prüften die Lage. Es sah ganz leicht aus, das Tier herauszuziehen, das schon zwei Füße auf festem Grund hatte, aber das Moorloch war eng und die Hinterbeine mittlerweile tief eingesunken. Morag wischte sich – bleich und angestrengt – das Haar mit torfverschmiertem Arm aus den Augen. Es würde nun nicht mehr lange hell sein, und bis wir Hilfe aus dem Dorf herbeigeholt hatten, konnte die Kuh jeden Lebenswillen verloren haben.

»Du und Miss Peckwitt bringt eure Kühe jetzt besser heim«, riet die verzweifelte Morag. »Dann könnt ihr Hilfe holen, ich bleib hier, bei meinem Vieh.« Tearlaich sagte, er würde sein Tier »nur mal durchs Tor tun«, ich aber galoppierte mit Bonny in Rekordzeit nach Hause. Bis zu meiner ersten Bitte um Hilfe hatte Terlaich jedoch schon Morags tauben Bruder Ruari benachrichtigt, der schlicht die Stimme hob und das ganze Dorf mit der Sachlage bekanntmachte. Als ich zum Moor zurückkam, befanden sich bereits ein halbes Dutzend Männer mit Seilen und Brettern rings um die Kuh, die sichtlich apathischer geworden war. Unter aufgeregten gälischen Kommentaren und starker Behinderung durch aufgeregte Hunde wurde der Kuh ein Seil um die Hörner geschlungen, und es wurden Bretter in den Morast geschoben, um ihr eine festere Grundlage zu schaffen. Doch die Kuh hatte mittlerweile den Kampf aufgegeben, und die Lage wurde allmählich so gut wie hoffnungslos.

»Gib ihr 'n Schluck Whisky«, schlug Ian vor. »Ich hab hier welchen in der Tasche.«

»Nein, hör mal«, sagte Murdoch. »Den trink ich selber. Wart erst mal, bis wir das Vieh raushaben, eh du ihm den Whisky gibst, sonst isses Verschwendung.«

»Ach, nun gebt ihr schon welchen«, beharrte Ian, und der Kuh wurde ein reichlich bemessener Schluck in den Hals gegossen. Es folgten weitere ergebnislose Versuche, sie herauszuheben, doch der Kampf wurde zunehmend dadurch erschwert, daß der ursprünglich feste Grund unter dem dauernden Getrampel und Gerutsche vieler Füße aufgeweicht war. Selbst die der Kuh unter die Vorderfüße geschobenen Bretter waren glitschig geworden und boten jetzt nur mehr einen trügerischen Halt. Die Männer wurden allmählich müde.

»Ich glaub nicht, daß wir sie rauskriegen«, sagte Morag erschöpft und verstört.

»Für ihre Größe hat sie zu kleine Hufe, das ist die Sache«, sagte Murdoch. »Wenn sie einen schön großen Fuß hätt, der nicht so tief einsinkt, kriegten wir sie vielleicht raus.«

Es folgte ein allgemeines Kopfschütteln, mit dem die Aussichten für die Kuh preisgegeben wurden, doch ich wußte, die Männer würden sie nicht verlassen, solange auch nur die geringste Chance für ihr Überleben bestand. Ich wandte mich um und sah Johnny Ulkig, der wohl im Dorf ein *ceilidh* eingenommen hatte und jetzt kreuzunglücklich in der Gruppe der Helfer stand. Plötzlich sah er sich um, trottete zu einem kleinen Hügelchen, setzte sich und begann seine übergroßen Stiefel auszuziehen. Ich starrte ihn noch verblüfft an, da stand er schon auf und wanderte durch den Schnee zur Kuh, die Stiefel in der Hand.

»Da«, sagte er zu den Männern, »zieht dem armen Vieh meine Stiefel an.«

Sekundenlang verschlug es Murdoch die Rede, und er glotzte nur. Johnny, der meinte, er werde ablehnen, beugte sich hinunter und zwängte die Vorderhufe der Kuh in seine Stiefel. »So, jetzt ziehen«, befahl er, und die Männer zogen gehorsam, wenn auch voller Spott. Aus dem Morast schien ein leises Geräusch zu kommen, und sofort wurden alle ganz aufgeregt. »Murdoch, zieh du auch die Stiefel aus, alter *bodach*, du hast hier die größten Füße. Gib sie uns, und wir versuchen, das Vieh hochzukriegen.« Fast mit Gewalt trugen sie den alten Mann zum Hügelchen, zogen ihm die Stiefel aus, kehrten damit zurück zur Kuh, tauchten wieder mit den Armen in den Morast und hoben an. Der Morast schien etwas nachzugeben, und die Kuh, die den festen Halt von Johnnys Stiefeln an den Vorderfüßen spürte, stemmte sich hoch. Daraufhin brachen alle in gedämpften Jubel aus. »Her mit den Stiefeln«, rief einer. »Wir ziehn noch mal, und ihr schaut, daß ihr sie über die Füße kriegt.« Sie zogen gemeinsam, die Kuh tat mit, und als plötzlich ihr Hinterteil aus dem Morast auftauchte, ertönte Triumphgeschrei. Murdochs Stiefel wurden ihr über die Hinterhufe gequält, und mit Stiefeln an allen vieren zog und stieß man sie auf festen Boden.

»Die ist aber übel dran«, sagte Ian, als die Kuh von einer Seite auf die andere schwankte und es aussah, als werde sie gleich wieder im Morast versinken. »Führt sie ein bißchen weiter weg und gebt ihr noch 'n Schluck Whisky, damit ihr warm wird«, gab er Anweisung. Mit Männern zu beiden Seiten, damit sie nicht umfiel, wurde die Kuh langsam vorwärts genötigt. »So, und jetzt schütt ihr das in'n Hals«, sagte Ian. Ich glaube, es war Erchy, der die Flasche ergriff, das Maul der Kuh zu einem Beutel formte und den übrigen Schnaps hineingoß.

»Meiner Seel«, sagte er zu Morag und mir, während wir die Kuh mit je einer Handvoll Heu abrieben, das irgendwer gebracht hatte, »das war 'n verdammt komischer Ort für 'ne Kuh. Wie ist sie denn da reingekommen?«

Es folgten eine Menge Erklärungen, und dann hörte man Murdoch rufen, der immer noch auf dem Hügelchen saß und erst den einen, dann den anderen Fuß mit den Händen zu wärmen suchte. Johnny Ulkig schien den Verlust seiner Stiefel kaum zu bemerken.

»Wie soll ich heimkommen, ohne mich zu Tod zu erkälten?« fragte Murdoch wütend. »Soll doch jemand gehn und mir meine Sonntagsstiefel bringen.«

»Tearlaich holt sie dir schon und wird sie erst mal mit Mist füllen für dich«, gab Morag zurück, die jetzt vor Erleichterung lachte.

»Kommt gar nicht in Frage«, protestierte Murdoch, »die lassen mich ja nicht mehr ins Haus.«

»Bringt lieber das Vieh in Trab«, sagte Ian, der sah, wie die Kuh vor Kälte und Verstörtheit schauderte. »Miss Peckwitt, kurbeln Sie die Kuh mal bißchen an, daß sie in Gang kommt.«

»Ankurbeln?« wiederholte ich verständnislos.

»Aye, genau.« Er sprang über das Moorloch, schob mich beiseite, packte den Schwanz der Kuh und drehte ihn wie den Anlasser eines Wagens. Ich weiß nicht, ob es die Mißhandlung ihres Schwanzes war oder das plötzliche Gebrüll von Tearlaichs Kuh auf der anderen Seite des Zauns, was sie in Schwung brachte, jedenfalls machte sie, Antwort brüllend, einen Satz und begann von uns wegzutrotten.

»Die ist weiß Gott besoffen. Ich hab ihr wohl zuviel Whisky gegeben!« rief Erchy teils jubelnd, teils entsetzt.

»Um Himmels willen, sie hat meine Stiefel an«, rief Murdoch. »Nehmt sie ihr ab, eh sie weg sind.« Doch um ihn kümmerte sich keiner. Unsere Erleichterung nach all der Spannung löste sich in Gelächter und überlauten Rufen. Erst jetzt spürten wir, wie verfroren und müde wir waren.

Hätte ein Fremder an diesem Abend unseren Zug gesehen, der sich über das stille, vom Mondlicht versilberte Moor schlängelte, im Kielwasser einer betrunkenen Kuh in Nagelstiefeln und einem unbeschuhten alten Mann, der vom großen Ian huckepack getragen wurde, während ein anderer, ebenfalls in Strümpfen, durch den Schnee watete, er hätte bestimmt gemeint, ein heidnisches Ritual zu sehen. Erchy drückte es so aus: »Trifft sich verdammt gut, daß es nicht im Sommer passiert ist, wo Leute unterwegs sind, die hätten gedacht, wir sind total verrückt.«

Der Schnee blieb fast drei Wochen lang liegen, und tagtäglich strahlte während der kurzen Stunden des Tageslichts die Sonne und versank abends mit ungeheurer Pracht in einem Gold und Purpur, das sich in Wellen über den ganzen Himmel verbreitete.

»Wie wär's morgen mit 'ner Fahrt in Hectors Boot?« fragte Erchy mich eines Tages, als ich eben das Eis auf den Wassertonnen zerschlug.

»Wäre herrlich«, sagte ich bereitwillig.

»Mit der Post ist Nachricht gekommen: Den Leuten drüberhalb dem Glen gehn die Lebensmittel aus, und über die Straße könn' sie sie nicht ranschaffen. Nelly-Elly hat angefragt, ob Hector nicht morgen was rüberbringt.«

Der Schnee hatte es unmöglich gemacht, selbst auf der Bruacher Straße ein wie immer geartetes Fahrzeug zu benutzen, daher waren Hector, Erchy und Duncan, der Sohn der Postmeisterin, schwer mit Paketen jeder Form und Größe beladen, als sie auf dem Weg zum Boot hinunter am Cottage vorüberkamen. Morag und Behag kamen, gutmütig brummelnd, hinter ihnen hergeschlurft, über der Schulter den Sack mit ihren persönlichen Spenden an selbstgebackenen Haferkuchen und Scones, den sie mit der einen Hand festhielten, mit der anderen beschatteten sie die Augen gegen das Gleißen des Schnees. Ich stapfte hinter ihnen her und ruhte meine Augen vom Glanz des Festlands aus, indem ich aufs Meer hinausblickte. Dort lag Hectors neues Boot, die »Ealasaid«, friedlich vertäut und sah aus dieser Entfernung aus wie eine Elfenbeinschnitzerei, umrahmt vom glattgeschliffenen Meer. Beim Näherkommen wurde dieser Eindruck beeinträchtigt durch den Gürtel aus alten Autoreifen, von dem sie umgeben war, denn obwohl die Schiffe immer luxuriöser ausgestattet und die Anlegestege immer raffinierter konstruiert werden, sammeln die Fischer immer noch an den Ufern und auf örtlichen Abfallhalden alte Autoreifen, um zu verhindern, daß Schiff und Steg miteinander zu intim werden.

Es war bitter kalt im Bug des Schiffes, wo ich mich hingestellt hatte, um nicht dem Qualm unter Deck ausgesetzt zu sein. Morag zündete dort bereits Feuer an. Erchy bemerkte, daß ich mit den Zähnen klapperte.

»Ich versteh nicht, warum Sie nicht zu Behag und Morag reingehn«, zankte er. »Sie wer'n noch umkommen hier draußen.«

Ich wies mein Fernglas vor. »Ich möchte nach Hirschen ausschauen«, erklärte ich. »Dieses Wetter hat sie sicherlich ans Ufer getrieben, glauben Sie nicht?«

»Aye«, pflichtete Erchy mürrisch bei. »Aber was kann's Ihnen schon nützen, wenn Sie Hirsche sehn?«

»Es interessiert mich eben.«

»Also ich brüll, wenn ich welche seh«, versprach er. »Und jetzt gehn Sie um Gottes willen unter Deck, Frau, eh Sie vor meinen Augen erfriern.«

Unter Deck herrschte eine feuchte, stinkende, unordentliche Gemütlichkeit. Die Kojen lagen voll durcheinandergeworfener Planen, Segel und Taue, während ein paar elegante Whiskygläser fröhlich einer Sammlung Blechtassen und -teller den Rang abliefen. Morag hatte den Klapptisch aufgestellt, damit sie und Behag die anspruchslosen Frauenzeitschriften durchsehen konnten, die auf vielen schottischen Fischerbooten den ganzen Lesestoff bilden. Der Anblick dieses Tisches hatte mich schon beim ersten Mal fasziniert. Er bestand zwar nur aus zwei rohen Brettern mit vielen Astlöchern, doch sechs der am besten placierten Astlöcher waren herausgestoßen und lieferten der Mannschaft die stabilsten Eierbecher, die je entworfen wurden.

»Da sind Ihre Hirsche!« rief Erchy und erschien kurz im Niedergang. Ich kletterte an Deck und sah ein Rudel Rotwild, das ängstlich und fluchtbereit verharrte, aber nur ungern den Kelpgürtel verließ, in dem es geweidet hatte.

»Ich kann drei Hirsche und zwölf Hirschkühe erkennen«, wandte ich mich entzückt an Erchy. »Wieviel sehen Sie?«

Er warf einen gelangweilten Blick zum Ufer hinüber und schlüpfte wieder ins Steuerhaus zu Hector.

»Erchy«, rief ich vorwurfsvoll. »Interessieren Sie sich denn nicht für Hirsche?«

»An 'nem Hirsch bin ich nur intressiert, wenn er kochend heiß auf'm Teller liegt«, erwiderte er und tat mich mit einem Kopfnicken ab.

Ich kehrte zurück zu den beiden unter Deck, die noch immer in ihre Zeitschriften vertieft waren, und nach ungefähr zwanzig Minuten hörten wir die Melodie des Bootes sich verändern: Der Motor wurde abgeschaltet.

»Wir sind wohl da«, meinte Morag. Wir sammelten unsere Pakete und stiegen an Deck. Die Maschine stand, das Wasser strudelte, ein Dingi, angetrieben von raschen, aufgeregten Ruderschlägen, kam uns entgegen. Worte auf gälisch wurden gewechselt, als wir samt unseren Paketen ins Dingi umgeladen wurden. Obwohl man sichtlich froh war, uns zu sehen, hatte die Begrüßung anfangs etwas

Beklommenes. Anscheinend schämte sich die Familie zuzugeben, daß sie zuwenig Vorräte eingelagert hatte, um drei Wochen Isolation zu überdauern. »Wir warn verwöhnt, weil immer die Wagen gekommen sind«, gestanden sie nach ein, zwei Gläsern aus der Whiskyflasche, die Erchy zur Entspannung der anfänglichen leichten Befangenheit zum Vorschein gebracht hatte. »Da sind wir nachlässig geworden, aber es wird nicht wieder passieren.«

Es entwickelte sich ein sehr heiterer *ceilidh* (Whisky war das einzige Nahrungsmittel, das unseren Freunden nicht ausgegangen war). Und als wir wieder hinauskamen in den Schnee, war es dunkel. Ich war etwas verdutzt, daß der Vollmond, zu dem ich aufblickte, eine Taille bekommen hatte und ihm ein struppiger Schnurrbart gewachsen war. Leicht beschämt merkte ich: Der Whisky war mir zu Kopf gestiegen. Auch Morag und Behag waren in außergewöhnlicher Hochstimmung, und Morag legte sich, kaum war sie an Bord geklettert, in eine der Kojen, wobei sie über einen »komischen Magen« klagte. Ich ließ mich auf einem starren Klumpen Ölzeug nieder und blickte aus halbgeschlossenen Augen auf den sonderbar verformten Mond, den das Bullauge wie eine Aureole umgab. Der Motor sprang an, Ketten rasselten, als der Anker eingeholt wurde, und es wurde vielstimmig »Auf Wiedersehn!« gerufen. Die »Ealasaid« neigte sich sanft beim Wenden, die Maschine wurde schneller, und das Wasser plumpste und zischte gegen den Vordersteven. Unter Deck herrschte ein diffuses Licht, und nur ein gelegentliches Aufschnupfen von Behag unterbrach das stetige Pulsieren der Maschine und ihre Begleitmusik aus klirrenden Blechtellern. Mit Bedauern hörte ich uns am heimatlichen Liegeplatz festmachen.

»Ich glaub, heut nacht springts Wetter um, ich spür's«, sagte Erchy auf dem Weg vom Ufer hinauf.

»Aber der Wetterbericht im Radio lautet anders«, berichtigte ich. »Erst heute früh hieß es: noch keine Änderung.«

»Um den Wetterbericht kümmer ich mich nicht«, behauptete Erchy. »Ich fühl's, es wird anders, und was man fühlt, ist viel besser als die Voraussagen.«

»Aye«, bekräftigte Hector lakonisch. »Und man fühlt auch viel weiter voraus.«

Zwei Tage später wachte ich morgens mit dem Gefühl auf, es habe sich tatsächlich etwas verändert. Das Licht im Schlafzimmer war trüb und grau, und man hörte das altvertraute Regentröpfeln. Als ich die Vorhänge aufzog, sah ich, daß nachts Tauwetter eingetreten war. Die Moore lagen voller Rillen, wie eine Handfläche, die Hügel weinten Schneetränen. Diesen und den ganzen nächsten Tag, einen Sonntag, regnete es, und es wehte ein scharfer Wind, der uns in wüsten Stößen beinahe umriß, als wir über den quatschnassen Boden gingen. Nach getaner Arbeit blieb ich gemütlich im Cottage mit einem Buch von Howard Spring und einer Packung Pralinen und sah ohne Gewissensbisse die braven Dorfbewohner sich freudlos durch die Dämmerung zur Kirche schleppen.

»Ich komm Ihnen den *skart* da bringen«, sagte Morag am Montagmorgen. »Hector hat ihn am Sonnabend geschossen, Sie könn' ihn also morgen kochen.«

Ich dankte ihr, nahm ihr den Vogel ab und hängte ihn hinter die Küchentür.

»Und wissen Sie, wer sich herbeigelassen hat, gestern abend mit uns zur Kirche zu gehn?« fragte sie mit schlechtverhohlenem Vergnügen.

Ich schüttelte den Kopf.

»Euan! Der immer gesagt hat, wir haben 'ne dreckige alte Kirche, und der immer zu der andern gegangen ist, am weitesten weg, am andern Ende vom Dorf.«

»Du liebe Zeit!« rief ich. »Was hat ihn dazu gebracht, wieder zu wechseln?«

»Genau das hab ich ihn auch gefragt. Euan, hab ich gesagt, warum bist du heut abend nicht in deine eigne Kirche, wo du doch sagst, sie ist soviel besser als unsre und der Missionarstudent ist ein so prachtvoller Mensch?

Und wissen Sie was, Miss Peckwitt, er hat nur geblinzelt und zu mir gesagt: Wieso glaubst du, ich marschier bei diesem Wetter so ’n weiten Weg. Ich bin doch nicht blöd!«

Die Gemeindeschwester

Die Gemeindeschwester war sehr ärgerlich.

»Was tu ich nicht alles für die Leute hier«, beklagte sie sich laut in einem Ton, der wie ständig in einen unzufriedenen Diskant hinaufgeschraubt klang. »Und welchen Dank bekomm ich dafür? Manchmal behandeln sie mich, daß man meinen könnte, ich will ihnen nicht helfen, sondern sie noch kränker machen«, erklärte sie und wußte nicht, wie genau sie den Nagel auf den Kopf getroffen hatte.

Unsere Gemeindeschwester war eine pedantische, prüde kleine Frau mit berufsbedingt gerötetem Gesicht und einem Heiligenschein federnder weißer Locken, die ihr strenger, dunkelblauer Filzhut nur teilweise bändigte. In ihrer Jugend mußte sie wunderhübsch gewesen sein. Nahm man ihre Gesichtszüge einzeln, war sie es immer noch, doch hatte sie mit ihren Fünfzig etwas Seniles durch ihren plattfüßigen Gang, ihre Gewohnheit, über den oberen Rand ihrer Brille zu schielen, und ihren schlaffen Schmollmund.

Ich kippte den Eimer Strandkies, den ich eben vom Ufer heraufgeholt hatte, auf den Gartenweg, den ich dabei war anzulegen, und bat sie zu einem *strupak* ins Haus. Mein Unmut, von der Arbeit abgehalten zu werden, wenn ich gerade voller Energie war, wurde durch die Aussicht gemildert, ein paar Stunden indiskreten, aber höchst aufschlußreichen Klatsch über meine Nachbarn zu hören.

Die Schwester war Schottin, jedoch ebenso »Ausländerin« in Bruach wie ich, und trotz der Tatsache, daß sie schon länger als zwölf Jahre unter ihnen lebte, war sie beim Zerstreuen von Vorurteilen bei den Croftern nicht spürbar weiter gekommen als in den ersten zwölf Wochen. Für eine Fremde war es zweifellos eine schwere

Aufgabe, die Bruacher zu verarzten – sie konnten recht unwirsch sein –, in ihren Augen war der Hauptfehler der Schwester, daß sie ihre Sprache nicht verstand. Sie »hatte das Gälische nicht«. Wurden sie krank, war es ihnen manchmal zuviel, ihre Bedürfnisse ins Englische zu übersetzen, meiner Meinung nach eine berechtigte Klage. So gut ihr Englisch sein mochte, sie dachten doch immer zuerst auf gälisch und übertrugen es dann. Wäre jedoch die Sprachbarriere das einzige Hindernis gewesen, es hätte sich mit der Zeit eine herzlichere Beziehung bilden können. Doch es war allmählich zutage gekommen, daß zu den Fehlern der Schwester eine unstillbare Neugier und unverbesserliche Klatschsucht gehörten, so daß die Bruacher lieber über ihre Beschwerden schwiegen und gesund wurden oder starben, ohne ihre Dienste in irgendeiner Form in Anspruch zu nehmen.

»Haben Sie gehört, was Alistair Beag gestern Freches zu mir gesagt hat?« fragte mich die Schwester heftig, kaum daß sie saß.

Ich hatte es gehört und war, wie alle anderen, insgeheim entzückt über so viel Treffsicherheit, tat aber, während ich der Schwester den Rücken kehrte, um den Teekessel zu füllen, als wisse ich von nichts.

»Er hat zu mir gesagt, ich sei schon viel zu lang hier gewesen«, verkündete sie mit empörter Stimme. »Er hat sogar hinter mir hergeschrien, als ich das Haus verließ, so daß jeder es hören konnte. ›Geh wieder weg, zu deinen Oberen‹, hat er geschrien. ›Geh und sag ihnen, daß man hier die Schwester alle drei Jahre austauschen sollte wie den Bullen!‹« Ihre so unschuldigen Augen füllten sich plötzlich mit Tränen, und ich empfand großes Mitleid mit ihr. Ich hatte den Eindruck, daß sie ursprünglich angestrebt hatte, eine beliebte, respektierte Persönlichkeit zu werden, eine Alma Mater, an die man sich bei Krankheit oder Sorgen unverzüglich wendete. Die Mischung aus Duldung, Herablassung und offener

Feindschaft, die sie statt dessen erreicht hatte, muß eine bittere Enttäuschung für sie gewesen sein.

»Ich glaube, das hat er nur zum Spaß gesagt«, tröstete ich. »Zu mir sagt er auch oft Beleidigendes. So ist er eben.« Ich erzählte ihr, wie ich vor ein paar Tagen infolge besonderer Zerstreutheit binnen wenigen Stunden zum dritten Mal vom Dorfkaufmann heimgekommen war und der alte Murdoch, der das Dorfleben vom Aussichtspunkt seines sturmbeschädigten Daches aus beobachtete, mir zurief: »Miss Peckwitt, was ist denn mit Ihnen? Sie sind heute hier und da und überall gleichzeitig, wie so 'ne Drossel!« Noch während ich ihm dafür anerkennend zulächelte, hörte man die Stimme von Alistair Beag hinter dem Mäuerchen, das er von mir ungesehen reparierte, plump vertraulich ergänzen: »Aye, sie flitzt herum wie ein Furz im Sieb.«

Die Schwester zeigte sich schockiert. »Genau das kann ich an den Hiesigen nicht leiden«, rief sie. »Sie sind so primitiv. Und unmoralisch sind sie außerdem«, fuhr sie fort. »Sie lästern fürchterlich, und geraten sie in die Nähe von einem Wirtshaus, so trinken sie sich dumm und dämlich. Und wenn dann der Missionar vorbeikommt, sitzen sie da mit den Bibeln auf den Knien und tun, als ob sie nie etwas Unanständiges denken oder reden. Es sind gräßliche Heuchler!« Sie hielt nur lange genug inne, bis ich ihr eine weitere Tasse eingegossen hatte. »Natürlich«, ergänzte sie, »sehe ich weit mehr von dem, was vor sich geht, als Sie.«

»Natürlich«, bestätigte ich.

»Heuchler!« wiederholte sie angewidert.

»Manche sind nicht so schlimm«, widersprach ich.

»Auch die besten sind Heuchler«, beharrte sie. »Nehmen Sie zum Beispiel mal die Anna. Die ist, was ich eine richtig gute Frau nennen würde. Und doch holt sie sich an Sonntagen das Wasser aus der Quelle draußen im Moor, statt gleich aus Murdochs direkt neben der Straße.«

Ich nickte. »Ja, das weiß ich.«

»Ist das nicht die pure Scheinheiligkeit? Ihr geht das Wasser aus, aber an Sonntagen Wasser holen ist Sünde. Und damit die Leute sie nicht sehen, geht sie zur Quelle draußen im Moor.«

Ich verteidigte sie. »Aber Anna holt sich zusätzliches Wasser aus der Quelle am Samstagabend. Ich sehe sie regelmäßig. Und«, fuhr ich fort, »es gibt viele Rechtschaffene, die sonntags nichts anderes zu tun haben, als bei Anna einzufallen und bei ihr Tee zu wollen. Deswegen geht ihr ja das Wasser aus.«

»So ist es«, bestätigte die Schwester entschieden. »Aber man könnte wirklich meinen, der HERR weiß von diesen Leutchen nichts anderes, als was der Missionar IHM erzählt.« Sie nahm rasch drei Schluck Tee, ehe sie fortfuhr. »Sie kennen doch Willy, den ich sechs, sieben Mal pro Tag besuchen muß. Er hat Krebs, natürlich, und liegt im Sterben, wie Sie sicherlich wissen.«

Ich mußte es zugeben, denn das Dorf hatte Willys Krankheit und seine vermutliche Lebensdauer schon diagnostiziert, längst ehe der Arzt gerufen worden war, und alle sprachen daher von ihm, als hätten sie bereits seine Todesanzeige gelesen.

»Auch so ein Fall von Scheinheiligkeit«, fuhr die Schwester fort. »Willy hat schreckliche Schmerzen, und es gibt für ihn keine Hoffnung mehr, aber er gehört zur Sekte der Seceder, und denen erlaubt ihr Glaube keine Medikamente. Jedesmal wenn ich an die Tür seines Zimmers komme, verstellt mir seine Frau den Weg. ›Hören Sie, Schwester‹, sagt sie, ›geben Sie ihm keines von diesen Mitteln. Wir glauben, daß das Sünde ist.‹ Dann beugt sie sich über Willy und sagt: ›Hör zu, Willy, bitte die Schwester ja nicht um Mittel, sonst kommst du in die Hölle.‹ Und kaum ist sie aus dem Zimmer, wendet sich Willy zu mir, und Tränen und Schweiß laufen ihm übers Gesicht. ›Um Himmels willen, Schwester‹, bettelt er, ›geben Sie mir was gegen die Schmerzen, ich halt's nicht mehr aus.‹«

»Wie furchtbar«, murmelte ich. »Und was tun Sie?«

»Ich hab ihm eine Morphiumspritze gegeben«, antwortete die Schwester ohne Zögern. »Ich stell mich doch nicht hin und schau zu, wie ein Mensch unnötig leidet, Religion hin oder her.«

»Gott sei Dank«, rief ich aus. »Die Vorstellung ist schrecklich, den guten alten Willy so leiden zu wissen.«

»Neulich ist seine Frau reingekommen und hat mich dabei erwischt und hat mir fast die Spritze weggerissen.« Sie lachte trocken. »Sie hat mir gesagt, ich bin eine schlechte, sündhafte Person, die drauf aus ist, ihren Mann zur Hölle zu schicken. Ich hätte sie ausgelacht, wäre ich nicht so wütend gewesen. Statt dessen habe ich nur gesagt, sie soll sich beruhigen, ich hätte nur Wasser gespritzt.«

»Meinen Sie, sie hat Ihnen geglaubt?« fragte ich zweifelnd.

»Nein, ich glaube nicht«, erwiderte die Schwester. »Aber so sind sie, diese Leute von der Seceder-Sekte. Sie wollen nur, daß jemand anders die Verantwortung dafür übernimmt und der Sünder ist.« Sie putzte sich die Nase, um zu zeigen, sie sei jetzt beruhigter.

Nachdenklich meinte ich: »Es muß aber doch eine ganze Menge Ärzte und Schwestern geben, die ebenfalls der Sekte angehören. Was ist denn mit denen?«

Sie warf mir über die Brille einen langen, vielsagenden Blick zu. »Für einen hab ich mal gearbeitet«, gestand sie. »Nie wieder! Hoffentlich. Natürlich sind deren Patienten, wenn sie nicht zu den Secedern gehören, sowieso zur Hölle verdammt, deshalb kriegen sie alle Medikamente, die der Doktor für nötig hält. Wenn der Patient selbst Seceder ist, dann wird es schlimm.« Sie schauderte.

»Lassen die sie einfach leiden?« fragte ich sie aus und hoffte dabei auf ein Nein.

»Es ist so. Erinnern Sie sich noch an Ian Beg, der nicht lange nach Ihrer Ankunft hier gestorben ist? Also der war Seceder und auch der Arzt, den wir damals hatten. Als

Ian an Krebs erkrankte, sagte er zum Doktor – ich stand damals neben dem Bett: ›Hören Sie, Doktor, ich weiß, ich lieg im Sterben, und ich möcht, daß Sie mir versprechen, daß Sie mir keine Mittel verschreiben, egal wie sehr ich um Schmerzlinderung bettle und wie weh es tut.‹ Der Doktor warnte ihn, daß es zu großen Schmerzen kommen würde, aber Ian war eisern. Da versprach der Doktor es. Ich habe den Mann gepflegt, bis er starb, und es hat Zeiten gegeben, da hat er in seinen Qualen fast das Bett zertrümmert, und in windstillen Nächten hat man ihn im ganzen Dorf vor Schmerzen brüllen und stöhnen hören. Für seine Frau war es entsetzlich, sie gehörte nicht zu den Secedern. Und für mich war es auch schrecklich. Immer wenn der Arzt kam, hab ich ihn angefleht, Ian eine Morphiumspritze geben zu dürfen, aber er stand zu seinem Wort. Es kam so weit, daß Ians Frau und ich unsere Köpfe im Heu der Scheune vergraben haben, um sein Gebrüll nicht zu hören, als es zu Ende ging, und danach war das Heu naß von unseren Tränen.« Sie seufzte erschöpft auf bei dieser Erinnerung. »Mein Gott, hat dieser Mensch gelitten«, sagte sie, »und während der ganzen Krankheit keine einzige Spritze.«

Sie starrte aus dem Fenster, und einige Augenblicke lang war die Küche erfüllt von unseren traurigen Gedanken.

»Wohlgemerkt«, begann sie wieder. »Es gibt nicht viele wie Ian. Die meisten sind recht energisch, wenn es gilt, anderen Medikamente vorzuenthalten, aber wenn es sie selbst ein bißchen zwickt, sind sie bald hinter mir her, ich soll was dagegen tun.«

Während unseres Gesprächs war das stille Wasser in der Bucht zunehmend schattenhafter geworden, und ich hörte meine Hühner fragen, warum sich ihre Abendfütterung so verspätete. Ich bat die Schwester, mich zu entschuldigen, ich müsse mich um die Tiere kümmern. Sie sah nach der Uhr. »Eigentlich sollte ich wohl gehen«, sagte sie sichtlich widerstrebend, »aber ich genieße meinen kleinen *ceilidh*, und in einer Stunde muß ich sowieso wieder zu Willy, da lohnt es sich nicht, zwischendurch heimzugehen.«

Ich schlug ihr vor zu bleiben.

»Übrigens – darf ich mal Ihre Toilette benutzen«, sagte sie. »Das heißt, wenn Sie eine haben.«

»Natürlich«, sagte ich leicht indigniert.

»Daran ist nichts ›natürlich‹«, gab sie zurück. »Ich hatte voriges Jahr eine Freundin zu Gast und sie in eines der Häuser mitgenommen, in dem ich einen Patienten versorgte. Sie hatte viel Tee getrunken, und als ihr ungemütlich wurde, bat sie, die Toilette benutzen zu können. Die Frau des Hauses sagte rundweg: ›Wir haben leider keine.‹ Meine Freundin war etwas schockiert und hat das vermutlich auch nicht ganz verborgen. ›Sie haben keine?‹ stieß sie hervor. Die alte Frau musterte sie hochmütig und meinte: ›Nein, wir haben bisher nie eine nötig gehabt.‹ Da dachte meine Freundin natürlich, sie seien eben erst eingezogen, und sagte: ›Ach, ich verstehe, Sie sind noch nicht lange da.‹ – ›Nein‹, erwiderte die Alte. ›Erst fünfundzwanzig Jahre.‹ In diesem Moment betrat ich die Küche wieder und sah die Miene meiner Freundin.« Die Schwester lachte. »Ich mußte ihr auf dem Nachhauseweg erklären, daß hier keine biologische Sonderbarkeit vorlag, sondern ganz einfach der Kälberstall als Toilette diente.«

»Mich amüsiert, wie sie vorn und hinten in die Hosen der kleinen Jungen ein Loch schneiden, keine Windeln brauchen und sie nicht zur Sauberkeit auf dem Töpfchen erziehen«, sagte ich.

»Die sind nur stinkfaul«, schnaubte die Schwester, die sich zu ihrem Haus eine Wasserleitung hatte legen lassen und daher nicht jeden zum Waschen benötigten Tropfen mühsam heranschaffen mußte.

Ich zeigte ihr mein »Hausi«, hastete davon, Hühner füttern und Heu vorlegen, und betete, daß Bonny am Moortor wartete, wenn Erchy seine Kühe holen kam, so daß sie von allein heimfand und ich sie nicht nach Weggang der Schwester im Dunkeln erst würde suchen müssen.

»Du liebe Zeit«, sagte die Schwester bewundernd, als sie wieder in die Küche kam, »Ihre Toilette ist ja direkt zivilisiert.«

Ich lachte. »Mir kommt sie immer noch etwas barbarisch vor.«

Das Problem der Fäkalienentsorgung war in Bruach, wie in jedem wasserleitungslosen und unkanalisierten Dorf, eine schwierige und unerfreuliche Sache. Chemische Toiletten sind keine Lösung, wenn die Menschen fehlen, die sie ausleeren. Sie sind für eine Frau zu schwer zu heben, auch wenn sie erst halb voll sind, und man verschwendet Zeit und Chemikalien, wenn man sie allzu häufig leert.

Bei mir ist das Problem dadurch gelöst, daß ich zwei Toiletten nebeneinander habe, eine chemische fürs Ernsthafte und eine selbsterfundene fürs Geringfügigere. Die Idee kam mir, als ich mir die Kuh anschaffte und feststellte, daß sie manchmal von vier Uhr nachmittags bis um zehn am nächsten Morgen im Stall stand und die Kiesrinne hinter ihr vollkommen trocken blieb. Anfangs dachte ich, ich müsse den Tierarzt holen, doch als mich Bonny selbst hinlänglich beruhigt hatte, merkte ich, daß sich das Gelände vom Stall zum Ufer stark neigte und ihr Urin ganz einfach in den Kies lief und darin hinuntersickerte ins Meer. Nach diesem Prinzip ging ich beim Bau meines Zweitklos vor. In den Kiesboden des »Hausis« grub ich eine Grube, versenkte darin das Teilstück einer Kaminauskleidung, das ich dem alten Murdoch abgebettelt hatte, und verschloß sie nach unten zu mit einem alten verzinkten Gefäß mit hineingeschlagenen Löchern. Obenauf kam ein stabiler Kastensitz. Ein Eimer Meerwasser stand immer zum »Spülen« bereit. Die Vorrichtung war simpel, funktionierte aber sehr schön. Ich gebrauche das Wort »schön« mit voller Absicht. In den Nächten, in denen das

Seewasser voller *Noctiluca* war, jenen Kleinstorganismen, die das Meeresleuchten verursachen, habe ich oft bewundernd zugeschaut, wie der Rest des funkelnden Wassers weggluckerte und der Eimer noch immer leuchtend grün ausgekleidet war, als ich die Türe schloß.

»Ich komme jetzt öfter her, wo ich weiß, daß bei Ihnen ein so hübsches Örtchen ist«, drohte die Gemeindeschwester. »Sonst muß ich immer warten, bis ich bei Janet oben an der Straße bin. Sie läßt mich die Toilette benutzen, die sie für die Sommergäste haben. So sind diese Leutchen«, fuhr sie fort, »sie haben sich die Mühe gemacht, ein ›Hausi‹ zu bauen für die Touristen, und haben sogar eine Rolle Toilettenpapier drin. Aber die Rolle haben sie an die Decke genagelt statt an die Wand.«

»Komische Stelle«, bemerkte ich.

»Ja, nicht wahr? Und ich sag noch zu ihr, Janet, sag ich, warum um Gottes willen bringst du das Klopapier an der Decke an? Für jemand Kleines wie mich ist es furchtbar schwer, hinaufzulangen, wenn ich es brauche. Wissen Sie, Schwester, sagt sie, es ist so: Shamus bringt dort nachts sein Lieblingsschaf unter, und wenn er die Rolle nicht hoch genug tut, hat das Vieh sie bis zum Morgen aufgefressen.«

»Ja, einen Unterstand nicht zu nutzen wäre Verschwendung«, meinte ich lächelnd. »Das finde ich verständlich. So ein ›Hausi‹ ist nur ein Statussymbol, auf dem die Kinder bestehen, wenn sie von der Universität heimkommen. Sie werden sicher bemerkt haben, daß Häuser, in denen es keine jungen Leute gibt, nicht einmal den primitivsten Abtritt haben. Die Alten scheinen es unnatürlich zu finden, sich einzuschließen, um ihre Notdurft zu verrichten.«

»Jawohl.« Die Schwester nickte energisch. »Und wenn sie dann älter werden und sich nicht mehr gern in den Sturm hinauswagen, dann wird es schwierig. Dann heißt es: Schwester, Schwester, ich hab seit Tagen nicht mehr gekackt, geben Sie mir ein Mittel. Sie würden staunen, was für Portionen Kalomel man braucht, um sie in Schwung zu bringen.« Sie seufzte. »Ach ja, und nun werde ich gehen müssen und Willy seine Spritze geben –« Sie brach ab. »Ach herrje, da fällt mir eben ein, ich hab ja der Lehrerin versprochen, hinunterzugehen und die Köpfe der Kinder zu inspizieren. Sie hat über sie geklagt.«

Ich sah sie nur stumm an.

»Sie waren in einem schrecklichen Zustand, als ich sie das letzte Mal untersuchte.«

»Woher sie sie nur immer kriegen?« fragte ich. »Die meisten Häuser sehen doch recht sauber aus.«

»Es sind nur ein, zwei, die das auslösen«, sagte sie. »Ich muß mich immer auf ein Leintuch stellen beim Ausziehen, wenn ich bei denen in der Nähe war.« Sie tat ein paar Schritte in Richtung Tür, noch immer hatte sie keine Lust, gute Nacht zu sagen. »Weiß Gott, wann ich heute abend heimkomme«, sagte sie, die Klinke in der Hand. »Ich muß noch zu Barabal. Ich nehme an, Sie haben von Barabal gehört?«

»Nein«, sagte ich erstaunt. »Ist sie krank?«

»Das nicht«, erwiderte die Schwester mit einer Miene, die besagen sollte, nun werde sie mir Ungewöhnliches mitteilen. »Krank ist sie nicht, aber vorige Woche war der Arzt bei ihr.«

»Warum ist er denn hingegangen, wenn sie nicht krank ist?« Noch während ich die Frage stellte, kam ich mir sehr töricht vor.

»Ich in meiner Stellung darf es nicht sagen, nicht wahr. Aber man sollte doch meinen, in ihrem Alter wäre sie vernünftiger.« Der Mund der Schwester schürzte sich mißbilligend, aber ihre Augen oberhalb der Brille musterten mich neugierig.

»Na, so was!« sagte ich und nahm die Neuigkeit ohne das geringste schlechte Gewissen begeistert auf. »Ist Barabal verheiratet?«

»Keineswegs.« Der Ton der Schwester ließ durchblikken, daß kein Mann so töricht gewesen wäre, Barabal zu heiraten.

»Und wer soll denn der Vater sein?« fragte ich, von Neugier bezwungen.

»Jedenfalls keiner von hier. Dazu ist sie nach Glasgow gefahren.« Noch immer war die Schwester voller Verachtung. »Sie war immerhin im Sommer ein paar Monate lang dort.« Sie öffnete die Tür und trat hinaus in einen dämmerigen Nieselregen. »Ich wünschte, es wäre mir eingefallen, daß Barabal Alistair Beags Schwester ist, als er mir die Beleidigungen zubrüllte«, sagte sie. »Ich hätte sagen sollen, wenn irgendwer irgendwo zu lange gewesen sei, dann seine Schwester in Glasgow.« Sie ging den Gartenweg hinunter, und ich sah ihr von der Tür nach. »Die Schwester austauschen wie den Gemeindebullen. Also wirklich!« murrte sie, als sie durch das Gartentor ging. »Ich wünschte, es wäre mir eingefallen.«

»Ach, dieses Frauenzimmer«, äußerte sich Morag.

Ich hatte ihr erzählt, ich sei unterwegs zu Kirsty, der Schwester von Johnny Ulkig, um dort eventuell einen Sack Kartoffeln zu kaufen.

»Aye«, fuhr Morag fort, »ich glaub schon, daß die Ihnen einen Sack verkauft, und wenn's der letzte ist, den sie selber hat. Zeigen Sie der nur Geld, dann kann die nicht nein sagen.«

Morag stand in der Tür ihres Häuschens, über ein Waschbrett in einer Blechwanne mit Seifenwasser geneigt. Die bereits gewaschene Wäsche hatte sie in ein weiteres Schaff geworfen, das draußen unter der windzerzausten Dusche einer löcherigen Regenrinne stand. Noch immer regnete es in Strömen. In Bruach, wo es keine Wasserleitung gab, wuschen wir an Regentagen, und wenn es windstill genug war, hängten wir optimistisch alles auf die Leine und warteten auf einen trockenen Tag. Bei dieser stundenlangen, manchmal tagelangen Behandlung in kristallklarem Wasser, das sie durchfloß, brauchte unsere Wäsche kein künstliches Bleichmittel, um »extraweiß« zu werden.

»Sie mögen Kirsty nicht, hab ich recht?« fragte ich.

Morag sah ganz entrüstet aus. »So ist es nicht. Sie hat nur so eine Art.«

»Was für eine Art?«

»*Mo ghaoil,* ich sag Ihnen, die kommt sich so großartig vor. Immer wenn eine von uns Frauen, die mal in Dienst war, mit ihr redet, kriegt sie das Gefühl, jetzt fragt die gleich: ›Und waschen können Sie hoffentlich auch, meine Liebe?‹« Sie richtete sich zu voller Höhe auf und preßte die Lippen zusammen in der herablassenden Art einer Herzogin. »Das haben die Gnädigen immer gefragt, als ich noch in Dienst war«, erklärte sie ergänzend.

»War denn Kirsty selber nie in Dienst?« fragte ich.

»Nein, eben nicht. Nicht so, wie wir Dienst gekannt haben. Unsere feine Kirsty hat nie was andres getan, als eine invalide Dame in 'nem Karren rumzufahren.« Sie warf hochmütig den Kopf zurück und zog das Schaff beiseite, damit ich vorbeikam.

»Ich hab Sie kommen sehn und hab Erchy zugerufen, er soll Ihnen 'ne Tasse Tee eingießen.« Erchy saß auf der Bank unter dem Fenster und hatte beide Ellbogen auf deren Rückenlehne gestützt. Sein Ölzeug hatte er ausgezogen, die Mütze aber noch auf dem Kopf, weit nach hinten geschoben, damit ihm das Wasser nicht in die Augen tropfte. Mit einer schlaffen Handbewegung deutete er an, daß die Tasse Tee neben ihm auf der Bank für mich bestimmt sei.

Erchy gegenüber, in bequemer Spuckdistanz zum Feuer, saß Neilly Ally, ein alter Onkel von Morag, der eines Abends unangemeldet aus dem Bus gestiegen war, wie offenbar bei Verwandten der Crofter üblich, und seitdem mehr oder weniger bei ihnen lebte. Er nahm kurz die Pfeife aus dem Mund und begrüßte mich mit »Aye!« Obwohl Neilly über fünfzig Jahre lang in Glasgow gelebt hatte, hatte er das bäurische Wesen nie abgelegt, und als er so dasaß mit seinem zerzausten weißen Haar, in blauem Seemannspullover und dunkler, zerknitterter Hose, sah er aus, als habe er eben erst sein Boot an den Strand gezogen. Neben ihm auf dem Fußboden stand eine Schüssel Seifenwasser – ein weiteres Kennzeichen für ergiebigen Regenfall –, und seine frischgewaschenen Füße ruhten auf einem Stück Treibholz. Sie sahen eher aus, als seien sie durch Torfbäche gewatet, als auf dem Glasgower Pflaster gewandert. Zwischen Zügen an der Pfeife und hemmungslosem Gespucke war er damit beschäftigt, den Teer von einer Netznadel zu kratzen, eine Aufgabe, die übergroße Konzentration zu fordern schien.

»Na«, sagte Erchy und erhob sich, »gefällt Ihnen das Wetter?«

»Gar nicht«, erwiderte ich. »Ich hab den ewigen Regen satt. Man kann ja nichts erledigen.«

Neilly Ally unterbrach kurz sein Kratzen. »Is noch nich so schlimm wie in der Bibel. Da hat's vierzig Tage und vierzig Nächte geregnet«, tröstete er.

»Woher weißt du das? Du warst nicht dabei«, sagte Erchy patzig.

Der Alte starrte abwesend durch das Fenster über Erchys Kopf. »Soso, war ich nicht?« erkundigte er sich in einem Ton, als gäbe es daran Zweifel, und als ich wieder auf seine schwammigweißen Füße hinuntersah, glaubte ich fast, es wäre möglich.

Morag kam herein und wischte sich die Hände am Rock ab. »Sie setzen sich ja gar nicht, Miss Peckwitt«, schalt sie.

»Nicht so naß, wie ich jetzt bin«, sagte ich. »Da steh ich lieber.«

Sie nahm die Teekanne, neigte sie und leerte den Rest des Tees in ihre Tasse.

»So ein Wetter«, brummte sie. »Man sollte meinen, der Himmel wär's allmählich leid, uns so mit Regen zu begießen. Ich kann mich nicht an so ein Wetter erinnern, als ich noch ein Mädel war. Wind hatten wir, ja, aber nicht solchen Regen.«

»Es heißt, die Bomben haben alles verändert«, warf Erchy ein, »aber das glaub ich nicht.«

Neilly, der seit Erchys letzter Bemerkung beleidigt geschwiegen hatte, richtete sich nun auf. Entschlossen legte er die Netznadel auf den Tisch und seine Pfeife daneben.

»Die Bomben sind's nich«, verkündete er und fixierte uns mit seinem eindrucksvollen blauen Blick. »Es hat schon vor den Bomben angefangen, sag ich euch.«

»Aye?« ermunterte Erchy.

»Ich sag euch, was das Wetter verdorben hat, war dieses Schiff, diese ›Titanic‹, wie die mit dem Eisberg zusammengerannt ist. Seit dem Tag ist das Wetter nicht mehr dasselbe.« Er schob die Pfeife wieder zwischen die Lippen und nahm die Netznadel auf, gleichgültig gegen unsere verschiedenartigen Reaktionen.

»Aye?« murmelte Erchy höflich.

»Aye«, wiederholte Morag interessiert.

»Aye«, echote ich schwach.

Nun wechselte Erchy das Thema. »Hab ich Sie nicht sagen hörn, Sie wolln nach Tornish.« Es klang nur schwach nach einem Fragesatz.

»Ja, ich geh Kirsty besuchen.«

»Ach, dieses Frauenzimmer«, sprudelte Erchy durch einen Mundvoll Tee.

Es war immer das gleiche, wenn Kirstys Name fiel. Immer hieß es, »dieses Frauenzimmer«. Der Ton mochte geringschätzig, streitlustig, empört oder verächtlich sein, diese Wendung ging in jedem Fall weiteren Kommentaren voraus, und es amüsierte mich, wie sehr die Frau es verstanden hatte, sich unbeliebt zu machen.

Früher oder später beleidigte Kirsty jeden, mit dem sie in Berührung kam, tödlich und wurde sonderbarerweise doch nie aus der Gemeinschaft verstoßen. Man könnte ohne weiteres sagen: Sie war völlig ungeliebt, aber nie verhaßt. Es gelang ihr, innerhalb weniger Minuten mit anderen Frauen in Streit zu geraten und dabei immer als Siegerin hervorzugehen, wobei sie sich natürlich gründlich unbeliebt machte. Auch die Männer verabscheuten sie vorübergehend und murmelten noch tagelang Kraftausdrücke, wenn sie gedemütigt worden waren, was Kirsty entschlossen, aber ohne ersichtliche Bosheit tat. Ihre bissigen Kommentare über ihre Nachbarn aber waren als Belebung der *ceilidhs* so hoch geschätzt, daß nie Gefahr bestand, man könne sie längere Zeit ignorieren. Ihr Ruf, für jeden, der etwas bei ihr reparierte, immer ein »gutes Gläschen« bereitzuhalten, sorgte dafür, daß man sich gut um sie kümmerte.

Als strenge Presbyterianerin hatte sie es einmal an einem stürmischen Sabbat rundweg abgelehnt, sich im Wagen von der Kirche heimfahren zu lassen, und geäußert:

»Manchen mag es ja egal sein, was aus ihren Seelen wird, andere aber können Recht und Unrecht sehr wohl unterscheiden.« Und als der verlegene Geistliche den Kopf aus dem Wagenfenster streckte und ihr versicherte, es sei keine Sünde, da er es sich ja auch erlaube, wies sie ihn mit den Worten zurecht: »Für Sie vielleicht nicht, *ich* möchte bei meiner Seele nichts riskieren.« Klein und häßlich sank er zurück in seinen Sitz. Die übrigen Kirchgänger in Hörweite hatten sich schweigend empört. Später hieß es: »In der wüsten Regennacht damals ist doch der Geistliche selber nur bis Kirstys Haus mitgenommen worden, wo er immer übernachtet, weil erst am Montag früh ein Bus in sein Dorf geht, der arme Mann.« Ich habe mir oft überlegt, wer von den beiden beim gemeinsamen kalten Abendessen wohl das Tischgebet gesprochen hat.

Erchy stand auf. »Wenn Sie rübergehn, kann ich ja gleich mitkommen«, erbot er sich und setzte im Hinblick auf das stürmische Wetter die Mütze gleich mit dem Schirm nach hinten auf. »Mir fällt grad ein, es wird Zeit, daß ich mit Dugan wegen ein paar Schafböcken red, und es liegt auf meinem Weg.«

»Sieh nur zu, daß Kirsty dich nicht vernascht«, rief Morag ihm anzüglich nach, als wir gingen.

»Nein, zum Teufel«, gab Erchy zurück. Mir ließ er ein verzerrtes Lächeln zuteil werden, das bei jedem anderen ein boshaftes Grinsen gewesen wäre.

»Haben Sie's schon gehört?« fragte er.

»Nein«, sagte ich. »Erzählen Sie doch mal.«

»Ich hab bei der Kirsty was betoniert, das Stück Weg unten beim Schuppen, Sie wissen schon. Und als ich fertig war, hat sie 'n *strupak* für mich gehabt und dann 'n kleinen *ceilidh* gehalten, und hat mir 'n Gläschen eingeschenkt. Selber hat sie keins getrunken, und ich hab am Feuer gesessen, und mir war innendrin richtig wohl, da sagt sie mit einemmal: ›Erchy, hab ich dir schon erzählt, wie ich mal 'n nackten Mann gesehn hab?‹ Großer Gott, ich hab vor Schreck fast das Glas fallen lassen und so geschwitzt, daß ich meinte, mir laufen die Tropfen runter und verderben mir den Whisky.« (Hier wäre zu erwähnen, daß bei den Gälen Frauen jeden Alters als Verführerinnen gelten.) »Und dann hat sie mir erzählt, wie sie als Mädel am Ufer gestanden hat, und da ist ein Mann aus'm Wasser gekommen und hatte überhaupt nichts an. Sie ist heimgerannt und hat's ihrer Mutter erzählt, und die Mutter hat nichts andres gewußt, als sie durchzuprügeln, weil sie nicht die Augen zugemacht hat. Ich kann Ihnen sagen«, knurrte Erchy, »ich hab mein' Whisky runtergekippt und mein' Mantel gepackt und bin aus'm Haus, so schnell ich konnte, und die alte *cailleach* hat in der Tür gestanden und mir nachgeschaut und so komisch gelacht, wie sie's immer macht, und wissen Sie was, ich glaub, die hat das absichtlich gesagt, nur damit ich ins Schwitzen komm.«

Wir durchwateten das Bächlein, das normalerweise ein Trampelpfad für Schafe war, und gelangten hinaus ins offene Moor, wo der Wind – er roch noch immer nach Tang – seine Kräfte verdoppelte, uns die Knöpfe vom Ölzeug zu reißen drohte und uns die Kleider gegen die Beine und den Regen auf den Hut peitschte, daß man nichts mehr hörte als das Stapfen unserer Stiefel. Mit resolut in die Mantelkrägen gezogenem Kinn, die behandschuhten Hände in die Taschen gehakt (tief konnten wir sie nicht hineinschieben, denn die Taschen füllten sich zu rasch mit Regen), kämpften wir uns vorwärts zum vergleichsweise geschützten Glen, wo der Weg weniger mühevoll war und ich vor Erchy hergehen konnte. An und für sich fand ich eine Wanderung im Moor nie besonders einladend, doch es gab Zeiten, wo etwas beinahe Angenehmes, fast Hypnotisches davon ausging, hatte man erst die Notwendigkeit für den Gang wirklich akzeptiert und war entschlossen unterwegs. Von Ölzeug und Südwester umschlossen hatte man das Gefühl, nicht nur vom Wetter, sondern von der ganzen Welt isoliert zu sein. Weil überflüssige Bewegungen Lücken in die sorgsam geordnete Schutzschicht reißen würden, bleibt der Blick auf das Stück Weg unmittelbar vor einem beschränkt. Es gibt sowieso nichts Wahrnehmbares. Die allgegenwärtigen Karnickel, die geschäftigen Spitzmäuse, die geschmeidigen Wiesel sitzen geborgen in ihren Verstecken. Kühe und Schafe liegen, geduldig wiederkäuend, irgendwo in einer geschützten Mulde. Es gibt auf den Mooren keine Bäume, die Derwischtänze aufführen, keine im Wind wirbelnden Heidekrautfetzen. Alles nicht fest Verankerte ist längst vom Sturm weggerissen. So wandert man geruhsam und träumt vor sich hin, und die Füße scheinen anstrengungslos über die schwarzen Heidewurzeln und das kläglich niedergedrückte Gras zu stapfen.

»Hei!«

Bei Erchys Ruf blieb ich schuldbewußt stehen, denn ich hatte ihn total vergessen.

»Sie sind aber eine Schnelle«, murrte er und kam zu mir herangekeucht.

Ich lächelte ihm zu.

»Aye, Sie lachen, aber man sollte hier über dem Moor nicht so hetzen. Da kriegen Sie ein Herzleiden. Deswegen leben die Leute hier so lang, wissen Sie. Weil sie sich nie hetzen.« Sein Gesicht war puterrot und glänzte vom Regen.

Ich merkte, daß auch ich außer Atem war, und verlangsamte den Schritt. Es war daher eine halbe Stunde später als von mir vorgesehen, da kamen wir den Hügel herunter und sahen die Steinmäuerchen und Crofthäuser des Dorfs.

»Kirstys Croft ist nicht besonders groß, nicht wahr?« fragte ich Erchy, denn jetzt waren wir im Schutz des Hügels und konnten uns ohne große Mühe unterhalten.

»Nein, die braucht kein großes Anwesen. Die hält sowieso nur eine Kuh, und wenn sie glaubt, ihr Heu ist 'n bißchen knapp, bedient sie sich einfach bei anderen Leuten.«

»Nicht doch«, protestierte ich.

»Aber ja. Mein Onkel hat mal 'ne Croft neben ihr gehabt und hat sie wegen ihr aufgegeben. Wenn's ans Mähen ging, hatte Kirsty schon über die Grenze weggemäht, und auch noch das beste Gras.«

»Aber er hätte sie doch bestimmt daran hindern können, oder?«

»Man kann dieses Weib nicht dran hindern, wenn sie sich was in'n Kopf gesetzt hat«, sagte Erchy. »Wie er sie drauf anredet, stellt sie sich einfach hin, wie sie's immer macht, und sagt, sie schneidet sich ihr Gras, wo sie will. Aber das ist meine Croft, für die zahl ich Pacht, sagt mein Onkel, und du hast Gras geschnitten, das auf meinem Land gewachsen ist. Ach was, sagt doch Kirsty zu ihm, und wenn's auf deinem Kinn wachsen tät, ich würd's trotzdem mähn. Mein Onkel war so wütend, aber er hätt nur beim Landgericht klagen können, und die hätten auch nichts machen können außer ihr sagen, sie soll nicht.«

Wir kamen in Sichtweite von Kirstys Cottage, man erkannte es leicht an seinem scheckigen Aussehen. Johnny war im Sommer angewiesen worden, es zu kalken, und war beinahe mit der Arbeit fertig gewesen, da hatte er ein großes, schönes Spinnennetz entdeckt, das von der Regenrinne hing. Er brachte es nicht über sich, es zu zerstören, und hatte das betreffende Stück Wand ungekalkt gelassen, und als Kirsty wiederkam und ihn zwingen wollte, hatte der Regen angefangen und seitdem bis auf kurze Unterbrechungen nicht wieder aufgehört.

»Armer Johnny Ulkig«, sagte ich, denn im Gegensatz zu Johnnys butterweicher Gemütsart war Kirsty hart wie Stein. Sie war zwölf gewesen, als ihr Bruder geboren wurde, und vielleicht weil ihre Mutter sich von diesem Ereignis nie mehr ganz erholt hatte – sie starb ein knappes Jahr danach –, schien es, als habe sie ihm die Dreistigkeit, überhaupt geboren zu sein, nie verziehen.

Sechs Jahre später war der Vater gestorben, und Kirsty hatte mit achtzehn den kleinen Johnny allein aufziehen müssen. Es hieß, seitdem sei sie von der Idee besessen gewesen, all seine Wünsche zu hintertreiben, und obwohl sie ihn ausreichend ernährte und kleidete und sauberhielt, hatte seine Anwesenheit im Hause sie irritiert, und so hatten denn Johnnys Wanderungen bereits im Kindesalter begonnen. Wenn er heimkam, kriegte er sein Abendessen – Haferbrei und gekochte Eier – und wurde erbarmungslos ins Bett geschickt, auch wenn es erst sechs Uhr abends war. Er war derart unterdrückt worden, daß er sich noch als Erwachsener gefügig diesem Regiment unterwarf, das fast sechzig Jahre angedauert hatte. Er bekam kein eigenes Geld, obwohl Kirstys Einkommen dank eines kleinen Jahrgeldes, das ihr die »Dame im Schiebkarren« hinterlassen hatte, für ihren Lebensstandard mehr als ausreichend war. Das einzige, was sie ihrem Bruder widerwillig erlaubte, war der Zugriff auf die Dose Backpulver in ihrem Schrank, und selbst diese kleine Annehmlichkeit wurde weggeschlossen, wenn sie fand, er nehme sich zuviel.

»Man sollte meinen, sie erlaubt Johnny, sich irgend'n Tier zu halten«, sagte Erchy. »Für Johnny wär's gut, und ihr würd's nicht schaden.«

»Jemand hat ihm kürzlich ein junges Kaninchen geschenkt«, sagte ich. »Hat er das nicht behalten dürfen?«

»Nein, Kirsty hat es umgebracht, sowie sie's erwischte.«

»Ein richtiges Luder ist das«, sagte ich empört, weil ich mich an Johnnys entzücktes Gesicht erinnerte, wenn er eine Katze oder einen Hund streichelte, und an seinen Kummer, wenn er einen verletzten Vogel fand.

»Und wie sie's letztes Jahr mit dem Nest gemacht hat«, fuhr Erchy fort. »Wie sie im Frühjahr bei ihrer Cousine war, hatten Vögel ein Nest im Schornstein von der ›Stube‹ gebaut, Johnny ist jeden Tag mit der Leiter rauf und hat's angeschaut. Wie die Vögel fast flügge warn, ist Kirsty heimgekommen und hat's gesehn, und Johnny hat sic auf Knien angebettelt, sie soll paar Tage warten, bis sie aus'm Nest sind, aber Kirsty hat Papier und Paraffin genommen und im Kamin ein Höllenfeuer angemacht und die armen kleinen Biester bei lebendgem Leib verbrannt.«

Wir öffneten das Gartentor zu dem Stück Rasen, den Kirsty so fachmännisch mit der Sichel trimmte, und sie selbst erschien auf der Schwelle. Sie machte zwar ein erstauntes Gesicht, aber ich bin überzeugt, sie hatte uns bereits kommen sehen. In der Hand trug sie ein Barometer und hielt es in den Regen.

»Schau dir's an«, sprach sie mürrisch zu ihm, als wir in Hörweite kamen. »Schau's dir gut an und trau dich noch, mir was von Schönwetter zu erzähln.« Sie schüttelte das Barometer nochmals warnend, ehe sie es grimmig wieder an die Wand der Veranda hängte, dann wandte sie sich uns zu. »Das Ding lügt wie gedruckt«, sagte sie.

Erchy drehte sich zu mir um und zwinkerte. Kirsty war es zufrieden, ihm eine schöne Geschichte für das nächste *ceilidh* geliefert zu haben, und bat uns, das tropfende Ölzeug abzulegen und »weiter rein« zu kommen.

Die Küche, in die sie uns führte, war eklatant ungemütlich. Die holzverkleideten Wände waren in einem glänzenden Gasometergrün angemalt und durch kein Bild, keine Vorhänge unterbrochen, einzig durch eine gestickte Stofftasche voller Versandhauskataloge. Diese waren, außer einer ins Auge springenden Bibel und einem Gesangbuch auf dem Fensterbrett, die einzige Lektüre, die Kirsty sich gestattete. Das Linoleum war ebenfalls glänzend grün und notdürftig gemustert mit kleinen dunklen Kreisen, die mich an die Augen eines sterbenden Schafs denken ließen. Der Tisch war mit neuem, weißem Wachstuch bedeckt, die große schwarze Feuerstelle auf Hochglanz poliert, die ungepolsterten Holzstühle und die Bank glänzten von vielen Lagen Lack. Das Ganze sah in seiner Sauberkeit beinahe steril aus und war ungefähr so wenig einladend und anheimelnd wie die leere Platte beim Fischhändler.

Kirsty schwenkte den großen Kessel über das Torfhäufchen, das schuldbewußt auf dem Herd schwelte, tauchte dann ein paar Stücke Treibholz in einen Kanister Paraffin, der in einer Ecke des Raums stand, und schob sie behutsam zwischen die Torfsoden. Sie beugte sich tief hinab und blies sie mit mächtigen Atemzügen rasch zur Flamme an. Der Kessel begann einen leichten Dampfstrahl auszuspeien.

»Ich sag immer, heuer ist der Torf gar nicht richtig trocken geworden, das Wetter war zu schlecht«, sagte Kirsty.

Erchy und ich tauschten einen verständnisinnigen Blick.

Wir wußten, daß sie mehr Moorparzellen beanspruchte, mehr Torf stach und dabei weniger verbrauchte als irgend jemand sonst im Dorf. Wir wußten, daß der große Schuppen hinter ihrem Haus zum Bersten voll trockenem Torf war, der noch vom vorigen Stich stammte, und daß die Klage über feuchten Torf nur das dürftige Feuer entschuldigen sollte.

Für mich deckte sie eine ihrer besten Tassen auf und eine alte, angeschlagene für Erchy. Es muß gesagt werden, daß weder er noch ich uns einem weiteren *strupak* gewachsen fühlten, da wir eben bei Morag einen bekommen hatten, aber wir saßen unterwürfig da und sahen zu, wie Kirsty Tee aufgoß und Haferkuchen butterte, ohne auch nur flüsternd zu protestieren. Sie goß auch sich eine Tasse ein, doch da es bei ihr eiserne Regel war, nie etwas anzurühren, solange es noch dampfte, nahm sie sich eine Häkelarbeit vor und sprach herablassend freundlich mit uns, während wir aßen und tranken. Sie schien viel zu häkeln, obwohl keines ihrer Fertigprodukte die Strenge des Raumes milderte. Ich überlegte, was sie wohl mit ihnen anfinge, während ich zusah, wie ihre großen, männlich wirkenden Hände die feinen Fäden mit beneidenswerter Geschicklichkeit zu komplizierten Mustern aus Stäbchen und Zacken schlangen.

Kirsty war eine imponierende Gestalt, schon über siebzig und noch immer fast einen Meter achtzig groß. Wie ihr Bruder hatte auch sie eine blasse, zarte Haut und große Hände, doch damit endete die Ähnlichkeit der beiden. Kirstys hellgraue Augen hätten von einem Glaser eingesetzt sein können. Ihr Mund glich einem straffgezogenen Bindfaden. Ihr schwarzes Haar, das offenbar nicht zu ergrauen wagte, schien nur an den Enden verrostet. Es war an den Kopf geklatscht wie ein Pfannkuchen und mit so vielen Haarnadeln festgesteckt, daß es einem Kuhfladen glich, über den die Stare hergefallen sind. Wie immer war sie ganz in Schwarz mit nur einem Läppchen Weiß am Hals, in das mit geometrischer Genauigkeit eine Jettbrosche gesteckt war. Ich glaube, es war dieses bißchen Schmuck mehr als alles andere, was ihr die gewisse Arroganz verlieh, die Morag zu ihrem Scherz mit dem »Wäsche waschen« veranlaßt hatte.

Ich wollte gerade das Thema Kartoffeln anschneiden, da tat Kirsty einen leisen, ungeduldigen Ausruf, zog die Häkelnadel aus der Arbeit und schob sie zwischen die Lippen.

»Miss Peckwitt«, sagte sie, »ich hab so eine Art Weh in den Zehnen, ich glaub, man nennt das Zahnschmerzen.«

Ich war etwas überrascht, daß Kirsty sich zu einem körperlichen Unbehagen bekannte, und mir fehlten momentan die Worte.

Erchy kam mir zu Hilfe. »Sie müssen zum Doktor und das richten lassen«, sagte er zu ihr.

»Mach ich bestimmt nicht«, entgegnete sie schroff.

»Es wäre besser, Sie ließen das untersuchen«, murmelte ich. »Der Doktor wird das schon übernehmen, wo Sie es so weit bis zu einem Zahnarzt haben.«

Einige Augenblicke häkelte Kirsty emsig und sagte dann: »Wie ich das letzte Mal zum Arzt gegangen bin, war ich zwölf. Ich hatte mir mit der Sichel fast den Daumen abgetrennt, wir hatten nämlich Korn geschnitten. Und nun schaun Sie sich das an!« Sie zeigte uns einen entstellten Daumen an der rechten Hand. »Der hing runter bis auf die Hand, ob Sie's glauben oder nicht«, fuhr sie fort, »und mein Vater hat gesagt, ich muß damit zum Doktor. Er ist selber mit mir zur Praxis gelaufen, mehr als zwanzig Kilometer weit, und dort haben sie ihn wieder angenäht. Der Doktor hat mir nichts gegen die Schmerzen gegeben und hat gesagt, ich bin so brav, und er gibt mir ein Bonbon, das kann ich auf dem Heimweg lutschen. Es war eins von den ganz großen Bonbons, ich hab vergessen, wie sie heißen, aber ich weiß noch, daß mir nicht danach war, ehe ich nicht fast zu Hause war. Und als ich es dann in den Mund steckte und draufbiß, war es so hart, daß ich zwei von meinen Zehnen abgebrochen hab, und mein Mund hat angefangen zu bluten, wie wenn ich verbluten müßte. Da hat mein Vater mich rumgedreht und ist mit mir den ganzen Weg zum Doktor wieder zurück. Seitdem will ich mit denen Doktoren nichts mehr zu tun haben.«

In diesem Augenblick hörte man auf der Veranda ein Getrampel, und Johnny Ulkig kam in die Küche. Er war sichtlich lange unterwegs gewesen, der Regen troff ihm von der Mütze und lief am Ölzeug entlang. Er begrüßte uns lässig, holte sich eine Tasse, trug sie zum Feuer und hob die Teekanne, die Kirsty wieder mit Wasser aufgefüllt hatte.

»Wo ist die Kuh?« fragte Kirsty und sah ihn eisig an.

»Die ist beim Moorgatter«, erwiderte Johnny und goß sich einen Tee ein, der aussah wie angesengtes Wasser.

»Dann los, hol sie«, befahl Kirsty gebieterisch.

»Ich trink erst mal, ich hab Durst«, widersprach Johnny mit einer Kühnheit, die sich, wie wir wußten, auf unsere Anwesenheit stützte.

»Los, hol sie«, wiederholte Kirsty. Ihre Miene veränderte sich nicht, ihre Finger zögerten nicht über der Häkelei, aber ihre Stimme hatte einen Unterton, der

Johnny anscheinend nicht entging. Er setzte gehorsam die Tasse ab, nahm seinen Stock und wollte durch die Tür, als Kirsty ihn zurückrief.

»Deinen Stock wirst du nicht brauchen«, sagte sie.

»Aber der Bulle ist bei ihr draußen«, bettelte Johnny, »ohne Stock krieg ich sie nicht von ihm weg.«

»Der Stock bleibt da«, wiederholte Kirsty.

Johnny verzog weinerlich das Gesicht, aber er ließ den Stock bei der Tür und schlurfte hinaus. »Wenn er den Stock mitnimmt, kann ich mich nicht drauf verlassen, daß er die Kuh nicht prügelt«, erklärte sie.

Erchy und ich wechselten Blicke. Es war albern von ihr anzudeuten, der sanfte Johnny könne je ein Tier schlagen. Wir wußten ebensogut wie Kirsty, daß er den Stock nur benötigte, um dem Bullen damit zu drohen, falls der ihm nachwollte, denn bei größeren Tieren war er ängstlich. Hier zeigte sich Kirstys einzige Schwäche: ihre Kuh. Die und nur die war die Schwachstelle in ihren versteinerten Gefühlsregungen. Es war ein seltsames Vieh von unbestimmbarer Rasse, hängebäuchig, kleinhufig, mit Hörnern, die aussahen wie bösartige Wucherungen, aber sie hatte sie vom Kalb an großgezogen und verschwendete noch immer alle Sorgfalt und Zuwendung an sie, die eine weniger exzentrische Natur an ein Einzelkind verschwendet hätte. Sie fütterte sie ständig mit Häppchen aus der Küche, und die Kuh fraß alles: Plätzchen, Schokolade, Kuchen, Käse, Brot und Marmelade. »Ist doch nicht richtig für so 'n Vieh, solches Zeug«, pflegten die Leute zu bemerken. Selbst einem Anfänger wie mir schien diese Kuh unnatürlich, und ich blieb oft stehen, wenn ich am Cottage vorüberkam und ihren riesigen Hintern aus der Tür ragen sah, als hindere nur der schmale Eingang und der Umfang ihres Bauches sie daran, sich in die schmucke Küche zu drängen.

In Kirstys Augen konnte die Kuh nichts falsch machen. Johnny wiederum konnte ihr nichts recht machen. Wäre Johnny fähig gewesen, etwas zu hassen, diese Kuh hätte er gehaßt. Wie die Dinge lagen, konnte er ihre Herrschaft über den Haushalt nur gelassen hinnehmen. Er mußte Heu für sie machen, Wasser für sie tragen, ihren Stall ausmisten und sie aufs Moor hinaus und wieder zurück treiben, wenn Kirsty das Wetter nicht gefiel, und er tat alles ohne Klage und unter ständigem sarkastischem Sperrfeuer seitens seiner Schwester. Die einzigen Gelegenheiten, bei denen Johnny durchdrehte, waren, wenn die Kuh in seinen geliebten Blumengarten vordrang. In Bruach, wo Gärten ausschließlich als Futterplätze für Geflügel und das Knochenzerbeißen von Hunden genutzt wurden, hielt man Johnnys Liebe zu Blumen für eine zusätzliche Verdrehtheit. Es war verständlich, daß Kirsty einen Garten besaß, umgeben von einer selbst für eine Kuh undurchdringlichen Barrikade, wo sie ausgezeichnetes Gemüse zum Verkauf an Sommergäste zog, Johnnys Blumenmanie aber fand man unbegreiflich. Schade, daß das einzige Stück Land, das man ihm für sein Hobby einräumte, eine kleine Parzelle auf der Windseite des Hauses war, auf der ein paar kümmerliche schwarze Johannisbeerbüsche über verwitterten Steinbrocken eines halbzerfallenen Schuppens vor sich hin brüteten. Johnny hatte mühsam genügend Steine ausgegraben, um ein bißchen Humus zu gewinnen. Dorthin versetzte er wilde Primeln aus dem Moor oder Sämlinge und Pflanzen, die er dem Gärtner des Gutsherrn abbettelte. Doch sobald die Pflanzen zu einem grünen, leckeren Mundvoll gediehen waren, kam Kirstys Kuh, bearbeitete mit wohlkalkulierter Gier die wackelige Steinmauer, bis sie durchbrechen konnte, und fraß alles auf. Jedes Jahr versuchte es Johnny von neuem, taub gegenüber den Scheltreden seiner Schwester über diese Zeitverschwendung. Jedes Jahr war die Kuh die schlauere. Da er kein Geld hatte, irgendwelches Zaunmaterial zu kaufen, organisierte er sich, wo er konnte, alte Drahtgitter und schleppte ganze Balken Treibholz meilenweit vom Ufer herein, um die Mauer zu verstärken, doch es gelang ihm nie, die Kuh lange genug fernzuhalten, um die Blumen blühen zu sehen.

Von draußen ertönte ein Brüllen: Eine Kuh verlangte Beachtung. Kirsty legte ihre Häkelarbeit fort. Erchy stand auf und fing an, sein Ölzeug überzuziehen. Ich erwähnte endlich die Kartoffeln. Sie konnte, erwies sich, »einen Beutel voll entbehren, damit ich erst mal was hatte«. Sehr erleichtert holte ich mein Portemonnaie heraus.

»Brauchen Sie sie bald?« fragte sie.

»Eigentlich ja«, gestand ich. »Ich reiche höchstens noch ein paar Tage und habe auch sonst kaum noch Gemüse. Ich wünschte, ich wüßte Ihr Geheimnis, wie man Gemüse zum Wachsen bringt.«

»Das Zeug wächst aus Angst vor ihr«, raunte Erchy mir zu.

Ich beneidete Kirsty ernstlich um ihren Garten. Trotz aller Mühe, die ich auf den meinen verwendete, brachte er wenig mehr hervor als ein paar müde Salatköpfe, halbherzigen Kohl und windverdorrte Bohnen, während der ihre offenbar immer preisgekrönte Exemplare produzierte, für die Kirsty kaum mehr tat, als sie zu überwachen.

Ihr bindfadendünner Mund verzog sich zur Andeutung eines überlegenen Lächelns. Sie hatte mich mehr als alle anderen als zu schwach, zu untüchtig für ein Leben auf der Croft verachtet und sah wohl nun ihre Meinung durch mein Geständnis bestätigt.

»Morgen kriegen Sie Ihre Kartoffeln«, versprach sie und sagte, als wir gingen, unerwartet herzlich: »Sie sollten viel öfter zu mir zum *ceilidh* kommen.«

»Würde ich gern tun«, sagte ich erschütternd unaufrichtig, »aber es ist ein so mühsamer Weg über die Hügel.« Es entging mir nicht, daß Erchy verschmitzt ein Auge zukniff.

»Aber das ist doch rein gar nichts«, höhnte sie. Und wie um diese Behauptung zu beweisen, kam sie bereits am nächsten Tag mit einem Zentnersack Kartoffeln auf den Rücken geschnallt zu mir ins Cottage. Sie hatte sie den ganzen weiten Weg über die Hügel geschleppt, weil sie sie mir versprochen und das Lastauto eine Panne gehabt hatte.

Der grüne Glorienschein

Der Herbsttag glich einer reifen roten Beere, überhaucht von leichtem Dunst, mit einem Anflug von Sonne. Ich war in meiner Küche mit Marmeladekochen beschäftigt, aus Brombeeren, die vom üppigen Regen zwar dick waren, aber wenig Geschmack hatten.

»Haben Sie schon das Neuste gehört?« fragte Erchy, der plötzlich in der Tür stand, in der Hand einen großen Hammer schwingend, mit dem er einiges an Bonnys Stall zu reparieren gedachte.

»Das von Peggy?« fragte ich, denn das ganze Dorf hatte gestern gelacht, weil die arme Peggy, schon über neunzig, noch immer den ganzen Tag arbeitete und den Doktor, als er das Dorf besuchte, beiseite genommen und ihn gefragt hatte, warum eigentlich sie so krumm geworden sei. Früher sei sie das nicht gewesen, hatte sie ihm treuherzig mitgeteilt.

»Nein, gar nicht das von Peggy, sondern das von Johnny Ulkigs Unfall.«

Ich wurde sofort ernst. »Nein! Was ist passiert?«

»Gestern hat ihn ein Lastwagen angefahren, und sie haben ihn ins Krankenhaus gebracht.«

»Ist er schwer verletzt?«

»Die Schwester hat das wohl nicht gefunden«, erläuterte Erchy. »Aber die dort wissen's erst in ein, zwei Tagen, wenn sie die Röntgenbilder haben.« Er blieb in der Tür stehen, und seine stämmige Bauerngestalt war umflossen von Sonnenlicht. »Kommen Sie mit zum Stall und sagen Sie mir, was ich machen muß«, befahl er.

»Ich kann im Moment nicht weg«, sagte ich, warf einen besorgten Blick auf den vollen Tiegel und sah ihn bis wenige Zentimeter unter dem Rand brodeln.

Erchy trat neben mich an den Herd. »Viel Freibord haben Sie nicht«, bemerkte er. »Hoffentlich bleibt's ruhig.«

»Wenn Sie, statt kluge Reden zu führen, in den Stall gingen und nachschauten, sähen Sie selber, was zu tun ist«, sagte ich mit gespielter Strenge und zog den Einkochtopf vorsichtig an eine weniger heiße Stelle. Erchy überließ mich meiner Aufgabe, und als die Marmelade endlich nicht mehr »floß«, goß ich sie in Gläser, etikettierte sie und stellte sie in die Speisekammer. Dann trat ich zurück und bewunderte mein Werk. Ich habe mehr Freude an einer gut bestückten Speisekammer als an einer gut bestückten Garderobe, besonders wenn auf den Fächern die Ergebnisse eigener Arbeit stehen. In Bruach blieb mir die Befriedigung über ausreichendes Eingekochtes versagt. Für Obst und Gemüse war es meist zu windig, daher war beides knapp und teuer, und man mußte auf weniger edle »Bodenschätze« ausweichen. Den Holunder hatte ich schon zu Gelee und Wein verarbeitet, und heuer waren die Heidelbeeren an der Reihe, die sich an belaubten niedrigen Büschelchen auf dem Moor versteckten. Es gab sie reichlich, so reichlich, daß noch nachdem die Kinder sich daran satt gegessen hatten, die vergessenen im Moos gärenden Beeren in einer weinduftenden Brise bis zu uns gelangten. Nach Brombeeren hatte ich die scheckigen Moore sorgsam abgesucht und festgestellt, daß sie in üppigen Ranken über den verlassenen Torflöchern hingen. Nun wartete ich auf die heranreifenden Ebereschen und hoffte, die Stare zu überlisten, die sich allabendlich im Baum hinter dem Haus versammelten und in Vorfreude auf das Festmahl schmatzten.

Morag und die fette, joviale Anna Vic – beide mit einem Rückenkorb voller Torfstücke – kamen am Cottage vorbei, als ich gerade den Einkochtopf hinaustrug und mit Wasser aus der Regentonne füllte.

»Huckt ab und kommt zu einem kleinen *strupak* herein«, rief ich ihnen zu. »Ich mache ihn gleich.«

Sie setzten die Körbe auf die Steinmauer und kamen durchs Gartentor. »Oh, ist Ihr Garten schön«, meinte

Anna Vic. »Ihr Engländer seid wirklich großartig mit euren Gärten.«

Eben jetzt war mein Garten in Höchstform, weil in einer ruhigen Wetterperiode endlich die Blumen ungestört hatten aufblühen können, und obwohl im Wind einige Pflanzen unrettbar vertrocknet waren und die verspätete Blüte manch leuchtende Farbe ausgebleicht hatte, bot der Rest doch ein hübsches Bild. Die späten Lupinen, das Gelb und Gold der Calendulas, die flachen, von der Sonne versilberten Polster der Mondviolen. Lupinen und Sämereien stammten aus England, doch die gleichen Sorten aus den gleichen Gärtnereien scheinen auf den Hebriden nie die gleiche Pracht zu entfalten wie in englischen Gärten. Ihre Stengel werden stämmiger, möglicherweise wegen ihres ständigen Kampfes gegen den Wind, die Blüten aber sind immer verblasen und regenverwaschen, beim Aufblühen jedoch von einer Energie und Lebenskraft, als hätten auch sie etwas vom englischen Zwang abgeworfen.

Meine beiden Freundinnen setzten sich. Als ich den Tee aufgegossen hatte, rief ich auch Erchy auf eine Tasse herein. Mit ihm kam Donald Beag, der seltsamerweise den Haken verloren hatte, der ihm den einen Arm ersetzte. Er wollte eben ans Ufer, wo er glaubte, ihn liegengelassen zu haben.

Erchy warf einen trübseligen Blick auf sein eines Hosenbein. Er war damit im Stall an einem Nagel hängengeblieben und hatte es sich zerrissen. Er fragte, ob Tinker in der Umgebung aufgetaucht seien, um sich von ihnen eine neue Hose zu kaufen.

»Einer war gestern im Dorf«, sagte Anna Vic. »Aber außer Nachthemden hatte er nur Kindersachen.« Ihre Stimme wurde schrill. »Er wollte, ich sollte ein Nachthemd kaufen. Ich brauch keins, hab ich gesagt. Aber er hat nicht lockergelassen, kaufen Sie mir 'n Nachthemd ab, Mistress. Ich brauch nicht noch ein Nachthemd, meine Schubfächer sind gesteckt voll mit Nachthemden.«

»Ach so, und ich dachte, die trägst du alle unterm Schlüpfer«, warf Erchy mit einem boshaften Blick auf ihre gut gepolsterten Hüften ein.

»Du Schuft!« schleuderte ihm Anna Vic teils amüsiert, teils ärgerlich entgegen.

»Ich wette, Sie haben ihm trotzdem eines abgekauft«, neckte ich, denn ich kannte ihr goldenes Gemüt.

»Na ja, ich schick sie nicht gern weg, ohne daß ich ihnen was abnehm, und Kindersachen kaufen hat bei mir kein' Zweck.«

»Ich wollt, es käm der gleiche Tink, von dem ich die da hab«, sagte Erchy und besah sich wieder seine zerrissene Hose. »Jetzt sieht sie vielleicht nicht mehr so toll aus, aber als neue war's 'ne gute Hose.«

Bald wandte sich das Gespräch Johnny Ulkigs Unfall zu.

»Wie ist das nur zugegangen, daß ihn ein Laster angefahren hat«, sagte ich und dachte an die gottverlassene Bruacher Straße, über die bei größter Verkehrsdichte etwa drei-, viermal die Woche ein Lastwagen fuhr.

»Der Fahrer sagt, erst war er nicht da, und 'ne Sekunde später war er direkt vorm Rad. Er meint, Johnny hat auf dem Mäuerchen an der Straße gestanden, und entweder ist da ein Stück rausgebrochen, oder Johnny ist ausgerutscht und runtergefallen«, meinte Morag.

»Jedenfalls eine schlimme Geschichte«, sagte Donald, »wenn so 'n alter Mann ins Krankenhaus muß.«

»Die Schwester hat gesagt, sie glaubt nicht, daß was gebrochen ist«, tröstete uns Morag.

»Wenn er noch nichts gebrochen hat, brechen die im Krankenhaus ihm bestimmt was«, sagte Donald zutiefst überzeugt. »Sie wolln ihn dort nicht, wenn ihm nichts fehlt.«

»Wahrscheinlich geben sie ihm 'n Löffel Rizinus und schicken ihn nach paar Tagen heim«, meinte Erchy. »Ich glaub, das ist das meiste von dem, was sie in Krankenhäusern tun.«

»Rizinus«, sagte Donald in Erinnerungen schwelgend. »Ich weiß noch, wie die mir den Arm abgenommen haben, da hat der Arzt gesagt, ich hätt zuviel Rizinus genommen. Kann schon sein. Damals hab ich 'n paar große Löffel voll alle paar Tage genommen. Ich glaub, das hat mich dann im Krieg aufrechtgehalten.«

»Paar Löffel alle paar Tage«, zeterte Morag. »So 'ne Menge braucht doch der Mensch nicht, oder?«

»Die Schwestern haben versucht, mich davon abzubringen, aber um die hab ich mich nicht gekümmert. Und wie der Arzt den Verband von meinem Arm abgenommen hat, hat er gesagt, Donald, hat er gesagt, hast du Rizinus genommen? Du hast zuviel davon genommen, dein ganzer Organismus ist jetzt voll davon, und nun kommt's beim Arm wieder raus. Du mußt damit aufhörn, sonst heilt das nie. Und dann hat er mir den Verband mit dem vielen Öl drauf gezeigt, man konnt's ganz deutlich sehn. So wahr ich hier steh, ich hab seitdem überhaupt kein Rizinus mehr genommen«, schloß Donald und biß herzhaft in einen Scone.

»Johnny braucht kein Rizinus, solang er Backpulver kriegt«, schloß Morag, als wir Donalds Geschichte belacht hatten, »bei der Art, wie dieser Mensch ißt, muß man sich wundern, daß er überhaupt noch einen Magen hat.«

»Einen verdammt guten Magen, wenn man bedenkt, was der so reinstopft«, verteidigte ihn Erchy, stand auf und wollte wieder an die Arbeit.

Auch Donald erhob sich. »Ich geh jetzt besser meinen Arm suchen«, sagte er zu uns, »denn wenn ich den nicht find, muß ich zum Doktor um 'nen neuen.«

»Wenn er schon mal dabei ist, soll er dir auch gleich 'n neuen Kopf verschreiben«, meinte Erchy frech.

Ich dachte noch immer an Johnny Ulkig. Kürzlich hatte ich einen Artikel gelesen, in dem behauptet wurde, ein russischer Arzt habe entdeckt, eine tägliche Dosis doppeltkohlensaures Natron verlängere das Leben. Ich erzählte es Morag und Anna Vic, als wir alle in den Garten hinausdrängten, die beiden, um ihre Rückenkörbe wieder aufzubuckeln, Donald, um seinen Arm suchen zu gehen.

»Wenn das stimmt, wird Johnny Ulkig hundert«, kicherte Morag.

Am nächsten Tag war ganz Bruach wie vom Donner gerührt durch die Nachricht, Johnny Ulkig sei in der Nacht gestorben.

»Haben Sie gehört, was Kirsty gesagt hat, als sie's hörte?« erkundigte sich Erchy. »Ach, hat sie gesagt, so war er doch immer schon, jede Kleinigkeit wirft ihn um.«

Wir sahen uns entsetzt an.

»Na ja«, fuhr Erchy sachlich fort, »ich bin froh, daß er im Krankenhaus gestorben ist. Dann brauch ich wenigstens nicht hin und ihn rasiern.«

»Warum muß man eigentlich Menschen, die tot sind, immer rasieren?« wollte ich wissen. »Ist das irgendein Aberglaube?« Auch als Sandy damals starb, hatte Erchy ihn rasiert, am Tage seines Todes und noch einmal am Abend der Beerdigung.

»Denen, die tot sind, wächst der Bart weiter«, belehrte mich Erchy. »Und die Seceder wolln nicht, daß die Schwester sie anrührt, wenn sie hinüber sind.«

Ich fragte, wann die Beerdigung sei.

»Sein sollt sie morgen«, sagte er, »aber der Leichenbestatter hat heut früh Nachricht geschickt, daß er gestern abend tanzen war und den Sarg nicht rechtzeitig hat fertigmachen könn'. Jetzt wird er Donnerstag begraben. Heut abend müssen wir ihm ein Grab schaufeln. Weiß Gott, wo wir noch 'ne Stelle für ihn finden.«

»Das Dorf braucht wirklich einen neuen Friedhof«, pflichtete ich bei. »Der jetzige ist schon mehr ein Kaninchengehege.«

»Aye, und wie man die Karnickel über die Särge in den Gräbern rennen hört, einfach schrecklich.« Er zündete sich eine Zigarette an. »Ich denk, wir finden noch Platz für ihn weiter oben, mehr bei den Bäumen. Es ist ein bißchen weit weg von den andern, aber er kriegt bestimmt bald Gesellschaft.«

Am Donnerstag war Frühnebel, und als er sich aufgelöst hatte, hielten die Heidekrautbüsche noch immer ihren Anteil daran in unzähligen Spinnweben zurück. Gewöhnlich verspricht Frühnebel einen schönen Tag, und als ich Bonny gemolken hatte, eilte ich nach Hause, denn ich hatte versprochen, mit zur Beerdigung zu gehen, teils Morag zu Gefallen, teils um Kirstys Reaktion auf den Tod ihres Bruders mit eigenen Augen zu sehen. Es war ausgemacht, daß ich Morag um elf abholen sollte, doch als ich das Gartentor meines Anwesens passierte, flatterten aufgeregte Stare im Ebereschenbaum. Wenn ich meine Ebereschen nicht sofort pflückte – Beerdigung hin oder her –, war bei meiner Heimkehr der Baum von den Staren abgeleert. Ich stellte den Melkeimer ab, holte mir eine Leiter und machte mich ans Pflücken. Es gibt kaum einen schöneren, eindrucksvolleren Anblick als einen herbstlichen Ebereschenbaum mit seiner Überfülle flammend roter Beeren vor dem gelbbraunen Laub. Und auf den Hebriden scheinen Ebereschenbeeren farbiger zu sein als anderswo. Beim Pflücken meinte ich, sie noch nie so glühend rot gesehen zu haben, und wenn ich sie in meiner Hand liegen sah, erwartete ich fast, einen schwachen Pulsschlag wahrzunehmen. Als der Korb voll war, blieb noch genug übrig für die Stare, und als ich mich im Gartentor umwandte, sah ich sie dicht bei dicht auf dem Dach hocken. Sie warteten auf mein Verschwinden, um mit ihrem Festmahl fortzufahren.

Als Morag und ich uns Kirstys Häuschen näherten, fiel uns als erstes ein leuchtend bunter Fleck dort auf, wo immer Johnnys Garten gewesen war. Ich machte eine Bemerkung darüber.

»Wissen Sie's denn nicht mehr: Kirstys Kuh ist seit paar Wochen krank und hat sich nicht aus'm Stall gerührt.«

Ich konnte es nicht wissen, denn keiner hatte es erwähnt.

»Armer Johnny«, sagte ich, »es ist gewiß das erste Mal, daß seine Blumen blühen, und jetzt ist er nicht da, um es zu sehen.«

»Ja, echt schade«, sagte auch Morag. »Und auch schade um das Vieh. Ich hör, es will überhaupt nichts fressen, und schon gar nicht in Johnnys Garten seine Blumen ruiniern.«

»Und es sind auch noch Lupinen«, sagte ich, als wir nah genug waren, um sie zu identifizieren. »Ich erinnere mich, wie sehr er sich gefreut hat, als der Gärtner des Gutsbesitzers ihm einige Pflanzen schenkte.«

»Schaun Sie bloß«, meinte Morag, »es ist, als ob sie's wissen, daß er tot ist, die Blüten, sie schrein ja direkt!«

Kirstys winzige Küche quoll über von Frauensleuten, die trösteten oder sich trösten ließen, denn alle hatten Johnny besonders gern gehabt. Die älteren waren in Schwarz, die Kleider der jüngeren aber bildeten einen verblüffend bunten Farbfleck in ihrer Mitte. Vor dem Haus lag der Sarg auf zwei Küchenstühlen, und um ihn standen in einem Halbkreis die Männer, schwatzten miteinander und zogen die Schultern hoch gegen die frische Brise, die ihre Zigaretten zu rasch brennen ließ und rotglühende Tabakkrümel aus den Pfeifen riß. Ein paar Hirtenhunde behielten ihre Herren wachsam im Auge und kratzten sich gleichgültig. Von Kirsty keine Spur.

Ein Wagen fuhr vor, der Missionar stieg aus und begrüßte die Versammelten, wie mir schien, unpassend heiter. Als er auf den Sarg zuschritt, wurden Pfeifen und Zigaretten ausgedrückt. Rasch entstand eine Stille, die nur vom nachdrücklichen Klagen eines Rotkehlchens, dem melodiösen Schrei des Austernfischers und dem gewohnheitsmäßigen Gewinsel der Seceder-Klageweiber unterbrochen wurde, die sich von der restlichen Trauergemeinde abgesondert hatten.

»Wo ist Kirsty?« fragte der Missionar.

Alle sahen sich um, als habe bis jetzt noch niemand sie vermißt. Dann entdeckte sie einer, vom Stall kommend. Sie war in Schwarz, aber mit aufgekrempelten Ärmeln, und ehe sie zu uns trat, bückte sie sich und wischte sich die Hände im Gras ab. Wir vermuteten alle, daß sie ihre Kuh versorgt hatte, und es wurden Fragen geflüstert, auf die sie nur den Kopf schüttelte. Der Missionar schien sie gehört zu haben.

»Ist deine Kuh krank, Kirsty?« erkundigte er sich.

»Ja, schwerkrank«, antwortete Kirsty. »Ich glaub, sie überlebt den Tag nicht.« Ihre Grabesstimme genügte, um jedermann zu überzeugen, wie zutiefst bestürzt sie war.

»Ach du liebe Zeit«, sagte der Missionar betroffen.

Eben dieser Missionar war mir oft geschildert worden als »guter Prediger, aber noch besserer Kuhdoktor«, daher interessierte mich seine Reaktion. Er schien einen Moment nachzudenken, klappte dann entschlossen sein Buch zu und legte es auf den Sarg. »Johnny ist von uns gegangen«, sagte er ernsthaft zu uns, »und wird nichts dagegen haben, hier ein Weilchen zu warten, während ich hingehe und mir Kirstys Kuh ansehe.« Damit krempelte er die Hosenbeine seines guten schwarzen Anzugs hoch und stieg vorsichtig zwischen den Kuhfladen hindurch zum Stall hinüber. Alles folgte ihm.

»Was meinst du, fehlt dem Tier, Kirsty?« fragte er.

»Ich weiß es echt nicht. Sie muß was Verkehrtes gefressen haben, denk ich. Seit fünf Tagen ist sie verstopft, und nichts, was der Tierarzt schickt, hat geholfen. Jedesmal wenn ich reinkomm und nach ihr schau, denk ich mir, daß sie hin ist.«

Der Stall war eng und dunkel, doch wir sahen den Missionar an die Kuh herantreten und ihre Knochen abtasten. Dann tat er einen Schritt rückwärts, zog sich den schwarzen Hut über die Augen, musterte das Tier und biß sich dabei auf die Lippen. Kirsty sah ihn gespannt an. Die übrige Trauergemeinde drängte sich näher zur Tür.

»Kirsty«, sagte der Missionar schließlich, »dieses Vieh geht dir bestimmt ein.«

»Bestimmt«, bestätigte Kirsty gefaßt.

»Und weil es in jedem Fall eingeht, hast du sicher nichts dagegen, daß wir etwas riskieren, oder?«

Kirsty nickte.

»Hast du Bittersalz?«

»Ja, etwas.«

»Nimm zwei Pfund Bittersalz.«

Die Menge holte erschreckt Luft.

»Wiederhol es, damit ich weiß, daß du's verstanden hast«, befahl der Missionar ungeduldig.

»Ich nehm zwei Päckchen Bittersalz«, stammelte Kirsty mit ungewohnter Unterwürfigkeit.

»Zwei Pfund. Frau!« schrie der Missionar. »Die Päckchen, die ihr beim Kaufmann kriegt, enthalten nur ungefähr zwei Unzen. Davon also brauchst du sechzehn. Jetzt heißt's: Friß, Vogel, oder stirb.«

»Zwei Pfund Bittersalz«, wiederholte Kirsty wie ein folgsames Kind.

»Und vier Pfund Margarine.«

»Vier Pfund Margarine.«

Ich fühlte, wie Morag meinen Arm umkrampfte. Aus der gespannt lauschenden Menge um die Tür kam kein Laut.

»Vier Pfund Sirup«, fuhr der Missionar erbarmungslos fort. »Und wenn du das alles zusammengemischt hast, mach Kugeln draus und roll sie in Hafermehl und gib sie ihr.«

»Wann soll ich's ihr geben?« fragte Kirsty.

Der Missionar sah sich in der Menge um, und sein Blick fiel auf Alistair. »Alistair Mor Ruari!« redete er ihn an. »Du hast lange Arme und keine Ehefrau, die dich schilt, wenn du deine Sachen verdreckst. Du kannst es ihr eingeben, jetzt gleich, solange ich noch da bin.«

Die Versammelten atmeten auf, ein paar Frauen stürzten davon, um die nötigen Zutaten für die Medizin zusammenzutragen. Nach relativ kurzer Zeit kamen sie mit einer klebrig aussehenden Masse in einem Eimer wieder, die von Kirsty zu Kugeln gedreht und an Alistair weitergereicht wurde, der sie eine nach der anderen der Kuh in den Schlund stopfte.

»So«, sagte der Missionar, als das erledigt war, »und eh du zu Bett gehst, Kirsty, und das Tier lebt noch, gib ihm einen Liter Leinöl gemischt mit einem halben Liter Terpentin. Versprich mir das, ja?«

»Heute abend«, sagte Kirsty ruhig und betont, »wenn der Herr mich bewahrt, geb ich der Kuh einen Liter Leinöl mit einem halben Liter Terpentin.«

»Du meinst, wenn der Herr die Kuh bewahrt«, murmelte eine bekannte Stimme hinter mir. »Du bist's ja nicht, Kirsty, die die Arznei nehmen muß.«

Ein schwaches Gelächter kam aus der Menge und verstummte sofort, als der Missionar sich umdrehte.

»Ich überleg mir eben«, sagte er mit schrecklicher Sachlichkeit, »wenn dies Vieh in der Nacht stirbt, wird es am Morgen so angeschwollen sein, daß du es nie aus der engen Tür herauskriegst, außer du schneidest es in Stükke. Am besten führst du es gleich in den Sumpf, da ist der Boden weich, und du kannst es leichter begraben.«

Die Männer scharten sich um die Kuh und trugen und stießen das arme, ausgemergelte Tier dem Sumpf zu. Als sie zurückkehrten, hatte der Missionar wieder die passende Leichenbittermiene angenommen und begann mit der Beisetzung.

»Ich hab mir überlegt«, sagte Janet zögernd zu Morag und mir, als wir zusahen, wie die Männer den Sarg wegtrugen, »wo doch Johnny seine Blumen so gern hatte, ob wir die nicht pflücken und ihm aufs Grab legen?« Wir waren ganz ihrer Meinung und Kirsty anscheinend auch, denn kurz danach sahen wir sie Arme voller Blüten pflücken und dem Trauerzug auf dem Weg hinunter folgen.

Wir wanderten durch die Septembersonne nach Hause und unterhielten uns dabei über die vom Missionar verschriebene ungeheure Arzneidosis.

»Schon Leinöl wird genügen, um das Tier total umzukrempeln, mein ich«, prohezeite Morag.

Am Freitag morgen begann ich bereits in aller Frühe mit der ziemlich langwierigen Arbeit, den Ebereschenwein anzusetzen, und verbrauchte viel Energie beim Zerquetschen der Beeren. Da erschien Erchy.

»Kommen Sie, jetzt holen wir Ihren Schrank, solang die Flut hoch ist«, sagte er, »dann brauchen wir'n nicht so weit übers Ufer tragen.«

Auf meinen Strandexpeditionen hatte ich ein angespültes, schönes Kabinenspind gefunden, das ich gut in meiner Küche brauchen konnte. Es war viel zu groß und zu schwer, als daß ich es hätte heimtragen können, daher hatte ich Erchy gebeten, es gelegentlich mit mir per Boot zu transportieren.

Wir zerrten das Ding über den Strand, Erchy nahm die Ruder, und ich kauerte im Heck. Über den grauen Wassern drohte ein Regen. Die Hügel sahen kalt und verschnupft aus, weiße Wolkenfetzen klebten an ihnen wie benutzte Papiertaschentücher. Erchy war nicht sehr gesprächig, das Boot zog dahin, man hörte nur das Quietschen der Ruder in den Angeln und das Platschen der Ruderblätter auf dem Wasser. Es fielen ein paar träge Regentropfen und machten die schlaffe Wasserfläche pockennarbig wie das Gesicht einer alten Frau.

Plötzlich konzentrierte sich Erchys Blick auf das Land. »Sieht aus wie Kirsty, das da«, sagte er. Ich wandte mich auf meiner Ruderbank und entdeckte eine Gestalt, die den oberen Klippenrand entlanghastete, alle paar Minuten stehenblieb und aufs Ufer hinunterspähte. »Was die wohl vorhat?« überlegte Erchy.

»Anscheinend winkt sie uns, daß wir kommen sollen«, sagte ich. »Ob alles in Ordnung ist?«

»Wir sehn besser nach, denk ich«, entgegnete Erchy. Er hielt auf das Ufer zu, und Kirsty kletterte gewandt die Klippen herunter und kam uns entgegen. Erchy stieg aus, hielt das Dingi und begrüßte sie mit verhaltener Neugier.

Ich bemerkte ihre kummervolle Miene und die gedämpfte Dringlichkeit ihres Tons. Ich hatte Kirsty bisher nur ein einziges Mal fassungslos gesehen, als nämlich Erchy sie in Gegenwart anderer frech verhöhnt hatte, er glaube nicht, daß ihr »im Leben schon mal ein Mannsbild unter die Röcke gegangen« wäre. Kirsty hatte damals schamrot zugeben müssen, sie »glaube es auch nicht«. Und nun war ihr, die sich gestern bei Johnnys Beerdigung so wenig betroffen gezeigt hatte, offensichtlich etwas ebenso Erschütterndes geschehen.

»Ich hab meine Kuh verlorn«, teilte sie uns gramgebeugt mit.

»Na ja, hast du doch erwartet. Der Missionar hat's dir doch gestern auch gesagt«, gab Erchy zu bedenken.

»Das mein ich nicht. Ich mein, ich kann sie nirgends finden.«

Erchy und ich sahen sie aufs höchste überrascht an.

»Du kannst sie nicht finden!« wiederholte Erchy.

»Ich hab schon überall geschaut, und ich find das Vieh nicht. Kommt und schaut selber.«

Wir zogen das Dingi über die Flutlinie hinauf und folgten Kirsty zum Moor, wo wir die Kuh gestern abend verlassen hatten. Nirgends war etwas von ihr zu sehen.

»Mein Gott, was ist das denn?« rief Erchy aus, beugte sich hinunter und prüfte einige tief in den Morast eingedrückte Hufspuren. Ratlos kratzte er sich am Kopf.

»Sieht aus, als wär das Vieh gejagt worden«, meinte Kirsty.

»Wenn die Dosis bei ihr gewirkt hat, wird sie geglaubt haben, der Teufel ist hinter ihr her«, wußte Erchy beizusteuern.

Gemeinsam folgten wir den Hufspuren, und sie führten sonderbarerweise zum Friedhof. Ich glaube, Kirsty und ich ahnten schon, ehe wir in Sichtweite waren, was geschehen war.

»Jemand hat das Tor offengelassen«, sagte Kirsty. In ihrer Stimme schwang Angst.

»Die verdammten Blumen«, schalt Erchy. »Hab schon gestern gesagt, daß das 'ne verrückte Idee ist, und jetzt sag ich's erst recht.«

Wir standen im offenen Tor zum Friedhof und schauten hinüber zu Johnnys Grab, das etwas abseits von den dicht aneinander gedrängten anderen Gräbern lag. Daneben stand die Kuh und wiederkäute majestätisch. Von den Lupinen war nichts mehr zu sehen, aber ringsum, das ganze Grab bedeckend, waren ganze Berge von Mist, und der Gestank war entsetzlich.

»Seht euch das an«, sagte Erchy ehrfürchtig, »jetzt kannst du aber nicht mehr sagen, daß sie verstopft ist.«

»Dreckschwein«, hauchte Kirsty. »Was werden die Leute denken, daß ich meine Kuh das Grab von meinem Bruder schänden laß?« In ihrer Qual wurde sie beinahe menschlich. »Und was wird der Missionar sagen?«

»Wenn du den Mund hältst, wird der Regen den ganzen Kuhmist wegwaschen, aber jetzt schaff das Vieh schnell hier raus«, riet Erchy. Kirsty ließ sich das nicht zweimal sagen, und die Kuh war im Handumdrehen aus dem Friedhof und wurde dem Stall zugetrieben.

Ohne ein weiteres Wort schloß Erchy das Tor zum Friedhof hinter uns, und wir kehrten zum Boot zurück. Als er ein paar Ruderschläge getan hatte, ruhte er sich aus. »Das ist die verrückteste Medizin zum Viehkurieren, von der ich je gehört hab«, staunte er. »Mann, muß das ein guter Kuhdoktor sein.« Er legte sich wieder in die Ruder, schaute aber so perplex, daß man merkte, er dachte noch immer über die Wunderkur nach.

Als wir endlich mit dem Spind zu Hause waren, goß es in Strömen aus einem durchhängenden grauen Himmel. Über das Wochenende ging es so weiter, und am Montag morgen wußte Erchy, der behutsam rekognosziert hatte, zu berichten, auf dem Kirchhof sei keine Spur von Mist mehr zu sehen. Wenn das Dorf gemerkt hatte, daß etwas nicht stimmte, so enthielt es sich des Kommentars. Als jedoch der Missionar das nächste Mal zu einer Beerdigung kam, hörte man ihn Kirsty eindringlich darauf hinweisen, was für ein guter Mensch ihr Bruder doch wohl gewesen sein müsse: der HERR habe das Gras auf und um sein Grab so viel grüner wachsen lassen als sonstwo. Er verglich es mit einem grünen Glorienschein.

Für den Fall, daß ein interessierter Landwirt diesen Bericht liest, sollte ich vielleicht erwähnen, daß Kirstys Kuh nach dem beschriebenen Ereignis noch sieben Jahre lebte und vier gesunde Kälber warf.

Als habe es irgendeine Bedeutung, besteht Erchy darauf, ich solle berichten, daß dagegen der Missionar binnen zwei Jahren starb.

Mit allem neuzeitlichen Komfort

Als ich aufwachte, hörte man kein Regenrauschen mehr auf dem Dach, doch war der Morgen feucht und durchzogen von Kälte, als lecke sich der Winter bereits ums Maul. Zum Glück hatte sich der Wind vollständig gelegt, so daß ich ohne die Notwendigkeit, mich körperlich mit ihm herumzuraufen, ganz schwerelos und entspannt aus dem Haus ging. Das Vieh, das so lange in den geschützten Mulden der Hügel hatte weiden müssen, war während der Nacht höher gezogen und stand jetzt als anmutige Silhouette gegen den Himmel, ein Anblick, von dem man hierorts glaubt, er prophezeie eine Schönwetterperiode. In einer geschützten Ecke meines Gartens öffneten ein paar verregnete Pflanzen, die bis jetzt auf Windstille gewartet hatten, vorsichtig ihre Blüten unter dem zittrigen Sonnenlicht, das durch drohende Wolken drang.

Ich hatte an diesem Vormittag vor, tüchtig zu arbeiten, klopfte und schüttelte gerade die Küchenmatten gründlich, da hörte ich Stimmen, schlüpfte mit der für Bruach typischen Neugier zur Hausecke und sah Morag, Euan und Erchy, jeder mit Sack und Eimer, fachgerecht zum Schneckensammeln gekleidet, den Weg herunterkommen.

»Ihr fangt aber früh an mit den Schnecken«, rief ich ihnen zu.

»Stimmt, stimmt. Aber es heißt, man kriegt schon gute Preise«, gab Morag fröhlich zurück. »Sie sollten alles stehnlassen und mit uns kommen.«

Ich hasse das Schneckensammeln. »Ich muß Wäsche waschen, solange das Regenfaß voll ist«, sagte ich. »Ich hab es schon viel zu lange aufgeschoben.«

Morag akzeptierte meine Absage ohne Kommentar. Euan warf mir einen höhnischen Blick zu.

»Es heißt, wir kriegen jetzt endlich bald die Wasserleitung«, warf Erchy trostreich ein. »Dann könn' Sie waschen, wann Sie wolln.«

»Ist das wirklich wahr?« fragte ich.

»So wahr ich hier steh«, verkündete Erchy, klang aber nicht sehr überzeugt. »Ist nicht auch zu Ihnen ein Männlein gekommen und hat eine Unterschrift auf ein Papier gewollt?«

In der Tat war auch bei mir das »Männlein« gewesen, hatte sich aber hinsichtlich der Chance, daß die Behörden früher als in ungefähr fünf Jahren Wasser bis an mein Cottage leiten würden, fast hämisch pessimistisch gezeigt. Das Haupthindernis, ließ er mich wissen, seien die weitverstreuten Häuser der Dorfes. Bisher sei noch jeder der vorgeschlagenen Pläne zu teuer gewesen, um genehmigt zu werden. Außerdem, hatte er mir vertraulich mitgeteilt, fänden nicht alle Bewohner Bruachs eine Wasserleitung notwendig. Die strenggläubigere Presbyterianer meinten, der liebe Gott lasse Wasser dort fließen, wo ER wolle, und es sei nicht rechtens, daß der Mensch es umleite. Ich hätte eine solche Auffassung grotesk gefunden, wäre sie mir nicht schon einmal begegnet, beim Drainieren eines Stücks Sumpfland.

Das »Männlein« hatte gemeint, für mich lohne es sich möglicherweise, einen sogenannten »Widder« an der Quelle am Ufer zu installieren und von dort das Wasser ins Cottage zu leiten.

»Ich weiß nicht, ob die ergiebig genug wäre«, hatte ich eingewendet, »es ist eine sehr seichte kleine Quelle.« Netterweise war er dann mitgekommen und hatte sie sich angesehen.

»Ich halte sie für ergiebig genug, wenn man sie ein bißchen ausgräbt«, schlug er vor. »Warten Sie mal, ich teste sie.« Voller Begeisterung war er zu seinem Wagen geeilt und mit einer dünnen, anderthalb Meter langen Metallrute zurückgekehrt, mit der er die Tiefe der Quelle sondierte. Sie reichte dann bis zu zwei Dritteln ihrer Länge in die Tiefe.

»Genau wie ich dachte«, meinte er vergnügt. »Sie haben reichlich Wasser, müßten nur etwas mehr ausgraben. Sie ist nur verschlammt, weil sie so lang nicht in Gebrauch war.«

Dankbar für seine Ermutigung begleitete ich ihn zurück zum Wagen, wobei er netterweise die vermutlichen Kosten der Installation überschlug. »Natürlich ist das nur eine grobe Schätzung, verstehen Sie«, hatte er mich gewarnt. »Ich habe mit dem Wasserwirtschaftsamt nichts zu tun. Es hat nur jemand die Behörden unter Druck gesetzt, hier Wasser herzuleiten, und da ich hier zu tun hatte, hat man mich gebeten, Unterschriften zu sammeln.«

»Dann sind Sie also gar nicht vom Wasserwirtschaftsamt?« hatte ich gefragt.

»Nein, nein. Mit Wasser hab ich nichts zu tun.«

»Oh«, sagte ich naiv. »Ich hatte angenommen, Sie führten die Rute mit, um die Quellentiefe auszuloten und die Leute zu beraten, ob sich ihr Grundstück für einen Anschluß an die Wasserversorgung eigne.«

»Die Sonde da? Nein, nein, das ist ein Grabbohrer.« Er legte sie behutsam tastend quer über die Rücksitze. »Wissen Sie«, schwatzte er weiter, unbekümmert um die Peinlichkeit des Augenblicks, »es gibt eine Vorschrift, daß Leichen anderthalb Meter tief begraben werden müssen. Aber hierzulande würde sich kein Mensch drum kümmern, wenn ich nicht so oft wie möglich die Runde durch die Friedhöfe machte und die Gräber sondierte, wie tief man die Toten gebettet hat.«

»Ein Grabbohrer?« wiederholte ich.

»Genau.« Er warf mir einen mißtrauischen Blick zu. »Das klingt Ihnen wahrscheinlich sonderbar, wo Sie doch hier fremd sind.«

Das mußte ich zugeben.

»Na, dann also auf Wiedersehen«, sagte er strahlend und stieg wieder in seinen Wagen. »Es freut mich, daß ich Ihnen helfen konnte.«

In die Küche zurückgekehrt, stärkte ich mich mit einer Tasse Tee – aus Regenwasser.

»Ich glaub gar nicht, daß die uns das Wasser überhaupt geben wolln«, meinte Morag und klang sehr skeptisch. »Man hat's uns jetzt fünfundzwanzig Jahr lang versprochen, soviel ich weiß, und noch immer keine Spur davon. Zu meinen Lebzeiten jedenfalls werd ich's wohl nicht mehr sehn.«

»Wirst du verdammt sicher«, entgegnete Erchy in einer Aufwallung von Zuversicht.

Euan starrte mich noch immer ironisch-belustigt an. Als jedoch die Unterhaltung zu versiegen drohte und Morag und Erchy sich wieder auf den Weg machten, fing ich an, den gröbsten Schmutz aus meinen Matten zu schütteln. Euan machte noch immer keine Miene, seinen Begleitern zu folgen, und ich grinste ihn töricht an und wünschte, er würde etwas sagen oder aber gehen. Hätte er mich noch länger kritisch gemustert, wäre es peinlich geworden, und ich hätte gefragt, was los sei. Plötzlich sprach er.

»Ich glaub, Sie sind eine von diesen Arischtokraatn.«

Nun war es an mir, ihn anzustarren. Im Moment konnte wohl niemand weniger aristokratisch aussehen als ich in meinen Gummistiefeln, dem schmutzigen Overall und den Gummihandschuhen, in jeder Hand eine lehmige Fußmatte. »Warum sagen Sie das?« fragte ich verdutzt.

»Bloß Arischtokraatn tragen Gummihandschuh, wenn sie Matten ausschütteln«, wies er mich zurecht. »Demnächst wer'n Sie anfangen, den Torf mit Messer und Gabel zu schneiden, was?« Er erlaubte sich ein kurzes Grunzlachen. »Ich hab paar Leute hier aus der Gegend gekannt, die sind für 'ne Weile nach Edinburgh gezogen. Und wie sie wiedergekommen sind, warn sie so arischtokraatisch, daß sie den Salzhering mit Handschuhn gegessen haben.« Zufrieden, seine Kritik angebracht zu haben, aber immer noch mißbilligend murmelnd, drehte er sich um und folgte den anderen beiden.

Ich erledigte weiter meine Hausarbeit und überschlug im Geist meine finanziellen Möglichkeiten, mir eine Wasserleitung legen zu lassen. Doch das war eine sinnlose Überlegung, denn ich war bereits zu der Erkenntnis gekommen, daß es mehr kosten würde, als ich mir leisten konnte. Ich diskutierte mit mir selbst: Wäre nicht die für das Wassertragen aufgewendete Energie besser anderweitig eingesetzt? Ich hatte gelernt, mich zu bescheiden – Wasser, das ich für meine Waschungen benutzt hatte, wurde nochmals heiß gemacht, um Handtücher und dergleichen zu waschen, und dann in einen Eimer gegossen, um Böden damit zu scheuern. Aber es war nicht nur die Energie, um die es mir leid tat, es war auch die Zeit, die das alles erforderte. Zielstrebigkeit gehört nicht zu meinen Tugenden. Wenn ich meine Eimer nahm und eilig zur Quelle wollte, sah ich des öfteren einen fremdartigen Vogel und mußte dann regungslos stehenbleiben und ihn zu bestimmen versuchen. Oder ich war so entzückt vom Anblick der Grünfinken, die die Klettensamen vom Steinmäuerchen pickten, daß ich meine dringliche Arbeit vergaß. Manchmal war es auch eine unbekannte Blume im Heidekraut, die meine Aufmerksamkeit erregte, oder die besonderen Farbschattierungen und Muster eines Moospolsters. Auch noch die prosaischsten Arbeiten im Freien waren von soviel natürlicher Schönheit begleitet, daß ich es nicht über mich brachte, daran vorüberzugehen.

Nicht zum ersten Mal wünschte ich, »die da oben« brächten die Prioritäten in bessere Reihenfolge. Es schien mir albern, daß die Elektrizität, die schon nach Bruach unterwegs war, noch vor der Wasserversorgung rangierte, doch genau das geschah in anderen, weniger zugänglichen Dörfern. Es war nichts Ungewohntes, alte Frauen von einer Quelle, die oft kaum mehr war als eine Grube im Boden, heimwanken und volle Eimer in ihre altmodischen Croftküchen schleppen zu sehen, wo sie das Wasser mit den althergebrachten, von Tinkern hergestellten Schöpflöffeln in nagelneue elektrische Teekessel füllten.

Ein, zwei Familien in Bruach hatten bereits Wasser – die Glücklichen mit den höhergelegenen Quellen nahe ihren Häusern, so daß es leicht und vergleichsweise kostengünstig war, es in Röhren zu verlegen. Ich bezweifle, daß sie sich die Mühe gemacht hätten, wären sie nicht darauf aus gewesen, im Sommer Touristen aufzunehmen. Den übrigen Croftern, die ihr Leben lang Wasser geschleppt hatten, machte das Fehlen einer Leitung weniger aus. Obwohl sie, kam es bei den *ceilidhs* zur Sprache, rückhaltlos zustimmten, daß es »echt wundervoll wär, das mit'm Wasser«, verlangten sie nicht so sehnsüchtig danach wie ich. Sie wollten ein Badezimmer, behaupteten sie, doch ich fürchte, wieder mehr als Statussymbol als aus einem echten Bedürfnis. Der alte Murdoch schien mir typisch für diese Einstellung. Er hatte gehört, er bekäme einen Zuschuß, um an seinem Haus ein Badezimmer anbauen zu lassen, und beantragte es sofort. Murdoch und seine Nichte hatten mit Übernachtungsgästen (sie nannten sie »Nächter«) gut verdient, und der listige Murdoch meinte, ohne größere eigene Kosten einen Raum anbauen und damit ein Zimmer mehr vermieten zu können. War das Badezimmer einmal gebaut, glaubte er, brauchte er den Behörden nur mitzuteilen, daß es keine Wasserleitung gab, dann würden sie ihm den Zuschuß auch für das zusätzliche Schlafzimmer zahlen. Murdoch hatte jedoch Pech. Just um die Zeit, als das sogenannte Bad fertig war, kam ein neuer Inspektor, und obwohl der Raum mit einer Schüssel auf einem Ständer, einem Wassereimer und einer Handtuchstange ausgestattet war, gelang es Murdoch nicht, den Inspektor davon zu überzeugen, daß der Anbau die Bezeichnung »Bad« verdiene. Zur Bestürzung des alten Mannes teilte man ihm mit, daß die Beihilfe erst gewährt werde, wenn der Raum mit einer üblichen Badewanne, einem Waschtisch und einem WC ausgerüstet sei. Lautstark protestierend fügte sich Murdoch und wandte sich erneut an die Behörden. Er versicherte, zweifellos guten Glaubens, er sei willig zu unterschreiben, daß er bei Installation einer Wasserleitung in Bruach diese sofort an sein Bad anschließen werde. Er verriet selbstverständlich nicht, daß er den einstweilen unbenutzbaren »neuzeitlichen Komfort« im Schuppen einzulagern und den Raum als Schlafzimmer zu vermieten gedachte, um ihn abzahlen zu helfen. Doch die Behörden blieben unerbittlich. Um der Bezeichnung »Bad« zu entsprechen, mußte fließendes Wasser vorhanden sein. Als der Inspektor Murdoch das Ultimatum überbrachte, stand der Alte gerade auf der Leiter, um zum dritten Mal in dieser Saison die Schäden zu reparieren, die der Wind auf seinem Dach angerichtet hatte. Murdoch wäre fast explodiert. Der Inspektor wartete, bis der Sturm abflaute, und wies hilfsbereit darauf hin, daß in der Nähe eine ergiebige Quelle sei, die ohne große Ausgaben genügend Wasser liefern könne. Murdoch, noch immer vor Zorn und Streitlust schäumend, kletterte von der Leiter und trat dem Inspektor aggressiv und auf wahrhaft gälische Art entgegen, indem er die Arme mit dramatischer Geste ausbreitete. »Schau dir's an!« schrie er und zeigte aufs Dach. »Schau nur hin! Über fünfzig Jahr lang haben erst mein Vater und dann ich versucht, das Wasser vom Haus wegzuhalten, und jetzt kommst du daher und willst mich zwingen, es reinzuholen.« Er spuckte seinen Abscheu in den Wind, lachte anerkennend über den eigenen Witz und lud dann den Inspektor zu einem *strupak* ins Haus.

So hatte denn Murdoch »das Wasser reingenomm'«, und als es endlich installiert war, war niemand stolzer als er. Er hatte sogar die Absicht bekanntgegeben, eines Tages ein Bad zu nehmen, das erste seines langen Lebens. Ungefähr sechs Monate später kam er zu mir heraufgewatschelt, als wir beide auf dem Hügel in der nebligen Abendstille das Vieh fütterten.

»Hörn Sie, Miss Peckwitt.« Seine Stimme war kaum mehr als ein ehrfürchtiges Flüstern. »Haben Sie schon mal gebadet?«

»Ja«, antwortete ich und wußte, wenn ich die geringste

Überraschung oder Heiterkeit zeigte, würde ich nie erfahren, was sich hinter der Frage verbarg.

»Na, dann sagen Sie mal: Haben Sie sich nicht beim Rauskommen gefühlt wie so ein eben geschuppter Hering?« Seine blauen Augen blickten besorgt und erwartungsvoll.

»Ich glaube nicht«, sagte ich und konnte diesmal ein leichtes Zittern der Stimme nicht unterdrücken.

»Und haben Sie sich eine Woche oder länger danach gefühlt, als wärn Ihre Kleider voll ganz kleiner Splitterchen?« Er wand sich mit so elastischen Bewegungen, daß es sein Alter Lügen strafte.

Ich schüttelte den Kopf.

»Ganz so hab ich mich danach gefühlt. Wenn ich drin war, war's ja ganz schön, aber danach war mir so, daß ich nie wieder eins will.«

Das Wetter blieb ruhig, mit Aufhellungen. Nach dem Mittagessen holte ich Joanna heraus, weil ich Katy, der Frau des Schäfers, und ihrer Halbschwester Ishbel versprochen hatte, sie ins Nachbardorf zu fahren. Dort hatte eine Freundin eben einen Neubau bezogen. Es war ausgemacht, ich sollte sie »kurz hinter drei« abholen, und Ishbel wartete bereits an der Gartentür der Croft, sie war prächtig angetan in ihren besten Sachen und trug ein Einkaufsnetz voll kleiner Päckchen. Wann immer sie ein Haus besuchte, und sei es auch noch so kurz, nahm Ishbel ein kleines Geschenk mit. Gewöhnlich war es etwas ganz Unbedeutendes, vielleicht eine Strähne Stopfwolle oder ein Päckchen Briefumschläge, vielleicht eine Zeitschrift oder sogar ein Nadelbuch, irgendeine Kleinigkeit, die sie glaubte entbehren zu können, um nie mit leeren Händen zu kommen. Aufgeregt wie immer bestieg sie den Wagen und erfüllte ihn mit einem Geruch, der von ihrem rücksichtslosen, erbarmungslosen Kampf gegen die Motten zeugte, die sie, wie sie glaubte, mit persönlicher Rachsucht verfolgten.

Beim Anwesen des Schäfers nahmen wir die dralle,

zungenfertige Katy auf, die bei jeder Unebenheit der schlechten Straße in Geschwätz auszubrechen schien. Ishbel sagte wenig und war sogar zu schüchtern, um auf die lustige Arbeitertruppe zu reagieren, an der wir vorbeikamen und die begeistert die Schaufeln zum Gruß hoben, was, wie Katy höhnisch bemerkte, vermutlich das Anstrengendste war, was sie an diesem Tag leisteten. Trotz aller Indolenz der Highlandarbeiter kam der Fortschritt auf Bruach zugekrochen, man sah schon hohe Masten, die später elektrischen Strom ins Dorf tragen sollten. Als weitere Anzeichen für Veränderungen gab es überaus günstige Zuschüsse und Darlehen für den Bau neuer Häuser, um die alten Croftbehausungen zu ersetzen, und die jüngeren Leute, obwohl selbst vielleicht im Exil lebend, hatten rasch zugegriffen. Die niederen, kleinfenstrigen alten Crofthäuser, gewöhnlich im geschütztesten Winkel des Anwesens stehend, wurden zu Viehställen, daneben entstanden reizvolle, zweistöckige Landhäuser mit modernen Stahlrahmenfenstern und sahen so exponiert und ungemütlich aus wie jemand, den man eben aus dem warmen Bett geworfen hat. Zögernd zogen die Alten dorthin um, klagten über die Kälte und zeigten sich vorübergehend tief beeindruckt von der Geräumigkeit und dem Anblick von Badewannen und Spülen mit Mischbatterien, obwohl sie natürlich bisher weder Wasser noch Kanalisation hatten.

Bei einer Gruppe solcher brandneuer Häuser brachte ich Joanna zum Stehen, und Maggie, ein untersetztes, vergnügtes Frauchen fast ohne Hemmungen, kam herausgestürzt und begrüßte uns überschwenglich. Ishbel überreichte ihre Geschenke – eine Packung Keks und eine Dose Kondensmilch – was beides sofort geöffnet und uns angeboten wurde. Wir saßen in der strahlend weißen Küche und tranken Tee, während uns Maggie mit einer ausführlichen und anschaulichen Schilderung alles dessen unterhielt, was in den letzten Monaten im Dorf passiert war. Sie erzählte uns, mit vielen Zwischenbemerkungen von Katy, daß Padruig Mor, der auf dem Festland auf einer Versteigerung gewesen war, sich eine alte Standuhr gekauft hatte.

»Ach, die war gottverdammt überflüssig«, sagte Maggie. (Für gewöhnlich hört man die Frauen auf den Hebriden nicht fluchen, aber die Tatsache, daß Maggie es so hemmungslos tat, schien ihren Reiz als Gastgeberin für die Nachbarn noch zu erhöhen.) »Wirklich«, fuhr sie fort, »das Uhrwerk war schon lang raus, aber er hat sie mit der Bahn heimgebracht, stolz wie 'n Hahn.« Ich erinnerte mich an Padruig Mors winziges, dunkles, altes Haus und war nicht erstaunt, daß Ishbel fragte: »Wie um alles in der Welt hat er sie denn ins Haus gekriegt?«

»Ging erst mal gar nicht«, erwiderte Maggie und kreischte vor Lachen. »Die Decke war zu niedrig, und was hat der Gute gemacht? Er hat ein Loch in den Boden gegraben, bis die Uhr reinpaßte. Ist doch verrückt! Ihr solltet hingehn und es euch anschaun. Sieht irre aus, aber ihm gefällt's«, sagte Maggie. »Ich kann euch sagen, wir haben vielleicht gelacht.«

Ishbel, Katy und sie begannen jetzt über die restlichen Nachbarn zu reden und zogen mich höflich mit ins Gespräch, wenn sie glaubten, ich hätte schon zu lange geschwiegen, aber ich hatte von den meisten nur ganz vage gehört. Obwohl ich den Mantel anbehalten hatte, war mir kalt, denn der Raum war zu groß, um vom Feuer im dezenten kleinen Kamin, der aus der ultra-modernen Kachelumrandung hervorlugte, hinlänglich erwärmt zu werden. Und das, obwohl Maggie einen Haufen Torfstücke darin aufgestapelt hatte. Überall gab es solche Widersprüchlichkeiten. Neben dem Feuer standen zwei verbeulte Eimer Torf, der winzige Kaminsims aber war mit großartigen silbernen Ornamenten geziert, die aussahen, wie von einem Leichenwagen gestohlen. Auf dem blitzsauberen Herd standen zwei schwarze Eisentiegel, und ein Bündel Hühnerfedern lag bereit, um herumfliegende Asche wegzufegen. In der Mitte des Raumes stand ein

Tisch mit Plastikplatte und Metallfüßen, an der Wand aber die solide, altmodische Crofterhausbank, die in ihrer Strenge fast wie ein Thron wirkte. Über ihr hing ein Bündel Kaninchenfelle von der Decke. Alles machte einen frisch gescheuerten Eindruck, das neue Linoleum auf dem Boden hatte noch feuchte Streifen vom letzten Aufwischen, und während ich hinsah, schlich sich eine graue Katze scheu unter der Bank hervor und entwischte durch die offene Tür ins Freie, als fürchte auch sie, gepackt und gewaschen zu werden.

Maggie füllte einen alten schwarzen Kessel aus einem der Emaileimer, die in der Edelstahlspüle standen, und rückte ihn behutsam halb über, halb neben das Feuer, wobei sie bemerkte, diese Art Herd sehe sie überhaupt nicht ein, was nütze denn eine Feuerstelle, wenn darauf der verdammte Kessel nicht ins Kochen kam.

»Hast du denn keinen elektrischen Kessel?« fragte Katy.

»Ich find nie 'n Streichholz zum Anzünden«, erwiderte Maggie, und als wir genügend gelacht hatten, fuhr sie fort: »Der Schisser läßt ihn mich nicht benutzen. Er sagt, ich würd den Boden rausbrennen.« Sie tat nur um unsretwillen empört.

»Der Schisser«, nämlich ihr Sohn Seoras, kam in diesem Augenblick durch die offene Tür herein. Er war ein dunkelhaariger, drahtiger junger Mann mit beständigem höhnischem Grinsen und einer noch hemmungsloseren Zunge als seine Mutter. Er grüßte uns höflich, aber nachlässig, warf die Jacke ab und setzte sich an den Tisch. Maggie füllte einen Napf mit dampfenden Pellkartoffeln aus einem der Töpfe auf dem Herd, gab aus einem anderen einen Schöpflöffel gekochten Fisch darüber und stellte es vor Seoras hin. Er beugte sich vor und konzentrierte sich aufs Essen.

»Kommt das Haus anschaun«, forderte Maggie uns auf und führte uns als erstes in das blauweiß gekachelte Bad, das außer einem trocknen und zwecklosen WC eine so schmale Badewanne enthielt, daß selbst überschlanke Personen sich wohl nur mit Hilfe eines Reifenhebels hinein- oder herausbegeben konnten.

»Das ist ein praktisches Schränkchen dort unter dem Waschtisch«, lobte ich. »Viel besser, als wenn man all die Röhren sieht.«

»Ist es«, meinte Maggie und öffnete die Tür. Dahinter saß eine Bruthenne auf ihren Eiern. »Großartiges Schränkchen«, wiederholte sie.

Wir folgten ihr in ein Schlafzimmer im Erdgeschoß und dann noch in einen bisher unmöblierten Raum.

»Und was wird das hier mal?« fragte ich.

Maggie zögerte kurz, ehe sie antwortete: »Ich weiß nicht, wie die das nennen. Seoras!« schrie sie zurück in die Küche. »Wie hat dieser Raum auf'm Plan geheißen?«

»Hol mich der Teufel, ich hab keine Ahnung«, sagte Seoras mit schwerer Zunge.

»Einfach ein Raum zum Sitzen«, sagte ich auf gut Glück.

»Zum Sitzen«, wiederholte sie harmlos. »Weiß Gott, wen wir hier sitzen lassen sollen, außer noch ein paar Bruthennen. Hörst du, Seoras«, rief sie. »Es ist ein Raum zum Sitzen.«

»Nich doch. Der Raum zum Sitzen ist das Badezimmer«, verbesserte Seoras.

Im Oberstock waren drei Schlafzimmer, mehr als Maggie in ihrem Leben gekannt hatte, obwohl sie sieben Kinder aufgezogen hatte. »Na ja, es ist irgendwie einsam«, meinte sie bedauernd, als wir lobend äußerten, wie geräumig sie seien. Alle Fenster hatten Tüllgardinen und schlossen die herrliche Landschaft aus, und es tat mir leid, daß die Crofterfrauen es den Städterinnen gleichtun: Je größere Fenster sie anstreben, desto mehr Vorhänge kaufen sie, um sie wieder zuzuhängen. Ich zog einen der Schlafzimmervorhänge beiseite und blickte über die rauhen Moore, die in herbstlichen Farben leuchteten, hinüber zu den nebelumwallten Hügeln, die mürrisch auf das ruhelose Wasser niederschauten. Meine drei Gefährtinnen traten zu mir.

»Ich seh, daß Flora und Jamesie noch nicht in ihrem neuen Haus wohnen«, meinte Katy und zeigte auf ein funkelnagelneues Wohnhaus neben einem alten Crofthaus, dessen durchhängendes Dach sich ebenso entschlossen zum Brüten niedergelassen hatte wie die Henne auf ihren Eiern im Bad.

»Nein, und ich glaub auch nicht, daß sie das je wollen«, meinte Maggie.

»Warum eigentlich nicht?« wollte ich wissen.

»Ach, ich glaub, die wollen's nicht gern schmutzig machen«, meinte Maggie keck.

Für uns wurde es Zeit zu gehen, und wir kehrten in die Küche zurück, um Ishbels Handtasche und meine Handschuhe zu holen.

»Ich muß noch mal pissen, eh ich geh«, verkündete Ishbel mit vollendeter Natürlichkeit.

»Aber klar«, sagte Maggie gastfrei und führte uns hinter das Haus, wo ein neuer, betonierter Kuhstall von anerkannt hygienischer Bauart den einstigen Feldsteinbau ersetzte. Breitbeinig über der Dungrinne stehend, erleichterten wir uns.

»Praktisch, so was«, lobte Katy.

»Aye, viel besser als das alte Ding«, erwiderte Maggie ernsthaft.

Seoras stand neben dem Regenfaß und fuhr sich mit einem zerfetzten Handtuch über das Gesicht.

»Wenn ihr jetzt wieder nach Bruach fahrt, dacht ich, ihr könnt mich eigentlich mitnehmen«, sagte er. »Bei mir wird's Zeit für 'n Haarschnitt.«

»Seoras!« wies seine Mutter ihn zurecht. »Du kannst noch nicht weg, du hast die Kuh noch nicht gemolken.«

»Melk sie doch selber, du faule alte *cailleach*«, erwiderte Seoras durchaus gutmütig. Er griff sich eine Flasche Bier, die auf dem Küchentisch stand, und folgte uns hinaus.

»Seoras!« schrie seine Mutter ihm nach. »Du hast den Torf nicht reingeholt.«

Seoras antwortete mit einer Flut mir unverständlichem Gälisch.

»Seoras, du bist ein Sch...« Maggie hielt sich mit der Hand den Mund zu und blickte zerknirscht. »O Seoras, Junge, fast hätte ich was Grobes zu dir gesagt.«

»Aye, weiß ich«, erwiderte Seoras mit einem freudlosen Lächeln, »fast hättest du mich einen Scheißkerl genannt.«

»O nein, Seoras«, verbesserte sie, »ich hätte dich fast einen Schelm genannt.«

Sie brüllten einander noch immer gutmütige Beleidigungen zu, als wir losfuhren, Seoras auf dem Rücksitz neben Ishbel.

»Gut, daß wir jetzt in Bruach nach all den Jahren einen guten Friseur haben, was?« meldete Ishbel sich zaghaft. Die Gegenwart eines männlichen Wesens hatte für sie immer etwas Einschüchterndes. »Würdest du sagen, daß es ein guter Friseur ist?«

»Ich weiß nicht recht«, warf Katy ein, meinte dann aber als Empfehlung: »Ein guter Schafscherer ist er jedenfalls, das sagen alle.«

Erst im vorigen Jahr hatte Bruach einen Friseur bekommen, einen ehemals ausgewanderten Crofter, der behauptete, in Glasgow als Barbier gearbeitet zu haben, und nun heimkehrte, um seine Rentnerjahre auf der Croft seiner Schwester zu verbringen. Einige behaupteten, er sei nie mehr gewesen als der Einseifjunge, und das vor fünf Jahren und aushilfsweise, doch welche Qualifikationen er haben oder nicht haben mochte, er äußerte seine Bereitschaft, jedermann zu rasieren und ihm die Haare zu schneiden. Um nicht Gefahr zu laufen, mit seinem Verdienst seine Rente zu schmälern, nahm er als Bezahlung für seine Dienste nur jeweils einen halben Liter Bier. Sehr zur Befriedigung seiner einsamen, verwitweten Schwester und zum neidischen Mißvergnügen der Nachbarn war das Haus des Barbiers bald ein beliebter Ort für *ceilidhs* geworden, in dem sich immer eine größere Anzahl von Männern einfand, nicht nur aus Bruach, sondern auch aus anderen, friseurlosen Dörfern, die alle die Haare geschnitten haben wollten. Nach der Rasur bestand weniger Nachfrage, und wer sich ihr unterzogen hatte, gedachte es nicht zu wiederholen. Man klagte, der Barbier halte sich so einen blöden Kuckuck, der alle Viertelstunde aus einer Uhr sprang und einen so erschreckte, daß man Angst hatte, das Rasiermesser könnte wo Verkehrtes landen!

Als wir Ishbel vor ihrem Haus absetzten, näherte sich uns schlendernd eine Gestalt – Erchy, der eben vom Schneckensammeln heimkehrte. Seoras steckte den Kopf aus dem Wagen, um mit ihm zu reden.

»Bist du bloß für 'n *ceilidh* hier oder gehst du wohin?« fragte ihn Erchy.

»Ich bin hier, damit mir der Barbier vielleicht die Haare schneidet«, entgegnete Seoras.

Erchy hob die Mütze und betastete prüfend seinen Schopf. »Haareschneiden könnt ich auch brauchen«, gestand er, »und Johnny bringt mir, heißt's, heut abend im Bus was von dem Zeug mit.« Damit wies er auf die Flasche auf Seoras' Schoß.

»Eine Flasche Bier ist aber ein sehr bescheidener Preis fürs Haareschneiden«, meinte ich.

»Ich hab das letzte Mal für meinen halben Liter einmal Haareschneiden und drei unanständige Witze gekriegt«, sagte Seoras. »Ist doch reell, find ich.«

»Aye«, räumte Erchy zurückhaltend ein, »für den Preis ist es reell, aber manchmal warn schon ein paar vor einem da. Und wenn man am Schluß von der Warteschlange ist, kriegt man manchmal einen verdammt komischen Haarschnitt.«

»So«, sagte Euan und knurrte befriedigt. »Die kriegen Sie mit den Zehnen nicht raus.«

Ich unterdrückte ein Lächeln. »Nein«, bestätigte ich, bezweifelte aber heimlich, daß sein Werk wirklich soviel solider war als das, was ich im Munde trug. Euan war gekommen, um mir ein Stück selbstgekochte Schafsinnereien von seiner Schwester zu bringen, und hatte mich bei dem Versuch angetroffen, ein paar durchgefaulte Bretter meines Torfschuppens zu befestigen. Mit ungewohnter Ritterlichkeit hatte er den Hammer ergriffen, den ich kurz aus der Hand gelegt hatte, und wortlos weitere Nägel eingeschlagen.

»Das hält jetzt sicher eine ganze Weile«, äußerte ich statt eines Dankes, weil ich die Erfahrung gemacht hatte, daß Danksagungen Euan nur peinlich waren.

Er ging im Schuppen herum und versetzte den Wänden prüfende Tritte. »Sie wer'n sowieso bald 'n neuen Schuppen brauchen«, warnte er. »Sie können nicht erwarten, daß der da noch viel Wetter aushält.«

Ich zuckte die Achseln. »Er wird so bleiben müssen und wegfliegen oder zusammenbrechen«, sagte ich. »Einen neuen kann ich mir nicht leisten.«

»Sie müssen paar Steine ringsrum tun, die ihn stützen«, schlug er vor. »Dann hält er vielleicht noch bißchen länger.«

»Und wo krieg ich die Steine her?« fragte ich ergeben.

Euan stopfte mit entschiedener Geste beide Hände in die Taschen. »Aye«, gab er zu, »genau das ist es.«

Trotz der steinigen Böden, der Felsenklippen und der Felder voller Findlinge waren passende Bausteine recht knapp in Bruach. Überreichlich gab es runde Steine, ovale, wurstförmige, alle von den stark strömenden Bächen oder dem Meer zu glattem Ebenmaß verschliffen. Aber flache, die man zum Aufschichten einer Mauer brauchte, waren kostbar, und hatte man welche auf seinem Anwesen, hortete man sie eifersüchtig bis zu dem Tage, an dem man sie bestimmt brauchen würde. Vielleicht bei einem Sturm, um die Heustöcke zu beschweren oder vielleicht sogar das Dach des Hauses (für einen Amateur ist es schwierig, ein Seil richtig um einen runden Stein zu knüpfen). Einer von ansprechender Form und Größe fand vielleicht sogar als Grabstein Verwendung, denn wenige Bruacher verschwendeten Geld für teure Grabsteine. Und natürlich suchten die lokalen Hummerfischer ständig nach guten Steinen für ihre Reusen. Sie waren sogar so gierig danach, daß es hieß, einige Fischer stünden in dem Verdacht, sich aus den Friedhöfen mit Grabsteinen bedient zu haben. Erchy behauptete, dieser Bericht sei weit mehr als ein Verdacht: Er habe in einer frisch heraufgezogenen Hummerreuse einige mittelgroße Hummer über einen Stein krabbeln sehen, auf dem noch »Isobel C. . . 89 Jahre« grob eingemeißelt war. Erchy äußerte, diese Hummer hätte er nur essen können, wenn man ihm eine Flasche »ganz harten«, also hochprozentigen Whisky zum Nachspülen gegeben hätte. Steine waren also in Bruach selten, und doch befand sich auf fast jedem Anwesen mindestens eine verfallene Ruine eines Feldsteinschuppens, aus der seltsamerweise niemand etwas entnahm. Eine solche Ruine stand auch in einer Ecke meines Anwesens, seit Jahrzehnten zierlich überwachsen mit Moos und Farn. Als ich jedoch eines Tages angefangen hatte, einige der Steine aus ihrer gewohnten Stellung zu hebeln, zugegebenermaßen in der Absicht, meinen Torfschuppen damit so zu stützen, wie Euan es eben vorschlug, war er selbst sehr bald auf dem Schauplatz erschienen, um mich zu ermahnen, die Steine auf keinen Fall anzurühren.

»Aber hier nützen sie doch nichts, Euan«, hatte ich widersprochen und argwöhnte, daß pure Sentimentalität oder eine mögliche Störung der »kleinen Geister« bei ihm diese Besorgnis auslöste.

»Aye, aber Sie heben sie besser nicht auf«, behauptete er eigensinnig. »Wenn man die Steine hochhebt, kriegt man das Fieber.«

»Das Fieber?« wiederholte ich. »Wieso!«

»Ach, na ja, das war eins von den verlassnen Häusern damals, als das große Fieber hier in der Gegend umging«, erklärte er. »Sie haben alle angezündet, in denen's war, aber das Fieber bleibt trotzdem in den Steinen, heißt's.« Seine Stimme wurde sehr ernst. »Hier jedenfalls rührt keiner sie an.«

»Können Sie sich noch an das große Fieber erinnern, Euan?« hatte ich gefragt.

»Nein, aber ich weiß, was mein Vater mir davon erzählt hat, der war damals noch ein Junge.«

Kaum war Euan gegangen, hatte ich seine Warnung als absurd abgetan und die wenigen bereits ausgebrochenen Steine zum Torfschuppen hinübergeschleppt. Sie waren außergewöhnlich schwer, und meine Rückenmuskeln protestierten so heftig, daß ich für den Rest des Tages die Arbeit aufgeben mußte. Nachts hatte ich dann infolge quälender Rückenschmerzen nicht schlafen können und mich am nächsten Morgen gefühlt, als bekäme ich einen Riesenschnupfen. Nach ein paar Tagen war ich wieder ganz hergestellt und ging daran, die Ruine weiter auszuschlachten. Einige Steine hatte ich schon losgebrochen, da fing mein Rücken wieder an zu schmerzen, und eine tückische Kälte kroch zwischen meine Schulterblätter. Ich unterbrach meine Arbeit und ging zurück ins Cottage, um warm zu werden. Doch auch ohne erkennbare Schnupfensymptome ließ diese Kälte sich nicht vertreiben, weder durch heiße Getränke vor einem lodernden Feuer, den Rücken als Hauptziel für die Wärme dem Kamin zugewandt, noch durch eine Wärmflasche unter dem Bettjäckchen. Drei Tage lang hatte ich immer wieder plötzliche Anfälle von Schüttelfrost. Kaum war ich genesen, nahm ich mir vor, am ersten schönen Tag an der Ruine weiterzuarbeiten. Ich sagte mir energisch, daß meine Schmerzen entweder unmittelbar darauf zurückzuführen seien, daß ich zu warm angezogen zu stark geschwitzt und dann im eisigen Wind gestanden hatte, oder aber einen psychischen Ursprung hatten. Denn wie, fragte ich mich, konnten Steine nach mehr als einem Jahrhundert Infektionsquelle einer Seuche bleiben. Dann kam ein Tag mit vergleichsweise mildem Wetter und einem flockigen Himmel, der aussah wie ein altes Schafsvlies, und einer geisterhaften Brise, die feucht auf das rostfarbene Riedgras schnob. Ich näherte mich der Ruine mit schwindendem Selbstvertrauen, denn für mein zweifellos voreingenommenes Auge schien sie ein leicht unheilvolles Aussehen anzunehmen. Die dunklen Höhlungen, aus denen ich bereits Steine entnommen hatte, glichen bösen Schrammen in der alternden Haut aus Moos. In der gemütlichen Küche, wenn man gerade die ›Hausfrauenstunde‹ abgeschaltet hat, ist es leicht, abergläubische Ängste mit einem Achselzucken abzutun. Es war nicht ganz so leicht, wenn man völlig allein war mit der Wildnis der Moore, wo selbst das sich wieder aufrichtende Gras einen mit verstohlenem Flüstern verfolgt.

Ohne rechten Arbeitseifer suchte ich nach einer Stelle, wo das Ausbrechen mir gleich mehrere weitere Steine bescheren und dadurch mein Vorhaben beschleunigen würde, aber sie schienen fester zu sitzen, als ich in Erinnerung hatte. Als ich dann doch eine solche Stelle gefunden hatte, fehlte es mir an Kraft, auch nur einen einzigen Stein zu bewegen. Mein Rücken begann ahnungsvoll zu schmerzen, und ich hätte schwören können, daß ich einen ersten Anflug von Frösteln fühlte. Ich hatte der Ruine einen verbitterten Blick zugeworfen und einen sorgenvollen hinüber zu meinem baufälligen Torfschuppen. Dann war ich ins Cottage zurückgekehrt und hatte angefangen, Brot zu backen.

»Aye«, wiederholte Euan und gab dem Torfschuppen einen weiteren energischen Tritt. »Hier herum sind nicht viele Steine, die Sie nehmen können.« Wir hatten der

Ruine sicherheitshalber den Rücken gekehrt, denn mit ihr gab ich mich nie wieder ab. »Vielleicht finden Sie welche am Ufer, wenn Sie lang genug suchen«, meinte er.

»Flache Steine findet man aber nicht oft«, wandte ich ein.

»Die finden Sie schon. Sie brauchen nur lang genug suchen, wie andre Leute auch: Schaun Sie Alasdair an, jeden Tag geht er ans Ufer und sucht sich 'n guten Stein oder zwei und trägt sie in seinem Korb heim für die Mauer, die er baun will.« In Euans Augen funkelte es amüsiert.

»Das stimmt«, mußte ich zugeben. Jeden Tag und bei jedem Wetter sah man den unbezähmbaren Alasdair den Felsenpfad vom Ufer heraufkeuchen, ein, zwei Steine im Rückenkorb, die jeder seinen halben Zentner wog. Sie wurden dann sorgsam in die äußerst massive Mauer eingefügt, die ursprünglich den winzigen Blumengarten seiner aus Glasgow gebürtigen Ehefrau hatte schützen sollen. Vielleicht war ihm vor über fünfzig Jahren als Vierundzwanzigjährigem die Aufgabe nicht so riesig vorgekommen. Selbst jetzt noch bedurfte die Mauer vieler Steine, um fertig zu werden, und dabei hatte er in all der Zeit kaum einen Tag versäumt. Obwohl seine Frau seit Jahren tot war, schuftete er verbissen weiter. Vielleicht trieb ihn der Wunsch, ein seiner verstorbenen Frau gegebenes Versprechen zu halten, vielleicht auch fiel es ihm schwer, mit der selbstauferlegten Gewohnheit eines ganzen Lebens zu brechen. Egal aus welchem Grund, noch immer wuchs Alasdairs Mauer jeweils um eine Tagesration schwer erworbener Steine weiter.

»Für den ist das Zeitvertreib«, sagte Euan mit echt gälischem Verständnis für dieses Bedürfnis. Ich fürchtete, wenn die Mauer je fertig würde, sähe Alasdair keinen Grund mehr, weiterzuleben.

Da ich weder Alasdairs robuste Statur noch die Bruacher Einstellung zur Zeit besaß, wußte ich, daß alle kantigen Steine, die ich möglicherweise am Ufer fand, dort lange genug liegenbleiben würden, bis die See sie rundgeschliffen hatte, ehe ich mich der Strapaze unterzog, sie nach Hause zu schaffen. Mein Torfschuppen würde den Stürmen auch ohne Stützen standhalten müssen.

»Na, hast du vor, Miss Peckwitt 'n neuen Schuppen zu baun?« Mitten in unseren Überlegungen gesellte sich Morag zu uns, und Euan verließ uns hastig, sicher aus Angst, ich könnte diese Bemerkung ernst nehmen.

»Ich hab Ihnen ein klitzekleines Stück Fleisch fürs Abendessen mitgebracht.« Damit überreichte mir Morag in einer Schüssel ein halbes Dutzend frische Koteletts.

»Frisches Fleisch, wie wundervoll!« rief ich dankbar und freute mich über die Abwechslung nach den schlaffen, undefinierbaren Fleischbrocken mit daranklebenden blutigen Papierfetzen, die per Post jede Woche vom Fleischer auf dem Festland kamen.

»Aye, *mo ghaoil*«, äußerte sie mit Überzeugung, »wer mal heidegefüttertes Hammelfleisch gegessen hat, ist für den Rest des Lebens für jedes andre Fleisch verdorben.«

Gemeinsam wanderten wir zurück zum Cottage. »Die Schüssel nehm ich gleich wieder mit«, sagte Morag. »Ich denk, ich bring bißchen was der Frau vom Willy, der armen Seele.«

»Wie geht es Willy denn?« fragte ich, während ich die Schüssel auswusch. »Der arme Mann ist schon lange todkrank, nicht wahr?«

»Aye«, bestätigte sie mit besorgtem Stirnrunzeln. »Er kann sich irgendwie nicht entschließen zu sterben.« Wir hörten die Klinke des Gartentors und sahen beide aus dem Fenster. »Da kommt Erchy«, verkündete sie überflüssigerweise, »und ich wette, er kommt und bringt Ihnen ein Stück Fleisch von seinem Vieh. Er wollt's schon vor paar Tagen schlachten.«

»Du meine Güte«, sagte ich, »das wird ja eine ganze Woche lang nur Festessen geben.«

Sobald das Wetter kalt genug war, daß es keine Fliegen mehr gab und das Fleisch sich getrost zwei, möglicherweise drei Wochen in einem gewöhnlichen Schuppen hielt, schlachtete jede Familie in Bruach gern ein Schaf. Es war der Brauch, dann seinen Bekannten, die selbst noch nicht geschlachtet hatten, Bratfleisch zu bringen. War es bei ihnen soweit, würden sie sich revanchieren. Auf diese Weise dehnte sich die Frischfleischversorgung über mehrere Wochen aus. Ich besaß kein Schaf, doch das hinderte meine Freunde nicht daran, mir mehr als genug Bratenstücke sowie üppige Scheiben »Haggis«, gefüllten Schafsmagen, oder Schwarzpudding zu verehren, denn die sparsamen Hausfrauen von Bruach achten darauf, daß die Innereien aufgegessen sind, ehe der Rumpf überhaupt zerteilt wird. Euans Schwester Sarah, gewiß die sparsamste Frau des Dorfes, hatte mir einmal erzählt, sie pflege außer Ohren und Zähnen jedes Stück des Schafs zu verwenden. Damals hatte ich um einen Anschauungsunterricht gebeten, und sie hatte mich, versehen mit zwei Eimern voller Eingeweide, zum Bach an der Grenze ihres Anwesens mitgenommen. Im eisigen Wasser stehend, während mir der widerliche Inhalt mehrerer Schafsmägen und einige Meter Gedärm grün um die Gummistiefel quirlten, wurde ich in die Mysterien der Haggis- und Schwarzpuddingherstellung eingeweiht.

»So«, lobte Sarah, als wir wieder in der Küche standen und die Schafslungen in einem Tiegel köchelten und es rosa von der über den Topfrand ragenden Luftröhre tropfte, »jetzt können Sie sich eine echte Crofterfrau nennen, jetzt haben Sie geholfen, ein Schaf auszunehmen und einen Haggis zu machen.« Ich brachte nur ein mattes Lächeln zustande. Erst als das Blut mit Hafermehl gemischt und in einen Magen eingefüllt war, um zu Schwarzpudding gekocht zu werden, Lungen und eine Auswahl zweifelhafter Fleischstückchen in einen weiteren Magen gestopft waren, um zu Haggis gekocht zu werden, fühlte ich mich sicher genug auf den Beinen, um vom Stuhl aufzustehen und zur Tür zu gehen – ich wollte einen Atemzug in unverpesteter Luft tun. Sarah war jedoch entschlossen, ich müsse jeden Aspekt ihrer Kunst kennenlernen. Es mußten noch geschwollene Schafsschultern in einem riesigen Kessel abgeschabt werden – unter dem prüfenden Blick eines bereits abgesengten Schafskopfes, der neben dem Feuer darauf wartete, an die Reihe zu kommen –, ehe sie die Demonstration für beendet erklärte.

Am folgenden Tag, als der Haggis ausgekühlt und fest geworden war und Sarah mir eine dicke Scheibe schickte, briet ich ihn in der Pfanne und aß ihn mit Kartoffelbrei. Zu meiner Überraschung genoß ich ihn bis zum letzten Bröckchen und war von diesem Tage an eine begeisterte Anhängerin des Schafs.

Erchy kam in die Küche und deponierte ein mittlerweile wohlbekanntes Päckchen auf dem Tisch. »Da, Ihr Anteil«, sagte er, und damit ich ja nicht danken konnte, setzte er schnell hinzu: »Hab grad gehört, daß Murdoch ganz schlecht dran ist. Man hat nach der Gemeindeschwester geschickt.«

»Ach, nicht doch«, stieß Morag erschrocken aus.

»Doch, stimmt schon«, bekräftigte Erchy.

»Ja«, erinnerte sich Morag, »erst gestern hat er zu mir gesagt, er ist schon über 'ne halbe Woche konskribiert, und die Schwester hätt ihm fünf Kalomel eingegeben, damit sich bei ihm was rührt. Hat's vielleicht damit was zu tun?«

Erchy schüttelte den Kopf. »Keine Ahnung«, sagte er. »Ich überleg mir nur grad, ob nicht Willy der dritte wird, weil wir's doch alle erwarten.«

»Aber, aber«, murmelte Morag ganz entsetzt.

Erchy bezog sich auf den alten Aberglauben, daß Todesfälle immer in Dreiergruppen auftreten. »Wenn man den Friedhof erst mal aufgräbt, muß man ihn noch zweimal aufgraben«, hatte er mich belehrt. Obschon es sich unheimlich oft bewahrheitete, war es ein schlimmer Aberglaube, denn war der erste Todesfall eingetreten, zeigten die alten Leute im Dorf sichtliche Unruhe, ja sogar

Panik, bis das dritte Grab zufriedenstellend gefüllt war. Dann aber warfen diejenigen, die »erhalten geblieben waren«, ihre Ängste und mit ihnen einige Lebensjahre über Bord und begannen im wahren Sinn des Wortes ein neues Leben.

In den vergangenen paar Wochen war der Friedhof von Bruach zweimal aufgegraben worden: einmal für ein kleines Kind, das »wegen einem offenen Fenster gestorben war«, und einmal für Johnny Ulkig. Willy, von dem jeder wußte, daß es mit ihm nicht mehr lange dauern würde, war als wahrscheinlicher Inhaber des dritten Grabes akzeptiert, doch angesichts von Erchys Neuigkeiten war es möglich, daß Murdoch der dritte sein würde, und wenn dann Willy starb, wäre er vermutlich der erste eines weiteren Trios. Erchy und Morag sahen beide sehr ernst aus. Ich versuchte, sie auf ein anderes Thema zu bringen.

»Ich wollte, ich könnte mich bei euch für all das herrliche Fleisch mit irgend etwas revanchieren«, sagte ich mit aufrichtigem Bedauern.

»Ach, das war doch nichts«, verwarf Morag diese Anregung sofort.

»Sie könn' aber was für mich tun«, sagte Erchy mit jener Kühnheit, die ihn nur in Gesellschaft überkam. »Sie könn' mir einen Wecken von dem guten Brot backen, das Sie machen. Ich glaub, es bekommt meinem Magen besser als das Brot aus dem Laden.«

Erchy hatte noch nie auch nur eine Scheibe meines selbstgebackenen Brotes abgelehnt, wenn ich es ihm anbot, selbst wenn er gerade vom Essen kam. »Das mach ich bestimmt«, sagte ich, »aber ich verrate Ihnen ein Geheimnis, Erchy.« Er schaute mich neugierig an. »Der Grund, warum mein Brot so gut schmeckt, ist, daß ich eine Handvoll Hühnerkleie in den Teig mische.«

»Stimmt das?« erkundigte sich Morag.

»Stimmt«, bestätigte ich.

»Ich würd's auch essen, wenn Sie eine Handvoll Hühnermist reinmischen täten«, sagte Erchy unerschüttert, »es ist jedenfalls verdammt gutes Brot.«

»Bei Backen fällt mir ein«, warf Morag betont gleichgültig dazwischen, »haben Sie nicht vor 'ner Weile gesagt, Sie geben eine Party?« Sie sprach das Wort »Party«, das sie für angeberisch hielt, unbeholfen amüsiert aus.

»Ja, das wollte ich«, entgegnete ich. »Ich hab schon überlegt, wann wohl dafür die beste Zeit wäre.«

»Warten Sie lieber«, sagte Erchy, »sonst machen Sie alles fertig und dann geht der Willy hin und stirbt, und dann kann kein Mensch kommen.«

Daran hatte ich auch schon gedacht, da Willy mit jeder Familie im Dorf verwandt war und somit kein Haus von seinem Tode unbetroffen bliebe.

»Ach, das wär aber furchtbar boshaft von diesem Menschen, einfach so wegzusterben«, sagte Morag leicht pikiert.

»Könnt er aber trotzdem tun«, warnte Erchy.

»Könnt er«, pflichtete Morag bei.

»Vielleicht wäre es doch besser, die ganze Sache aufzuschieben«, schlug ich vor.

»Nein, nicht doch«, protestierte Erchy. »Ist nicht nötig. Halten sich Ihre Kuchen nicht 'n Weilchen?«

»Selbstverständlich«, sagte ich, »jedenfalls ein paar Tage.«

»Na gut«, meinte Erchy, »dann richten Sie alles für die Party, und wenn der Willy stirbt, begraben wir ihn nach ein, zwei Tagen, und dann könn' wir alle kommen.«

Solchermaßen ermutigt, machte ich mich an meine Arrangements für nächsten Donnerstag. Am Dienstag begann ich mit der nötigen Backerei, damit mir genügend Zeit blieb für Zuckerguß und Verzierung der verschiedenen Torten. Am Mittwoch früh kam tatsächlich Erchy und teilte mir mit, Willy sei in der Nacht »dahingegangen«, die Beerdigung sei am Freitag.

»Da schieben Sie die Party am besten bis Freitag abend auf«, riet er mir.

»Ja, werden denn die Leute am Tag der Beerdigung auf eine Party gehen wollen?« fragte ich, mehr zu meiner Beruhigung als wirklich im Zweifel.

Erchys Augen wurden groß und rund vor Staunen. »Aber sicher«, erwiderte er ohne Zögern. »Was soll sie denn abhalten?«

Ich wollte ihn gerade darauf hinweisen, daß Willy nun der Inhaber des dritten Grabes würde, da bemerkte Erchy mit großer Befriedigung: »Na und jetzt haben wir unsre dritte Leiche. Ich sag ja, es geht immer dreierweis.«

»Da werden Sie heute abend wieder ein Grab ausheben müssen, nicht wahr?« fragte ich.

»Nein«, antwortete er zu meiner Überraschung. »Der wird überhaupt nicht hier begraben. Der hat anscheinend hinterlassen, daß er auf 'nem Kirchhof auf'm Festland liegen will, wo schon seine Mutter und sein Bruder sind.«

»Bedeutet das, daß ihr nun immer noch darauf wartet, bald ein drittes Grab graben zu müssen? Ihr habt doch immer gesagt, der Friedhof muß dreimal geöffnet werden.«

»Na ja«, entschuldigte er sich. »Wenn einer stirbt, denk ich eben immer gleich ans Graben. Das ist die Art, wie ich davon rede.«

Meine Gedanken wanderten rasch zu dem anderen Kranken. »Übrigens, wie geht es dem alten Murdoch?«

»Ach, dem fehlt überhaupt nichts. Nichts, was ein Tag draußen im Heidekraut nicht kuriert. Er war draußen und hat so lange dagehockt, daß er sein Ölzeug mitgenommen und 'n Zelt draus gemacht hat. Bei Gott, das Kalomel hat den vielleicht ausgeräumt. Ihm war recht schlecht, als er wiederkam, und er hat sich nicht vom Feuer weggerührt, bis er heut früh gehört hat, daß der Willy gestorben ist. Da war er sofort draußen und hat sich um sein Pferd gekümmert. Seine Nichte hat gesagt, er hat sich nicht zurückhalten lassen.« Erchy lachte. »Ich hab ihn selber draußen gesehn und hab gerufen: Murdoch, was machst du da? Ich hab gedacht, du liegst im

Sterben? Da hat er sich zu mir umgedreht und geschrien: Ich sterb noch nicht. Die schulden mir zuviel Geld. Wer schuldet dir denn Geld, sag ich. Die Regierung, sagt er. Hab ich nicht fast mein Leben lang in die Pensionskasse eingezahlt? Ich bin verdammt sicher, daß ich nicht sterb, eh ich nicht jeden Penny wieder raus hab.«

Erchy schüttelte den Kopf. »Das ist ein ganz zäher Brocken«, sagte er bewundernd.

Ich überließ es Erchy, die Nachricht zu verbreiten, daß der *ceilidh* bis Freitag abend verschoben sei, und obwohl ich weiter alles vorbereitete, konnte ich nicht umhin, mich zu fragen, ob er wirklich für alle übrigen Crofter gesprochen hatte oder aber ob ich und die Hühner uns durch all diese Torten und Plätzchen und Scones würden durchessen müssen. Die Erfahrung hatte mich gelehrt, daß im Dorf immer eine ungeheure Erleichterung herrschte, wenn eine Leiche erst begraben war, und daß die anschließenden *ceilidhs* merklich munterer verliefen als üblich. Ob es jedoch nicht doch für zu frivol gehalten wurde, eine vorbereitete Party unmittelbar nach einer Beerdigung stattfinden zu lassen, mußte ich erst herauskriegen.

Etwa um zwölf Uhr am Freitag vormittag, als ich eben Bonnys Krippe wieder mit sommerduftendem Heu füllte, das ich mitten aus dem Heustock gerissen hatte, bemerkte ich ein ungewohntes Fahrzeug auf dem Weg und vermutete, daß es etwas mit der Beerdigung zu tun hatte. Etwas später liefen vereinzelte feiertäglich gekleidete Leute über die Crofts nach Hause, und überall stieg Rauch aus den Kaminen, weil jetzt jeder seine Kartoffeln zusetzte. Der Nachmittag senkte sich friedlich auf Bruach herab, der Morgenwind hatte sich gelegt, die Rauchfahnen der Kamine wurden zu glatten, blauen Federn, und die still gewordenen Moore dehnten sich eine Stunde lang im schwachen Wintersonnenschein. Nur die Frauengestalten waren zu sehen, die an ihre Haushaltsobliegenheiten gingen, und kurz vor Einbruch der Dämmerung ein Trüppchen Kinder, die von der Schule kommend den

Hang erklommen und deren Stimmen schrille Echos an den rauhen Grenzmauern weckten.

Abends um neun hatte ich die Möbel beiseite gerückt und die Erfrischungen bereitgestellt und wartete gespannt auf das Eintreffen der ersten Gäste. Das Feuer brannte ziemlich trübe, denn trotz heftiger Appelle an den neuen Kohlenhändler hatte ich seit nahezu sechs Monaten keine Kohle mehr bekommen und mußte mich mit der Schlacke und zusätzlichem feuchtem Torf des heurigen Sommers begnügen. Es ist ein großer Nachteil, wenn der Kohlenhändler zugleich Fischverkäufer und Lieferant für die Touristen ist, denn wenn eines davon im Überfluß vorhanden ist, kann man ihn nicht überreden, sich mit der weniger profitablen Kohle abzugeben. Gereizt ergriff ich den Blasebalg, den ich ebenso wie meine kupferne Wärmpfanne einst als Antiquität gekauft hatte, jetzt aber häufig benötigte. Ich blies anhaltend in das Feuer, und bald belohnte mich der Anblick von Flämmchen, die aus den zottigen Torfstücken ein Funkenmuster schlugen. Ich pustete noch immer, da hörte ich von fern das Geräusch eines Motors. Ich fuhr in den Mantel und ging hinaus nachsehen. Ein Scheinwerferpaar kam den Weg herunter auf das Cottage zu, und wenige Minuten später bog ein schwerer Lastwagen in die Einfahrt meines Anwesens. Der Fahrer, ein blonder junger Mann mit unverschämtem Lächeln, sprang herunter.

»Ich bring Ihnen die halbe Tonne Kohle, die Sie haben wollten«, informierte er mich mit so rauher Stimme, als äße er ständig Sandpapier.

»O tausend Dank«, rief ich begeistert. Nicht nur, daß ich jetzt Kohle hatte – seit ich nach Bruach gezogen war, wo man alles und jedes selber holen und schleppen mußte, war die Lieferung selbst der alltäglichsten Bedarfsartikel ein freudiges Ereignis.

»Leuchten Sie mir?« fragte er, und als ich, bereits etwas weniger begeistert, bejahte, drückte er mir eine Taschenlampe in die Hand und schwang sich auf die Ladefläche.

Von dort begann er die Kohle auf das bereifte Gras zu schaufeln. Es war bitter kalt, wenn man nur so herumstand, und es kam mir vor wie Stunden, ehe die letzte Schaufel Kohle auf den Haufen gerasselt und die Schaufel zurück auf den Lastwagen geworfen war.

»Ich muß einen Eimer füllen und was aufs Feuer werfen«, sagte ich zähneklappernd. »Sie kommen wohl besser mit rein zu einem *strupak.*«

Er bot sich großmütig an, mir den Eimer zu füllen, und als ich ihm gerade einen hinreichte, bemerkten wir die Strahlen mehrerer Taschenlampen. Von irgendwo am Weg kamen Gelächter und Rufe. »Da kommen Leute«, teilte der Fahrer mir überflüssigerweise mit.

»Ja«, sagte ich. »Sie kommen zu mir zu einem *ceilidh.* Sie können gern bleiben, wenn Sie möchten.« Ich stellte die bereits heißen Kessel wieder auf den Herd und hörte binnen Minuten näher kommende stampfende Schritte auf dem gefrorenen Boden, gefolgt von einem dumpfen Pochen an der Tür. »Herein!« rief ich, und einer nach dem anderen drängten sie sich, mit vom Frostwind beneidenswert rotbackigen Gesichtern, in die winzige Diele. Sie flüsterten und schwatzten aufgeregt, wer einen Mantel trug, zog ihn aus und ließ ihn auf die Treppe fallen, und alle verteilten sich im Zimmer, bis die vorhandenen Sitzplätze eingenommen waren. Ein paar der Mädchen klemmten sich zu zweit unbequem auf einen Stuhl. Der Lastwagenfahrer ließ den Kohleneimer neben dem Feuer fallen und setzte sich dann auf den Fußboden neben das Polster, auf dem die attraktive Mora saß. Wenn man mir zulächelte, lächelte ich zurück und versuchte, es jedem so gemütlich zu machen, wie der Raum zuließ, war aber doch recht enttäuscht festzustellen, daß außer dem Lastwagenfahrer und den alten Männern – Euan, Ian und einem putzmunteren Murdoch – all meine Gäste weiblichen Geschlechts waren. Die besten *ceilidhs* waren immer die, bei denen ungefähr ebenso viele Männer wie Frauen anwesend waren, und ich hoffte, der Rest der Männer würde bald eintreffen.

»Wo sind denn Erchy und Hector und die anderen?« fragte ich Morag, als wir die Getränke herumreichten.

»Ich weiß es wirklich nicht«, antwortete sie und schien ehrlich erstaunt. »Ich glaub nicht, daß die schon von der Beerdigung zurück sind.«

»Typisch Erchy«, sagte ich etwas ungeduldig. »Dabei war er es, der darauf bestand, ich solle die Party ruhig geben.«

»Aber, *mo ghaoil,* es ist doch noch genug Zeit«, beschwichtigte sie mich.

Als nach ungefähr einer Stunde noch immer keiner der jüngeren Männer zu sehen war, begannen die Mädchen – außer Mora, die diskret mit dem Lastwagenfahrer flirtete – besorgt auszusehen, und obwohl noch viel geschwatzt und gelacht wurde, hörte man doch zwischendurch das Zischen der Lampe, was zumindest für mich bedeutete, daß die Party nicht so erfolgreich war, wie ich gehofft hatte. Morag überredete Murdoch dazu, uns ein Lied zu singen, und bald fielen wir stürmisch beim Refrain mit ein, die Mädchen warfen die Köpfe zurück und schunkelten, und die Alten klatschten im Takt der Musik in die Hände auf ihrem Schoß. Es war schon beinahe Mitternacht, und wir waren mitten in einer besonders wehmütigen gälischen Melodie, da wurde die Tür aufgerissen, und Erchy, Hector und eine Gruppe junger Männer des Dorfes kamen hereingestolpert, leuchtenden Auges, die Mützen auf den Hinterkopf geschoben und die Taschen ihrer Sonntagsanzüge ausgebeult von Flaschen unterschiedlicher Größe.

»Ich dachte, ihr wart auf einer Beerdigung«, bemerkte ich, als sie sich auf den Boden setzten, den Rücken zur Wand, und sich mit bestem Appetit schmecken ließen, was man ihnen anbot.

»Warn wir auch«, erwiderte Erchy fröhlich, »und haben uns auch noch prima amüsiert dabei.« Er sah Hector an, und die beiden grinsten sich verständnisvoll zu. »Erst warn wir ganz erstaunt, wie wir sahn, daß der Bus den Sarg abholn kommt«, vertraute Erchy uns in einer Lautstärke an, daß alle anderen in der Küche verstummten. »Wir ham gedacht, es wär nur 'n kleiner Wagen, bloß für 'n Sarg und vielleicht ein, zwei Leute. Wie wir gesehn haben, daß es ein Bus ist und wir alle reingehn, sind wir alle heimgelaufen und haben uns ein, zwei Pfund eingesteckt. Wo wir doch alle fein angezogen warn, haben wir gedacht, wir könnten gleich auch mal richtig einen saufen.« Er füllte sich den Mund mit einem Sandwich und sprach durch dieses gedämpft weiter. »Ich sag Ihnen, Miss Peckwitt, wenn mir nicht Ihre Party eingefalln wär, es wär noch keiner von uns wieder da.«

»Wie seid ihr denn zurückgekommen?« fragte ich.

»Wir haben uns einen Wagen geliehn bei dem Farquhar«, sagte Erchy. »Ich glaub, wir sind ziemlich früh los, aber Farquhar hat immer wieder angehalten, damit wir einen heben können. Ehrlich«, sagte er ehrfürchtig, »ich hab noch keinen Wagen gesehn, der pro Kilometer so viel Kneipen macht wie seiner.«

»Aye«, fiel Hector ein, »und wie mehr der Farquhar gesoffen hat, wie langsamer fährt er. Ich glaub wirklich, wir wärn schneller wieder da gewesen, wenn wir geschoben hätten. Man sollt meinen, wir wollten erst zur Beerdigung, statt von einer wiederzukommen, so wie der fährt.« Er hielt seine Teetasse auf Armeslänge von sich und betrachtete sie so abfällig wie ein Wirt sein selbstgebrautes Bier.

Mit Eintreffen der virileren Mannsleute warfen die Mädchen die letzten Reste von Mattigkeit ab, und das unausbleibliche Necken und Scherzen setzte ein. Flaschen wurden geschwenkt, es wurde nach Gläsern verlangt, das Singen wurde immer lauter und weniger melodisch, bis um zwei Uhr früh alle sich über trockene Kehlen beklagten und wieder lautstark nach Tee riefen.

»Also ich«, begann Euan, als wir uns zum Teetrinken

zurechtsetzten, »ich find es gut, daß Sie über all die Erkältungen und Fiebers weg sind, die Sie hatten, wie Sie versucht haben, Steine hochzukriegen. Wir hätten jetzt nicht so 'n gutes *ceilidh* wie das hier.« Es war seine erste Anspielung darauf, daß er beobachtet hatte, wie ich mich über seine Warnung hinwegsetzte.

»Die hab ich jedenfalls nicht mehr angerührt«, bekannte ich reumütig.

»Sie hätten sie gar nicht erst anrührn dürfen«, wiederholte Euan. »Schlecht genug haben Sie danach ausgesehn.«

»Ja, wirklich«, pflichtete Morag ihm bei. »Mir hat's auch nicht gefalln, wie Sie ausgesehn haben.«

»Ich glaub gar nicht, daß es mit der Seuche zu tun hat«, warf Behag mit verblüffender Überzeugtheit dazwischen. »Miss Peckwitt hat sich bloß tüchtig erkältet, und das war dann der Anfang von allem.«

Die alten Männer schüttelten die Köpfe. Sie wußten es besser.

»Ach, überhaupt diese Erkältungen«, schalt Ian. »Nie hatte ich Ärger mit Kataren und Drüsen und allem, was der Doktor sagt, daß ich hab, bis ich angefangen hab, 'n Taschentuch zu nehmen.« Er warf einen finsteren Blick auf seine Schwester, eine sehr feine Dame, die ihn, wie man hörte, mehrmals dafür ausgeschimpft hatte, daß er kein Taschentuch benutzte. »Überhaupt sind die Taschentücher schuld an den vielen Erkältungen heutzutage«, sagte er.

»Jedenfalls«, warf Morag dazwischen, offenbar der Meinung, nun sei genug kritisiert worden, »geht es Miss Peckwitt wieder gut, oder?« wandte sie sich an mich.

»So ziemlich«, erwiderte ich. »Ich hab noch immer Atembeschwerden, und das ist manchmal recht unangenehm.«

»Wissen Sie, was Sie dagegen machen müssen?« mischte sich Erchy ein.

»Nein«, sagte ich und versuchte mich in aller Eile der

vielen alten Hausmittel zu erinnern, von denen ich seit meiner Ankunft in Bruach gehört hatte. »Was denn?«

»Sie müssen sich eine Flasche Hengstmixtur kaufen und damit einreiben. Das ist das Beste auf der Welt, wenn man's auf der Brust hat.«

»Hengstmixtur?« echote ich verständnislos. Eines der Mädchen kicherte.

»Was soll denn Miss Peckwitt mit Hengstmixtur«, meinte Morag um meinetwillen ungehalten. »Sie hat Ärger mit ihrer Brust, nicht mit ihrem Pferd.«

»Das weiß ich«, entgegnete Erchy. »Aber weißt du noch, wie mein Vetter Ruari damals es so schrecklich auf der Brust hatte? Einfach alles hat er versucht, bis er die Flasche Hengstmixtur gefunden hat, die noch im Haus war von damals, wo das Pferd krank war. Damit hat er sich 'ne Woche lang jeden Tag eingerieben und seitdem keine Spur von Beschwerden mehr gehabt.« Wieder wandte er sich an mich. »Morgen sollten Sie sich beim Kaufmann eine Flasche holen«, drängte er. »Dann ist das mit Ihrem Lungenleiden aus und vorbei.«

»Das mit der Hengstmixtur möchte ich nicht so gern probieren.«

»Was ist daran zu riskiern?« fragte er. »Meinem Vetter hat's nicht geschadet. Im Gegenteil«, fuhr er mit zunehmender Begeisterung fort, »Sie hätten sehn solln, wie dem auf der Brust die Haare gewachsen sind von dem Zeug. Er war wie so 'n Highlandbulle und hat danach noch drei prima Söhne gezeugt.«

»Da wird ihm wohl was davon runtergetropft sein«, bemerkte die unerschütterliche Morag, was einige der Mädchen mit verschämtem Kichern würdigten.

Euan erhob sich steif. »Ich geh jetzt heim in mein Bett«, sagte er, und die alten Leute murmelten zustimmend, die jüngeren taten, als hätten sie es überhört.

»Miss Peckwitt ist bestimmt müde«, meinte Katy mit einer Besorgnis, die ihr spöttisches Lächeln Lügen strafte.

»Ja, das bin ich«, gestand ich ungeniert, denn ich war

jetzt daran gewöhnt, daß man mich mit meiner Gewohnheit aufzog, gern am gleichen Tag zu Bett zu gehen, an dem ich aufgestanden war. Man begann sich allgemein, wenn auch widerstrebend, zum Aufbruch zu rüsten. Die Alten sagten mit scheinbarer Abruptheit gute Nacht, als ihnen durch die geöffnete Tür die eisige Luft entgegenschlug. Die Mädchen hingen noch in der offenen Tür herum, absichtlich unempfindlich gegen die Kälte, und warteten darauf, daß sich die Männer aus ihrer alkoholisierten Dösigkeit aufrappelten. Als sie ungeduldig wurden, packten sie die Männer und zogen sie auf die Füße. Alle stolperten gemeinsam hinaus in die Nacht, sangen und stritten in der Dunkelheit den Weg hinunter. Ich räumte nur noch das Zimmer auf, dann ging ich zu Bett und sank in einen tiefen, zufriedenen Schlaf, aus dem mich gegen sechs Uhr früh das Geräusch des Kohlenwagens weckte, der wegfuhr.

»Also ich hab mein *ceilidh* sehr genossen gestern«, sagte Morag und machte mir dann das höchste der auf den Hebriden üblichen Komplimente: »Hab gar nicht gemerkt, wie die Zeit vergeht.«

»Wie schön«, sagte ich.

»War das der Kohlenlaster, den ich nach sechs heut früh gehört hab?« erkundigte sie sich.

»Ich glaube schon. Wo der nur bis dahin gewesen ist?«

»Der war bei Mora«, sagte Morag absolut überzeugt. »Du meine Güte, die ist was für die Burschen.« Sie ließ einen verächtlichen Kehllaut hören. »Na, bis sie den satt hat, wird Ihnen die Kohle nicht ausgehn.«

»Das höre ich gern«, sagte ich. Wir näherten uns dem Tor meines Anwesens, und Morag konnte nun den Kohlenhaufen sehen, den der Laster abgeladen hatte. Er sah erbärmlich klein aus.

»Hörn Sie, das ist aber keine halbe Tonne«, urteilte sie.

»Soll es aber sein«, sagte ich, obwohl auch ich schon Verdacht geschöpft hatte, als ich alles bei Tageslicht besah.

»Nie und nimmer«, beharrte sie. »Sie sollten ihm das sagen, wenn Sie ihn das nächste Mal sehn. Sie wissen ja, wie's ist mit den Burschen im Kohlenhof.«

Ich nickte. Wenn das Verladen der Kohle nicht direkt ab Schiff erfolgte, ging es dabei sehr gemütlich zu. Bei jedem Halbzentner, der aus einer Baggerschaufel auf den Laster gefüllt wurde, legte man einen Stein auf ein geeignetes Fensterbrett, und wenn dort zwanzig oder vierzig Steine lagen, galt das auf dem Lastwagen als halbe oder ganze Tonne. Die Methode funktionierte im allgemeinen gut, doch da die Lader das Aufladen selten mit dem nötigen Ernst betrieben, war sie nicht ganz verläßlich. Jede Ablenkung, etwa eine zwischen Hunden ausbrechende Beißerei, bei der jemand einen Stein nach den Kämpfenden warf, oder ein vorbeikommendes Kind, das sich unbemerkt ein paar interessant aussehende Steine aneignete, brachte alles durcheinander. In diesen beiden Fällen bekam man reichlich für sein Geld, doch da es ebenso wahrscheinlich war, daß das Kind ein paar Steine zur Reihe aufs Fensterbrett dazulegte oder sogar einer der allgegenwärtigen Zuschauer sich ein spitzbübisches Vergnügen daraus machte, die Ladenden durch dazugelegte Steine zu verwirren, konnte die Kohlenmenge recht knapp ausfallen.

»Ich sage es dem Fahrer, wenn ich ihn das nächste Mal sehe«, sagte ich zu Morag. »Sie können es ja dann bestätigen, nicht wahr?«

»Aber sicher«, versprach sie.

Schon zwei Tage später, abends im Dunkeln, tauchte der Lastwagenfahrer im Cottage auf.

»Morag sagt, Sie haben Fehlgewicht bei Ihren Kohlen«, begann er.

»So ist es«, sagte ich. »Ich glaube ehrlich, daß es nicht mehr als ungefähr sechs Zentner sind. Da ...«, ich reichte ihm meine große Taschenlampe, »schauen Sie es sich selbst an.«

Er ging, kam wieder und zog tadelnd die Luft durch die

Zähne. »Ich hab mir damals schon gedacht, es wär irgendwie zu wenig«, bestätigte er. »Ich denk, die Kerle haben wieder rumgealbert. Ich war derweil Tee trinken.« Zwischen seinen Augen stand eine tiefe Falte, er schien nicht ganz sicher, was er als nächstes sagen sollte. Ich bat ihn ins Haus auf eine Tasse Tee, aber er lehnte hastig ab. »Ich sag Ihnen, was ich tu«, sagte er entschlossen. »Sie nehmen noch eine Halbtonne Kohle, und die lad ich selber und sorg dafür, daß es mehr wird, damit das vom letzten Mal ausgeglichen ist.«

Kohle war, wie gesagt, in letzter Zeit knapp gewesen, und die Aussicht auf eine weitere Lieferung war sehr verlockend. »Nehme ich natürlich«, sagte ich mit unverhohlener Gier.

»Gut, dann seh ich zu, daß ich sie morgen bringen kann.« Damit sprang er in seinen Laster und fuhr davon. Zu meinem größten Erstaunen hörte ich am nächsten Tag um die gleiche Zeit einen Lastwagen näher kommen. Bald lag eine weitere Ladung Kohlen auf dem Haufen vor meinem Haus. Die Art, wie sie im Licht meiner Taschenlampe glitzerte, erfüllte mich mit Befriedigung.

»Es ist wunderbar, einen hübschen Kohlenvorrat zu haben«, sagte ich. »Ich war in dem Jahr so oft erkältet und habe mit dem Torf allein nie richtige Wärme zustande gebracht, egal wie hoch ich das Feuer aufschichtete.«

Der Fahrer zeigte Teilnahme. »Wie lang, glauben Sie, reichen Sie denn mit einer halben Tonne Kohlen?« fragte er.

Ich überlegte kurz. »Ungefähr sechs Wochen.«

»Da wird, was Sie da haben, aber nicht lang ausgeben«, belehrte er mich, »höchstens zwölf Wochen.«

»Das stimmt.«

»Ich will nichts versprechen, aber wenn ich Ihnen noch mehr Kohle verschaffen kann, nehmen Sie sie?« fragte er.

»Nur zu gern«, sagte ich, ohne nachzudenken.

»Na, dann Cheerio, und auf Wiedersehn«, rief er und war schon wieder weg, raste mit seinem Laster über die holprige Straße und ließ mich gedankenversunken zurück. Wieso war ich plötzlich so privilegiert? Erst Morag mußte mich aufklären.

»Hab ich nicht gesagt, Sie kriegen massenhaft Kohlen nach Ihrem *ceilidh?*« fragte sie. »Ich hab doch schon damals gesehn, wie's werden wird zwischen ihm und Mora.«

»Ach, ich glaube nicht, daß nur Mora ihn herzieht«, sagte ich. »Eher tue ich ihm leid, weil ich so lange ohne Kohlen zurechtkommen mußte.«

Morag lächelte mitleidig über meine Naivität.

»Klar ist es Mora«, stellte sie fest. »Er kann sie abends nur sehn, wenn er den Lastwagen kriegt, und den kriegt er nur, wenn er sagt, daß er Kohle liefern muß. Er redet sogar den Leuten im Dorf ein, daß der schlimmste Winter erst noch kommt.«

»Aha«, sagte ich. »Ich wünsche ihm Glück«, und schloß munter: »Ich hab gesagt, ich würde alle Kohle abnehmen, die er bringen kann.«

»Das wird Ihnen vielleicht noch leid tun«, sagte sie, aber ich lachte über ihre Warnung. Mehr Kohle konnte ich immer brauchen, sagte ich mir tief innerlich vergnügt. Darin unterschied ich mich von den übrigen Croftern, die wenig Kohle, manchmal sogar gar keine verwendeten und sich anscheinend mit der Wärme von ein paar grau im Kamin schwelenden Torfstücken zufriedengaben, doch die trugen auch so ziemlich die gleiche Kleidung im Haus wie draußen, zogen nicht einmal die Gummistiefel aus. Ich aber, die ich mir schmuddelig vorkam, wenn ich mich nach der Arbeit draußen nicht umzog, schürte abends gern ein helles Feuer an, damit ich im Zimmer herumgehen konnte, ohne plötzlich in einer kalten Ecke zu stehen. Eine halbe englische Tonne reichte den meisten Croftern ein Jahr oder mehr.

Der gefällige Fahrer erschien in der folgenden Woche mit einer weiteren halben Tonne und einige Tage später mit noch einer. Verzückt weidete ich mich am Anblick des wachsenden Haufens. Mein Winterbedarf in Reichweite meines Cottages geborgen! Jetzt mochte das Wetter werden, wie es wollte, ich brauchte mir keine Sorgen zu machen. Ich war dem Fahrer ungeheuer dankbar. So sehr, daß ich mich in der Woche darauf wieder mit einer halben Tonne Kohle konfrontiert sah. Nun wurde ich allmählich unruhig. Ich sagte mir zwar, es sei eine gute Idee, eine angemessene Reserve zu haben für Zeiten, in denen sie schwer zu kriegen war – ein in Bruach nur zu vertrauter Zustand –, aber immerhin kostete sie Geld, und meine Mittel waren streng begrenzt. Daher hörte ich schon die Woche darauf mit einiger Bestürzung den Kohlenlaster zur Croft einbiegen und begann mich zu fragen, wie der bekannte Zauberlehrling, wann die Flut zum Stillstand käme.

»Hören Sie«, sagte ich zum Fahrer mit zur Schau getragener Lustigkeit: »Ich nehme Ihnen bis zu fünf Tonnen ab, aber dann müssen Sie das Mädel entweder heiraten oder aber aufgeben. Mehr kann ich mir nicht leisten.«

Er grinste verlegen, und als er mir gute Nacht wünschte, lag deutlich Bedauern in seiner Stimme.

Einige Zeit später sagte Erchy zu mir: »Sie sollten froh sein, daß Sie genug Kohle haben. Sie kriegen 'ne Weile keine mehr. Der Fahrer hat sich mit seinem Chef gestritten und arbeitet nicht mehr bei ihm.«

Ich empfand eine nur kurzlebige Erleichterung, denn wenige Abende darauf hörte ich wieder einen Lastwagen mit dem inzwischen vertrauten Gerumpel herannahen, und als ich hinausging, stand ich vor meinem Freund, dem Fahrer. Mir fiel das Herz in die Stiefel.

»Doch nicht schon wieder Kohle?« fragte ich ängstlich.

»Bestimmt nicht«, versicherte er. »Mit dem Mann bin ich fertig.« Er kam in die Küche und setzte sich unaufgefordert. Da er offenbar vorhatte, länger zu bleiben, bot ich ihm Tee an, und während er ihn trank, schilderte er mir die verschiedenen Jobs, in denen er sich versucht hatte. Als er seinen Tee ausgetrunken hatte und gehen wollte, fragte er: »Hab ich Sie nicht beim *ceilidh* sagen hörn, daß Sie 'n neuen Torfschuppen brauchen?«

»Wahrscheinlich haben Sie mich sagen hören, ich wollte den verstärken, den ich schon habe«, verbesserte ich.

»Aye, na ja. Ich dachte nur. Ich arbeit jetzt für 'n Kerl, der gute Bretter hat, wissen Sie, nur die Außenseite von Bäumen, mein ich. Die sind gut und billig, und wenn ich Ihnen in meiner Freizeit 'ne Ladung hier rausbrächte, würde das Herschaffen Sie nichts kosten.«

Er war ein überzeugender Verkäufer. Es schien eine gute Idee, und ich fiel auf sie herein. Eine Ladung Schalbretter wurde bald darauf geliefert, und Erchy machte sich beim Schuppen an die Arbeit.

»Wissen Sie«, sagte der Fahrer, »Sie sollten's ausnutzen, daß die Bretter so billig sind, und sich noch 'ne Ladung bestellen. Sie könnten sich einen weitren Schuppen draus baun und neue Boxen für Kühe. Man kann furchtbar viel aus ihnen machen, und es gibt sie nicht mehr lang.«

Die Boxen im Kuhstall waren in der Tat sehr windig konstruiert. Ich gab nach und bestellte eine weitere Fuhre.

»Na«, sagte Morag, als sie sie auf dem Anwesen liegen sah. »Sie haben Ihre Bretter grad noch rechtzeitig gekriegt. Er hat sich mit dem Brettermenschen gestritten und arbeitet nicht mehr für ihn.« Sie schüttelte den Kopf und beklagte den Wankelmut des jungen Fahrers.

»Bei wem ist er denn jetzt angestellt?« fragte ich.

»Ich hab gehört, jetzt bei solchen, die Kalk verkaufen«, wußte sie zu berichten.

Seit ich in Bruach lebte, war das Dorf von einer Reihe von Fachleuten besucht worden – alle von den Behörden geschickt –, um Ratschläge zur Verbesserung der Böden zu erteilen. Kalk, hatte es ausnahmslos geheißen, sei die grundlegende, die allervordringlichste Notwendigkeit. Kalk und nochmals Kalk, beschwor man uns. Die Crofter wollten es sichtlich nicht glauben. Kalk kostete Geld, und so glaubten sie lieber an Dünger und Seetang. Ich war meines Wissens damals die einzige, die den Befund der Experten ernst nahm. Als daher der Lastwagenfahrer sich einstellte und mir eine Ladung billigen Kalk anbot, war ich nicht ganz abgeneigt. Er war noblerweise erbötig, mir beim Ausbreiten der ersten Ladung zu helfen, ein Angebot, das ich weniger eifrig angenommen hätte, hätte ich den Grund dafür geahnt. Die Fachleute hatten gesagt: zwei englische Tonnen pro Acre, doch der Lastwagenfahrer breitete seinen Anteil so verschwenderisch aus, daß die von ihm gelieferte Tonne nicht einmal die Hälfte davon bedeckte.

»Ich bring Ihnen morgen noch eine«, tröstete er. »Sie könn' diesem Boden gar nicht genug Kalk geben.« Es klang überaus sachkundig.

»Und überhaupt«, fügte er schlau hinzu, »werden Sie doch dafür um Zuschuß einkommen.«

Am nächsten Abend breiteten wir eine weitere Tonne aus.

»Sie täten gut dran, auf dieser Croft zwanzig Tonnen Kalk zu verteilen«, meinte der Fahrer und schüttelte energisch seinen Overall aus.

»Ich will aber erst einmal nur zwei Acre kalken«, sagte ich mit einer Entschlossenheit, die mein kalkweißes Gesicht sicherlich noch betonte. »Das bedeutet, daß ich insgesamt nur vier Tonnen brauche. Mehr nehm ich nicht.« Als er jedoch die dritte Tonne geliefert hatte, hörten die Lieferungen abrupt auf.

»Ich glaub, Sie werden eine gute Weile auf den Rest von Ihrem Guano warten müssen«, krähte Morag. Alles, was das Land fruchtbarer machte und nicht als Seetang oder ehrlicher Mist zu erkennen war, nannte Morag beharrlich »Guano«.

»Wieso?« fragte ich. »Hat er sich jetzt mit dem Kalkhändler zerstritten?«

»Hat er tatsächlich«, erwiderte sie.

»Na schön, wahrscheinlich kriegt er jetzt einen Job

bei jemand anders und ist bald wieder da und redet uns zu, etwas ganz billig zu kaufen«, lachte ich.

Morag warf mir einen undeutbaren Blick zu. »Und das mit Mora ist auch aus«, sagte sie.

»Wirklich?« rief ich.

»Ja, ist es«, sagte sie. »Und Sie sollten froh drüber sein, *mo ghaoil,* denn sein neuer Job ist beim Leichenbestatter.«

Die Frau im Nachbarbett schwang die Beine vorsichtig über den Bettrand. Die Schwester wartete neben ihr mit dem Morgenrock.

»Am Freitag lassen sie mich heim«, sagte sie zu mir.

»Wo sind Sie denn daheim?« fragte ich, und sie schilderte mir ein Dörfchen, dessen Namen ich mit manchen anderen oft in den ›Oban Times‹ gelesen hatte.

»Und Sie?« fragte sie, und als ich es ihr sagte, war sie sofort ganz Anteilnahme. »Das ist furchtbar weit weg«, sagte sie. »Kein Wunder, daß Sie so selten Besuch kriegen.«

Mein einziger Besuch war gestern abend gekommen, und zwar lange nach Ende der Besuchszeit. Das Abendessen war verteilt und jene beschauliche Ruhe eingekehrt, die gewöhnlich herrschte, ehe man uns zur Nacht herrichtete. Nur das rasche Kommen und Gehen der Schwestern und Papiergeraschel dort, wo Geschenke ausgepackt wurden, durchbrachen die Stille. Plötzlich hörten wir schwere, unsichere Tritte klobiger Stiefel. Alles drehte sich um nach dem großen, verlegenen Mann, der in Homespun-Anzug und Tuchmütze in der Tür stand. Freudestrahlend gelang es mir, den Arm zu einer Art Winken zu heben, und er kam auf mein Bett zu, anfangs zögernd, dann in ungeschickter Eile, wobei seine Stiefel auf dem gebohnerten Boden ausrutschten.

»Hector!« sagte ich, und meine Augen füllten sich mit Tränen. »Hector! Wie wunderbar!«

»Aber Miss Peckwitt«, sagte er sichtlich erschrocken über mein verfallenes Aussehen. »Ich konnt's erst gar nicht glauben, daß Sie's sind, bis Sie was gesagt haben. Ach herrje, herrje.«

Er schüttelte den Kopf so bekümmert, daß ich ihm ermutigend zulächeln mußte.

»Mir geht es schon viel besser«, sagte ich, obwohl er bisher zu erschüttert gewesen war, um mich nach meinem Befinden zu fragen. »Aber sagen Sie, wie sind Sie denn hergekommen, Hector?«

»Hab gehört, daß der Transporter mit ein paar Schafen in die Gegend fährt, und hab gefragt, ob er mich mitnimmt, und da bin ich.« Er lächelte etwas unsicher. »Behag hat gemeint, das soll ich Ihnen bringen.« Er stellte eine Tüte Obst auf meinen Nachttisch. »Und ich hab mir gedacht, das hier intressiert Sie vielleicht.« Damit legte er mir eine Fußballzeitschrift auf die Bettdecke.

»Erzählen Sie mir mal, was es alles Neues gibt«, bat ich, nachdem ich meine Freude über die Mitbringsel zum Ausdruck gebracht hatte. Er schabte sich stirnrunzelnd das Kinn und konzentrierte sich. Nach wenigen Augenblicken glättete sich seine Stirn.

»Viele Leute haben gesagt, ich soll Ihnen sagen, daß sie nach Ihnen gefragt haben«, begann er und haspelte eine ganze Liste von Namen herunter. »Und Morag hat gesagt, ich soll Ihnen sagen, der Kuh und den Hühnern geht's gut«, schloß er.

Ich nickte dankbar. »Und wie geht es allen in Bruach?« fragte ich.

»Ach, denen geht's prima«, sagte er. »Die sind noch genau da, wo die Flut sie hingespült hat, als Sie sie das letzte Mal gesehen haben.«

Ich war schon ein paar Wochen im Krankenhaus und überzeugt, daß sich selbst in Bruach während dieser Zeit irgend etwas ereignet hatte. Es hatte doch gewiß jemand eine neue Kuh gekauft, oder eine alte war ihm eingegangen. Oder jemand war das Heu weggeweht worden oder das Pferd über eine Felsklippe abgestürzt.

»Waren die Stürme schlimm?« half ich nach.

»Aye. Einige schon. Im letzten hat der blöde Donald sein Dingi verlorn. War ganz zerschmissen, das Dingi. Sie müssen bedenken, es war so mürb wie Scheiße.«

»Der arme Donald«, meinte ich mitleidig. »Er wird

seine ›Schwalbe‹ sehr vermissen. Wenn er auch nie mit ihr hinausgefahren ist, hat er sich doch immer an ihr zu schaffen gemacht.«

»Aye, aber er hat schon ein andres«, sagte Hector. »Hat es erst vor paar Tagen von ’nem Mann auf’m Festland gekriegt, und neulich war er bei meiner Tante und hat gefragt, was für ’n Namen es haben soll.«

»Und hat sie einen vorgeschlagen?«

»Sie hat nur gesagt, warum nennst du sie nicht wieder ›Schwalbe‹, Donald. Und das hat er gemacht. Gestern war ich unten am Ufer, da hat er in Riesenbuchstaben WIEDERSCHWALBE aufs Heck gemalt.« Er lächelte ein rasches Koboldlächeln. »Man kriegt so ’n komisches Gefühl im Hals, wenn man’s sieht«, gestand er, und wir grinsten einander verständnisvoll zu.

»Keine Kühe gestorben? Keine Kälber geboren?« fragte ich.

»Nein, aber neulich war der Hengst draußen für Tearlaichs Stute, der andern, der, die nicht krepiert ist. Das Männlein, das ihn gebracht hat, hat gesagt, ihm langt’s.«

»Wieso?«

»Er hat gebrummt, weil er den ganzen Weg vom Pier hat zu Fuß raufgehn müssen mit dem Vieh und danach den ganzen Weg abends wieder zurück, weil kein Platz für ihn zum Übernachten war.«

»Das glaub ich, daß er es satt hatte«, murmelte ich.

»Und im Moment, wo der Hengst die Stute bedient hatte, nimmt doch das Männlein ein Büschel Nesseln und rammt sie der Stute untern Schweif. Mein Gott. Und das ganz schnell. War auch nötig, denn die hat ausgeschlagen, kein’ Zoll von seinem Kopf. So, hat er zu Tearlaich gesagt und ihm zugezwinkert: So, jetzt hält sie’s bestimmt, und ich brauch nicht noch mal herkommen. Tearlaich fährt auf ihn los: Mann, sagt er, du hast Glück, daß du noch lebst und deswegen nicht wiederkommen mußt«, berichtete Hector mit großen Augen. »Und ich sag Ihnen, der hatte wirklich Glück.«

Hector hatte beim Betreten des Krankensaales die Mütze nicht abgenommen, und als er nun merkte, daß ihn die Nachtschwestern, die zum Dienst kamen, neugierig musterten, zog er sie sich tief über die Augen, um sie nicht sehen zu müssen.

»Und niemand ist gestorben oder krank gewesen?« fragte ich.

Er schüttelte den Kopf und holte tief Luft in dem Versuch, sich an etwas zu erinnern, das mich interessieren könnte.

»Hamishs Schwester ist wieder da«, fiel ihm plötzlich ein.

»Tatsächlich? Geht es ihr denn besser?«

Hamishs Schwester hatte zusätzlich zu ihren anderen absonderlichen Gewohnheiten angefangen, sich bei Annäherung eines Fremden hinter einem nahe gelegenen Schuppen oder Gebäude zu verstecken und dort naturgetreu wie eine Ente zu quaken. Vor ein paar Monaten hatte man sie in eine Anstalt zur Behandlung eingeliefert.

Hector überlegte sich die Antwort auf meine Frage. »Na ja, besser, ich weiß nicht«, sagte er zweifelnd. »Aber sie ist ganz anders jetzt.«

»Wie anders?«

»Sie quakt nicht mehr. Wenn sie jetzt jemand kommen sieht, saust sie hinter irgendwas und kräht wie 'n Hahn. Das kann sie verdammt gut«, sagte er mit anerkennendem Lächeln.

Die Schwester trat ans Fußende des Bettes, und obwohl Hector sein hinreißendstes Lächeln an sie verschwendete, ließ sie sich nicht betören. Er zuckte die Achseln und warf einen verstohlenen Blick auf die Reihe aufmerksamer Gesichter. Ich dachte schon, er würde mir einen Abschiedskuß geben, doch dann verließ ihn der Mut. Statt dessen tätschelte er meine Hand.

»Machen Sie sich kein' Kummer«, sagte er, »nach dieser Operation sind Sie besser dran. Sie wer'n sehn. Unsern Hamish, den haben sie mal am Magen operiert, und er hat nie wieder damit zu tun gehabt, bis er gestorben ist.«

Er blieb noch einen Augenblick. »Zu Neujahr kommen Sie heim?« prophezeite er zweifelnd, und als ich den Kopf schüttelte, verzog er mitleidig das Gesicht. Ich sah ihm gerührt nach, als er aus dem Saal schlidderte, und er wandte sich um und winkte mir, ehe er auf dem Korridor verschwand. Dann legte ich mich in die Kissen zurück und dachte über seine Abschiedsworte nach.

Ob ich Neujahr daheim sein würde? Möglichst nicht, nahm ich mir vor. Zwar hoffentlich nicht mehr in der Klinik, aber auch nicht in Bruach, wo Neujahr zu einem Trinkgelage ausartete, bei dem ich, die ich hemmungslose Trinkerei nicht ausstehen kann, die Rolle des Beobachters würde spielen müssen. Bei meinem ersten Neujahr, als ich noch in Moragss Haus wohnte, hatte ich mich vor der Unmäßigkeit der Crofter so geekelt, daß ich schon damals beschloß, wenn ich je ein eigenes Haus hätte, mich von dieser Feier fernzuhalten. Morag, die immer meine Interessen im Auge behielt, empfand es als ihre Pflicht, mir auseinanderzusetzen, wieviel Neujahr hierzulande bedeute, und wie wichtig es sei, mit meinen Freunden zu trinken, und wenn es nur ein »winziges Schlückchen« war. Ich werde zwar nie begreifen, wieso sich die Schotten darauf freuen, in dieser speziellen Nacht sturzbetrunken zu sein, war aber doch zur Einsicht gezwungen, daß mein Verhalten unhöflich und ungesellig wirken würde. Ich hatte nachgegeben, mir eine Flasche Whisky gekauft und war aufgeblieben, um diejenigen zu bewirten, die vielleicht noch nüchtern genug waren, um bis zu meinem Cottage zu wanken. Es wurde eine lange Nacht grenzenloser Langeweile, und als ich erst besser akklimatisiert war, fand ich die beste Art heraus, mitzufeiern: Ich zog selbst kurz vor Mitternacht los und machte mit einer mitgebrachten Flasche Whisky die Runde in den Häusern meiner Bekannten, wünschte jedem ein gutes neues Jahr und akzeptierte ein »winziges Schlückchen«. Selbst dann wurde es eine lange, mühselige Nacht, doch dafür saß ich nicht zu Hause, von schlaffen Alkoholleichen umgeben, die sangen, beteten, heulten oder denen entsetzlich schlecht war.

Und doch gab es selbst an Neujahr ein paar lustige Augenblicke. Ich wußte es noch vom vorigen Mal.

Alles hatte damit angefangen, daß der »Postler« ins Cottage platzte, ein paar ziemlich angeschmuddelte Briefumschläge auf den Tisch kippte und eine Flasche Whisky aus der Posttasche zog. Seine Augen glänzten silvesterlich.

»Scheißwetter für Neujahr«, begann er zutraulich. »Der Wind hat mir die Post aus der Tasche fast den ganzen Hang raufgeweht, eh ich sie wieder beisammen hatte.«

Er machte eine Pause, um zu Atem zu kommen. »Ich hätt sie überhaupt nicht wiedergekriegt, wenn sie nicht im Gebüsch hinter Sandys Haus hängengeblieben wär.« Er bat mich, zwei Gläser zu holen, und als sie standen, füllte er sie randvoll und stürzte das eine in einem Zug hinunter. »Ich seh Sie dann heut abend noch«, drohte er und schnallte seine Tasche um, um den Kampf mit dem Sturm wieder aufzunehmen. »Ich geh zu Erchy rauf, wenn ich fertig bin, und dann fangen wir mit der Runde an.«

»Dann warten Sie aber nicht zu lange«, warnte ich ihn. »Ich geh noch vor zwölf zu Morag hinauf.«

»Bis dahin sind wir auch dort«, versprach er.

Ich schlug die Tür hinter ihm zu und sank auf einen Stuhl. Mir war seit einer Woche nie mehr so recht wohl, und in Wahrheit hatte ich nicht vor, zu Morag hinaufzugehen. Ich hoffte, daß ungefähr um Mitternacht der Wind nachließe, ich das Licht löschen und in mein Bett kriechen könnte, mochten alle denken, ich sei wie üblich zu einem Neujahrs-*ceilidh* in den Häusern meiner Nachbarn. Den ganzen Abend lang kamen und gingen immer wieder Grüppchen in unterschiedlichen Stadien der Trunkenheit. Von unbeherrschten Händen eingeschenkter Whisky wurde auf dem Tisch vergossen, und die Reden in den kurzen Zwischenräumen hatten wenig Sinn und viele Wiederholungen.

Um halb zwölf blieb ich im Cottage glücklich allein und wollte eben das Licht löschen und die Tür verriegeln, da wurde gebieterisch erst ans Fenster, dann an die Tür geklopft, und Morag kam herein.

»Was, keiner da?« fragte sie und lugte unter den Tisch und hinter die Stühle, wo sie erwartete, Neujahrfeiernde zu entdecken. Ich erzählte ihr, wer gekommen und gegangen war. »Und unser Hector und Erchy warn noch nicht da?« Ich schüttelte den Kopf. »Na, dann setz ich mich wohl besser hin und warte, bis sie kommen«, verkündete sie und setzte sich ans Feuer, »denn die sind ganz bestimmt da, eh's Morgen wird.«

Ich holte wieder die Flasche und ein paar Häppchen, doch sie bestand darauf, es dürfe »nur ein winziges Schlückchen« sein, damit man nicht sagen könne, sie habe es abgelehnt, mit mir zu trinken. Die Frauen von Bruach tranken kaum mehr, als nötig war, um ein bißchen lustig zu werden. Nur die Männer bestanden auf Quantität. Wir saßen und unterhielten uns bis zwei Uhr früh, und noch immer hörte man keine Tritte näher kommen.

»Schade, daß Sie Neujahr nicht so feiern wie wir alle«, meinte Morag. »Haben Sie denn, wie Sie in England warn, auch nichts Besondres draus gemacht?«

»Eigentlich nicht«, sagte ich. »Für uns war Weihnachten die Hauptsache.« Bei der Erinnerung mußte ich lächeln. »Das einzige, was an Neujahr daheim anders war als sonst, war mein Vater, der blieb auf, um ›das neue Jahr hereinzulassen‹, und hatte dabei gewöhnlich eine Flasche Wein und eine Zigarre neben sich.«

»Eine Zigarre. Na so was!« Morag war sichtlich beeindruckt.

»Ja«, sagte ich. »Meine Mutter schenkte ihm jedes Jahr

zwei teure Zigarren zu Weihnachten, und die eine rauchte er am ersten Feiertag und die andere am Silvesterabend.«

Schon die kleine Menge Whisky, die ich getrunken hatte, machte mich so schläfrig, daß ich ein Gähnen nicht unterdrücken konnte. Auch Morag schien ein bißchen müde. Die Uhr schlug drei.

»Ich hab gedacht, Erchy hätt nicht mehr soviel Geld für Whisky, nachdem er die Woche soviel verlorn hat«, sagte Morag.

»Erchy hat Geld verloren?« fragte ich. »Das ist das erste, was ich höre. Wie ist denn das zugegangen?« Meine Schläfrigkeit ließ vorübergehend nach.

»Was, Sie haben's nicht gehört? Am Montag ist er aufs Festland mit ein paar Tieren, die er dort verkaufen wollte, und Hector sollte mit. Erchy ist auf'm Viehprahm gefahrn, aber unser Hector – ach, Sie wissen ja, was für 'n Mensch das ist ...« Sie machte eine resignierte Handbewegung. »Hat er doch zu Erchy gesagt, er würd ihn an der Fähre treffen, weil er morgens mit der Gemeindeschwester mitfährt zum Schmied, weil er was braucht für sein Boot. Ja, ja, und er geht zum Schmied, und dann steht er draußen und wartet drauf, daß ihn der Bus zur Fähre bringt, da hält neben ihm ein Wagen. ›Du bist doch der Hector aus Bruach, stimmt's?‹ sagt der Fahrer. ›Ich kenn dich schon, ich bin mal mit deinem Boot gefahrn.‹ Hector kann sich nicht an sein Gesicht erinnern, aber der Mann fragt, ob er ihn mitnehm' soll. Und Hector steigt ein und freut sich.« Morag lachte rauh. »Dem fiel vielleicht das Herz in die Hosen, als der Wagen wendet und wieder nach Bruach fährt.«

»Aber hat denn Hector nichts gesagt, als er merkte, wo es hinging?« fragte ich.

»Hat er nicht. Der Idiot hat gemeint, das kann er nicht, wo der Mensch so freundlich zu ihm war.«

Hector hatte immer solche Angst, jemand zu kränken, daß ich mir manchmal zum Spaß ausmalte, was wohl passieren würde, wenn er auf einer verkehrsreichen Straße einen Wagen führe. Ich war sicher, daß er auf einen höflichen Wink des vor ihm Fahrenden lieber überholen als in seine eigentliche Richtung abbiegen würde.

»Jedenfalls«, fuhr Morag fort, »ist der Hector nicht zur Auktion gekomm', und Erchy war allein da und hat zweihundert Pfund für die Tiere gekriegt. Und wie Erchy nun mal ist, mußt er sich unbedingt betrinken und wacht am nächsten Morgen auf, im Warteraum vom Bahnhof, und ihm ist kalt und er schuddert und steckt die Hand in die Tasche, und die Brieftasche fehlt. Und das ganze Vieh-Geld ist weg.«

»Der arme Erchy«, sagte ich. »Was hat er nur gemacht?«

»Das ist noch nicht alles«, sagte Morag. »Er mußt noch hingehn und sich von 'nem Mann, den er kennt, ein Pfund borgen, damit er heimkommt.«

Ich lauschte begierig, denn nun, das merkte ich an ihrem Verhalten, würde gleich die Pointe kommen.

»Ach, wie war dem armen Erchy, wie er vor seine Mutter treten und ihr sagen muß, was er getan hat! Und die arme Alte muß sich's anhören.«

»Und keine Spur von der Brieftasche?« fragte ich.

»Und wie's zwölf Uhr wird«, fuhr Morag fort und gebot mit einem Kopfnicken Schweigen, »da hält doch vor Erchys Haus ein Taxler. Und fängt an, Pakete mit Lebensmitteln und Torten auszuladen. ›Hier sind die Waren, die Sie bestellt haben‹, sagt er zu Erchy. ›O Gott‹, sagt Erchy und ist ganz besorgt, welche Dummheiten er noch angestellt hat. ›Hab ich das bestellt?‹ Denn er kann sich an nichts erinnern. ›Jawohl, haben Sie‹, sagt der Fahrer ganz bissig. ›Und Sie haben mein Taxi bestellt, daß ich heut um zwölf alles herbring.‹ – ›Und wieviel hab ich Ihnen dafür bezahlt?‹ fragt Erchy. ›Sie haben gar nichts bezahlt‹, sagt der Fahrer. ›Sie haben versprochen, Sie zahlen mir zwei Pfund zehn, wenn ich es bestimmt heut um zwölf bring, und hier ist das Papier, auf dem Sie's mit

Name und Adresse unterschrieben haben.‹ Und Erchy schaut sich das Papier an, und es ist kein Irrtum. Grad will er dem Alkohol für immer abschwörn, da zieht der Fahrer was raus und gibt's ihm. ›Und hier ist Ihre Brieftasche, die ich für Sie aufheben sollte‹, sagt er. ›Schaun Sie lieber gleich nach, ob noch alles drin ist. Gestern abend warn's hundertfünfundneunzig Pfund, haben Sie gesagt, und soviel sollten's auch jetzt noch sein.‹ Der Erchy traut kaum seinen Ohren, und wie er in die Brieftasche schaut, sind hundertfünfundneunzig Pfund drin!« schloß sie mit skeptischem Ausruf.

»O wie gut. Da hat er sein Geld schließlich doch nicht verloren«, sagte ich so erleichtert, als sei es meines.

»Nein, nur zwanzig Pfund«, sagte Morag. Ich hob fragend die Augenbrauen, und sie erzählte weiter.

›Und jetzt‹, sagt der Fahrer, ›wär ich froh, wenn Sie mich zahlen täten, damit ich heimfahrn kann.‹

›Wieviel hab ich Ihnen versprochen?‹ fragt Erchy.

›Zwei Pfund zehn‹, sagt der Fahrer und meint, Erchy will handeln.

›Mann‹, sagt Erchy, ›ich bin so verdammt froh, daß Sie gekomm' sind, ich geb Ihnen zweiundzwanzig Pfund zehn.‹ Und zwingt den Fahrer auch noch, es anzunehmen.«

»Du liebe Zeit«, sagte ich, »Erchy hat bestimmt ein Dankgebet gesprochen.«

»Vielleicht feiert er jetzt immer noch sein Glück«, sagte Morag und stand auf. »Ich glaub, es ist das Beste, wenn wir hingehn und nachschaun, wo er und Hector überhaupt sind«, schlug sie vor. »Irgendwo müssen sie ja sein, und wenn's im Straßengraben ist. Aber eins ist sicher, *mo ghaoil,* wenn Sie nicht mit denen heut nacht einen heben, hat's gar keinen Sinn, daß Sie ins Bett gehn, denn die holn Sie wieder raus, egal wie spät es ist.«

So zog ich denn, statt mein warmes Bett aufzusuchen, Ölzeug und Gummistiefel an und stolperte mit Morag hinaus in die sturmdurchtoste Nacht.

Wir hatten schon in mehreren Häusern das »winzige Schlückchen« zu uns genommen, ehe wir schließlich Erchy und seine Kumpanei in Dugalds Cottage einholten. Dort hingen in der ganzen Küche Männer herum, manche mit dem Kopf auf der Schulter eines der schwergeprüften Mädchen, die auch noch nach vier Uhr morgens und nachdem sie seit dem frühen Abend gefeiert hatten, so taufrisch wirkten, als kämen sie eben von den Hügeln herein. Der Teint der Highländerinnen hat für mich nie aufgehört, eine Quelle des Neides und Staunens zu sein. Dugald selbst saß auf der Bank – von beiden Seiten gestützt durch seine ältesten Busenfreunde, während im Alkovenbett hinter zugezogenen Vorhängen seine stocktaube Frau abwechselnd schnarchte und kreischend auf die Versammlung schimpfte. Vom Fußboden neben dem Schrank hörte man ein bedenkliches Gerülpse, dort äußerte Tearlaich zwischen asthmatischen Schluchzern Reue über seine Missetaten. Seine Religiosität machte ihm zwar bewußt, wie oft er sündigte, doch hielt ihn das nie davor zurück. Hector kam herangetorkelt und schwenkte eine Whiskyflasche über einem leeren Glas, das er auf mich zuschob. Mit größter Feierlichkeit wünschten wir einander ein glückliches neues Jahr. Dann war Erchy an der Reihe, dann Ruari, und so ging es weiter, bis alle befriedigt waren, mir einen Drink eingeschenkt zu haben und mich das Glas an die Lippen heben zu sehen. Dugald versuchte sich an einem Lied, doch noch ehe er mit dem ersten Vers zu Ende war, sank ihm der Kopf auf die Brust, und er sackte schlaftrunken in sich zusammen. Ich errechnete mir schon meine Chancen, mich in aller Heimlichkeit davonzumachen, da sah ich Erchy auf mich zuwanken.

»Ihr Haar riecht so schön nach gekochten Zwiebeln«, vermerkte er und zog genüßlich die Luft ein, und ohne mir Zeit zu lassen, sein Kompliment zu akzeptieren, fuhr er fort: »Miss Peckwitt, Sie müssen mir helfen.«

Ich deutete an, ich sei durchaus willens, ihm zu helfen, wenn ich könne.

»Es ist dieser Dugald. Der ist so besoffen, und jemand muß ihn heut nacht irgendwie heimschaffen«, erklärte er. Er schwankte seitwärts und hielt sich an meiner Stuhllehne fest. »Ich glaub, Sie und ich sind die einzgen hier, die noch nüchtern genug sind. Kommen Sie schon«, forderte er mich auf, »wir zwei schaffen's, wir beide.«

»Aber Erchy«, protestierte ich, »Dugald ist hier daheim. Es ist doch sein Haus.«

Erchy wich vor mir zurück mit dem Ausdruck schmerzlicher Betroffenheit. »Weib!« mahnte er mich, »Sie müssen verdammt blau sein, wenn Sie das glauben.« Er rüttelte Morag an der Schulter. »Bring diese Frau da lieber in ihr Bett«, beschwor er sie, »die ist so betrunken, daß sie nicht mehr weiß, wo sie ist.«

Und am nächsten Tag war er dann, anzusehen wie etwas, an dem die Mäuse die ganze Nacht genagt hatten, zu mir ins Cottage gekommen, um mich wegen meines »dikken Kopfs« zu bemitleiden.

Die Frau im Nebenbett sagte: »Es ist wundervoll zu denken, daß ich Freitag abend wieder in meinem eignen Zimmer schlaf und nicht morgens aufwach und diese Gedenktafeln überm Bett sehn muß. Die machen mir echt 'ne Gänsehaut.«

Darin war ich ganz ihrer Meinung. Es ist beunruhigend und deprimierend, aus einer Narkose aufzuwachen, mit Schmerzen im ganzen Körper, und sich unter einer glänzend polierten, düsteren Plakette wiederzufinden, derzufolge das Bett von liebenden Verwandten dem Andenken eines Verstorbenen gewidmet ist. Auf den ersten Blick vermittelt so etwas, zusammen mit den weißen Gewändern der Schwestern und den vielen Blumen, den Eindruck, auf der eigenen Beerdigung zu sein.

»Es wär gescheiter, sie hängten Bilder über die Betten statt dieser Dinger«, meinte meine Nachbarin. »Tarzans

Abenteuer würden uns Frauen viel besser aufmuntern als diese alten Gedenktafeln.«

»Es ist psychologisch falsch«, sagte ich. »Ich bin überzeugt, ein paar knackige Pin-up-Girls würden der Männerstation guttun.«

Meine Nachbarin lachte. »Sie jedenfalls haben Ihr Teil beigetragen, meine Beste.« Wieder lachte sie, und ich warf ihr einen giftigen Blick zu, während ich mich innerlich vor Verlegenheit krümmte.

»Ach, Ihr verflixter Schwager«, sagte ich.

Am Vortage hatte ich splitternackt unter der Infrarotlampe auf meinem Bett gelegen, und obwohl ich von Wandschirmen umstellt war, hatte die Schwester eine Öffnung gelassen, damit ich die Stationsuhr sehen und sie rufen konnte, wenn ich lange genug gebraten hatte. Ich dehnte mich wohlig in der angenehmen Wärme und achtete kaum auf den großen Mann im Morgenrock, der die Station betrat und mit der Schwester sprach. Daß er ihrem zeigenden Finger folgte und an der Bettenreihe entlang auf mich zukam, merkte ich erst ein paar Sekunden zu spät. An einen intravenösen Tropf gefesselt und ohnehin zu schwach für eine schnelle Reaktion, konnte ich ihn nur entsetzt anstarren, als er die Arme auf einen der Wandschirme stützte und mich mit verdutzter Freundlichkeit begrüßte. Ich kniff die Augen fest zu und hörte gleich darauf die vorwurfsvolle Stimme meiner Nachbarin.

»Andrew! Hier drüben bin ich.«

Sein Kopf verschwand, und ich durfte wagen, die Augen aufzuschlagen. Vom Nachbarbett her hörte man aufgeregtes Flüstern. Als er gegangen, meine Bestrahlung beendet und ich wieder in Decken gehüllt war, rief die Nachbarin mir zu: »Das war mein Schwager. Den haben sie gestern auf der Männerstation zum Röntgen eingeliefert.«

»Ist mir egal, ob es Ihr Schwager ist«, sagte ich energisch, »ein ungehobelter Kerl ist er jedenfalls.«

Sie lachte aufreizend zufrieden. »Der hat sich nur geirrt und gedacht, die Schwester zeigt auf Ihr Bett«, entschuldigte sie ihn. »Er hat mir aber aufgetragen, ich soll Ihnen sagen, es tut ihm riesig leid, daß er Sie so beschlichen hat.« Sie bemühte sich, ernst auszusehen.

»Es ist mir peinlich«, murrte ich, »immer werde ich fürchten, ihm irgendwo zu begegnen, einem völlig Fremden, der mich im Evaskostüm gesehen hat.«

»Ach, Liebchen, da brauchen Sie sich keinen Kummer machen. Der erkennt Sie bestimmt nicht.«

»Das hoffe ich inständig.«

»Ehrlich, wird er nicht. Er hat mir gesagt, daß er Ihr Gesicht überhaupt nicht angeschaut hat.«

Am Donnerstag abend setzte sich meine Nachbarin auf mein Bett und schwatzte mit mir, solange die Schwester es zuließ. Im stillen nannte ich sie immer »Rosie«, denn ihre oberflächliche Herzlichkeit, ihre üppige Figur und ihre Gewohnheit, jeden mit »Liebchen« anzureden, erinnerten mich an eine typische englische Barfrau. In Wahrheit war sie Posthalterin in einem Dorf, das mir nach ihrer Schilderung kaum fortschrittlicher schien als Bruach. Über ihre Krankheit sagte sie: »Der Meinige hat gemeint, die hätten mich hier nicht so lang behalten brauchen, wenn wir gleich zu Anfang den Doktor hätten holen können. Aber in unsrem Dorf ist es ja jedes Jahr dasselbe.« Sie seufzte resigniert. »Wenn die Jagdzeit für Moorhühner mal angefangen hat, kriegt man keinen Doktor mehr, denn dann hat er zu viel zu tun.« Sie fütterte mich mit einem Apfelsinenschnitz. »Wissen Sie, die Leute beklagen sich nicht gern über den Doktor«, sagte sie. »Da gibt's Doktoren in den Highlands, denen würden die Leute einen Mord nachsehen und kein Wort darüber verlieren. Der vorige Arzt, den wir hatten, ist mal zu einem Kranken gerufen worden und hat versprochen hinzugehen und es dann total vergessen. Und wie er ein paar Tage später am Haus vorbeikommt, da war da gerade Beerdigung. Da fällt ihm der Kranke ein, und er steigt aus und erkundigt sich nach ihm. Und ist dann einfach hinter der Bahre her zum Friedhof mitgegangen. Später haben die Verwandten gesagt: ›So schlecht ist er nicht, der Doktor, wie wir ihn gemacht haben, er ist immerhin zur Beerdigung gekommen.‹«

»Dort, wo ich wohne, sind wir besser dran«, sagte ich. »Ich erinnere mich aber an einen Arzt, der gern Vieh kaufte. Wenn er ein schönes Tier irgendwo an der Straße sah, gab er keine Ruhe, ehe er nicht wußte, wem es gehörte, und mit ihm um die Kuh verhandelt hatte. Das dauerte oft stundenlang, ganz gleich, zu was für einem dringenden Fall er gerufen worden war.«

»Rosie« stand auf. »Ich geh jetzt besser in mein Bett. Dann wird es um so schneller Morgen.«

»Wann kommt denn der Krankenwagen Sie holen?« erkundigte ich mich.

»Krankenwagen? Den nehme ich nicht«, versicherte sie. »Der Meinige hat einen Wagen für mich gemietet, seit er davon gehört hat, was der letzten Frau aus unserem Dorf passiert ist, die mit dem Krankenwagen heim sollte.«

»Hatte er eine Panne?« fragte ich.

»Nein, nein. Aber die Frau sagte, es hätte ihr sehr gefallen, wie der Fahrer des Krankenwagens sich immer wieder zu ihr umdrehte und fragte, ob es ihr gutgeht. Und sie hat ihm immer wieder gesagt, es geht ihr prima. Dann hat er gesagt, ob sie nicht im nächsten Hotel, an dem sie vorbeikommen, eine Tasse Tee möchte. Sie hat gesagt, ja gern, und er hat sie reingeführt und ihr eine schöne Tasse Tee spendiert. Dann ist sie zurück in den Krankenwagen, und sie sind wieder losgefahren, und als sie ungefähr halb zu Hause waren, hat der Fahrer sie gefragt, ob es ihr wirklich gutgeht. Und sie hat gesagt, ihr geht es immer noch prima. ›In dem Fall‹, hat er gesagt, ›haben Sie vielleicht nichts dagegen, den Rest des Wegs die Eisenbahn zu nehmen, ich zahl Ihnen auch das Billet.‹ Sie hat gestaunt. Und dann kam: ›Wissen Sie, ich habe hier eine Freundin, und wenn Sie mit dem Zug heimfahren, kann ich bei ihr bleiben, bis ich wieder zurück muß ins Krankenhaus.‹«

»Und ist sie dann mit dem Zug heim?«

»O ja. Sie wollte es ihm nicht abschlagen, wo er sie doch zum Tee eingeladen hat, aber der Meinige sagt, er möchte nicht riskieren, daß mir so was passiert.« Damit kletterte sie ins Bett, und es gab Papiergeknister, als sie anfing, zum Abendessen Kekse zu futtern, denn für »Rosies« Appetit waren die Krankenhausrationen zu knapp.

Auf der Station wurden die Lichter auf Nachtbeleuchtung zurückgedreht, und als ich meinen armen Hintern in die am wenigsten schmerzhafte Lage gebracht hatte – er war durchlöchert wie ein Sieb von den vielen Spritzen –, döste ich zunächst in kurzen Traumperioden, die tiefem, betäubtem Schlaf vorausgingen. Aus ihm wurde ich lange vor fünf Uhr früh geweckt, damit man mein Bett machen konnte. Dieses frühe Aufgescheuchtwerden ließ mich mehr als alles andere mein eigenes Bett und die trägen, anspruchslosen Wintermorgen in Bruach herbeisehnen.

Als der Morgen kam, wurde »Rosie« von einem pflichtgemäß entzückten Ehemann und einer sanft betulichen Schwester abgeholt, und bald kam ein Mädelchen in ihr Bett, das mich so sehr an Fiona erinnerte, daß sie bis auf die Haarfarbe ein und dieselbe hätten sein können. Sie war ebenso bockbeinig, ebenso herrisch und noch keine paar Stunden in der Klinik, da kannte sie schon die komplette Familiengeschichte jeder Pflegerin und jeder Patientin auf der ganzen Station.

Die langen Tage dehnten sich immer länger, je mehr die Genesung fortschritt. Jeden Morgen kamen die Ärzte, anonym in ihren weißen Mänteln, lächelten kühl und distanziert auf mich herab, piekten mich mit gewandtem Finger in den Leib, setzten Stethoskope auf meinen Magen, der aufgetrieben war wie bei einem Botticelli-Engel, und gratulierten mir feierlich zu seinem hörbaren Gerumpel.

Endlich kam der Tag meiner Entlassung, danach mußte ich noch in ein Genesungsheim, und dort verbrachte ich ein glücklicherweise völlig nüchternes Neujahrsfest.

Morag hatte Feuer gemacht: Warm und blitzend hieß mein Cottage mich willkommen, als ich endlich nach Bruach und zu der überwältigenden Freundlichkeit all meiner Nachbarn heimkehrte.

»Hat man Ihnen gesagt, was Ihnen gefehlt hat?« wollte Morag schließlich wissen. »Bei uns hat's nur geheißen, es geht Ihnen recht schlecht, aber niemand hat so richtig gewußt, was es ist.«

»Ich weiß es selber nicht«, erwiderte ich. »Die Leutchen in der Klinik waren nicht sehr mitteilsam.«

Als daher die Gemeindeschwester mich ein paar Wochen später aufsuchte, fragte ich sie, ob sie wüßte, was mir gefehlt hätte.

»Es hat nur geheißen, Sie waren innerlich schrecklich eingeschnürt, und es war eine sehr schwere Operation«, erwiderte sie.

»Was das wohl heißen mag?« fragte ich. Sie zuckte nur die Achseln.

Kurz nach diesem Gespräch traf ich Hector und Erchy, die mit Spachteln und Pinseln vom Ufer heraufkamen und aussahen, als hätten sie den ganzen Tag schwer gearbeitet.

»Wir haben die ›Ealasaid‹ auf Strand gehabt«, erklärten sie auf meinen fragenden Blick.

»Was hat ihr denn gefehlt?« fragte ich.

»Aye, sie war fürchterlich eingeschnürt.«

»Eingeschnürt?« wiederholte ich und wäre an dem Wort beinahe erstickt. »Wie meint ihr das?«

»Ich meine, sie war am Bug total verdreckt«, erläuterte Hector. »Alles voll Algen und großen Muscheln. Seit Tagen kratzen wir sie ab und scheuern sie. Wir hatten wirklich viel Arbeit mit ihr.«

»Und ist sie jetzt in Ordnung?« stammelte ich und unterdrückte das hemmungslose Gelächter, das mich zu zersprengen drohte.

»In Ordnung?« wiederholte Erchy. »Das will ich wohl meinen! Warten Sie nur, bis Sie sie in Fahrt sehn. Sie werden sie kaum wiedererkennen, soviel schneller ist sie jetzt.«

Auch ich bin jetzt viel schneller.

Lillian Beckwith im dtv

»Wenn eine unerschrockene Britin sich in die Hebriden verliebt, kann sie bücherweise davon berichten. Wie Lillian Beckwith, die damit der urigen Inselwelt ein herrliches Denkmal setzt.« (Hörzu)

In der Einsamkeit der Hügel
Roman · dtv 11648

Eigentlich wollte »Becky« sich auf einer Farm in Kent erholen. Doch in letzter Minute kommt ein Brief von den Hebriden, der schon durch seine sprachliche Eigenart das Interesse der Lehrerin weckt. Aus der Erholungsreise wird ein Aufenthalt von vielen Jahren auf der »unglaublichen Insel«. – »Nur wer die Landschaft und die Bewohner der Inseln so intensiv kennengelernt hat, kann ein solches Buch schreiben. Die Marotten der Bewohner, deren Gastfreundlichkeit werden so liebevoll geschildert, daß es ein reines Lesevergnügen ist, ihren Wegen zu folgen.« (Hannoversche Allgemeine Zeitung)

Die See zum Frühstück
Roman · dtv 11820

»Sie werden nur Schafe zur Gesellschaft haben.« Diese Warnung hält Lillian Beckwith nicht davon ab, ein seit Jahren leerstehendes Cottage zu erwerben. Mit wahrer Begeisterung stürzt sich die »Aussteigerin« in die Renovierung ihres Besitzes und in das Leben einer Inselbewohnerin ...

Auf den Inseln auch anders
Roman · dtv 11891

»Miss Peckwitt«, die auf den Hebriden ihre zweite Heimat gefunden hat, führt ein Leben, das bestimmt ist von Winterstürmen, Sommermücken, launischen Brunnen und anspruchsvollen Kühen. Vor allem aber sind es die eigenwilligen Charaktere und besonderen Gepflogenheiten der Inselbewohner, die ihr Stoff zu immer neuen Geschichten liefern...

Alle Romane wurden ins Deutsche übertragen von Isabella Nadolny.